U0911152

文学超越于年龄

高璨作品评论集

秦茂盛 周 冀 主编

西安交通大学出版社
XI'AN JIAOTONG UNIVERSITY PRESS

图书在版编目（CIP）数据

文学超越于年龄：高璨作品评论集 / 秦茂盛，周冀主编.—西安：西安交通大学出版社，2018.8

ISBN 978-7-5693-0616-3

Ⅰ. ①文… Ⅱ. ①秦…②周… Ⅲ. ①中国文学—当代文学—文学评论—文集 Ⅳ. ①I206.7-53

中国版本图书馆CIP数据核字（2018）第099637号

文学超越于年龄——高璨作品评论集 **秦茂盛 周冀 主编**

责任编辑 柳 晨
出版发行 西安交通大学出版社（西安市兴庆南路10号 邮政编码：710049）
网 址 http://www.xjtupress.com 传 真 029-82668280
电 话 029-82668357 82667874（发行中心） 029-82668315（总编办）
印 刷 中煤地西安地图制印有限公司

开 本 850 mm × 1168 mm 1/32 印 张 16 字 数 374千字
版次印次 2018年9月第1版 2018年9月第1次印刷
书 号 ISBN 978-7-5693-0616-3

定 价 65.00元

读者购书、书店添货、如发现印装质量问题，请与本社发行中心联系、调换。
订购热线：（029）82665248 82665249
投稿热线：（029）82668526
读者信箱：xjtu_hotreading@sina.com

版权所有 侵权必究

文学，我的主张

高　璨

文　字

动物之间的交流很多，它们的肢体语言或是声音可以传达很多情绪；植物之间也有关于阳光和水的占有争夺;甚至钟乳石和石笱笋，都要耽搁上一百年，去兑现相遇的约定，以水的滴答，以水的耐心。

人类用文字交流。人类的思维由文字串联而成，我们很难纯粹地使用未经定义的具体事物或抽象概念，我们脱口而出的大多是我们最熟悉的母语。

所以我们可以描述不在场的事件以及人物。我们可以追溯到千年前，也可以交谈关于万年后的世界。

若不是如此，在伊拉克诞生的世界文学史上第一首爱情诗“让歌者在歌声中编织/我要讲给你听的故事。”怎么会记得起第一次拥抱的感觉。

诗　歌

在连词出现之前，在婴儿说出完整的话语之前，在人类的双眼适应应接不暇的自然世界之前，诗歌，就产生了。

她是一个孩子—像孩子一样对一切好奇，所以她歌颂的事物很多；像孩子一样热爱玩耍和旅行，所以她去了世界各地，巴别塔阻止不了她出现在各个文明初始的地方；像孩子一样适应力强，尝试面广，所以在不同的年代不同的朝代她变着风格与韵脚—可是她终究是个孩子，即便成长了几千年—小孩子一哭，母亲就来喂奶，她不用多说，只几个字，路过的人啊，就哭啊笑啊沉思啊，她想的可能完全是另外一回事。

但就是这么美好。

文 学

看书就像看镜子，与我们相似的，才能领悟。

人与人是如此的不同，从表面可观的发型到内在不可观的脉搏的跳动方式。遂铸造镜子的人遍布天涯海角。他们根本没有必要东张西望，没有必要对别人的镜子指手画脚，每个人所铸的镜子也是如此的不同。

毕竟这世界上有这么多会铸镜子的人和需要照镜子的人。

在某个镜子前久久驻足，往往不是为了整理衣冠，而是因为它映照出的你，是那样令你称心如意。

而铸造镜子的人，也就是那些著书者，他思维中的小精灵被留下了，继续用他的名字走路、相望、说话，他们就是这样与未来的阅读者交谈的。

所以走了很久的人，他思想的园子里泡的那壶茶，还是热的。

灵 感

走在路上，有人给我讲故事，有人给我唱曲子。用的大多不是人类的语言。

亘古常在的实是泥土与虚无，实是风与绿叶，实是草与花香。闪现的才是周身人群，与他们的举手投足。

所以我用一种不说破的态度和不仔细琢磨的感官，体会花朵向外喷薄的神秘力量与云朵向上飞起的隐匿感情。

加莱亚诺说非洲的村民认为先祖灵魂不灭，家无边界，“那些帮助你行路的魂灵，便是每个人的许许多多个先祖。你想有多少个就有多少个。”我想大抵如此。

我没有创作，我只是说，他们在那儿。

记 录

我们木质的房屋宫殿，被风雨虫蚁消化了；我们纸质的文献书法，被帝王带入陵寝了；我们的思潮风尚，被长江后浪推前浪了。但我们民族的文化，强时广泛辐射，弱时以柔克刚，绵延至今，东流到海。

才知道文字并非刻在木上、写在纸上、喊在口上。

才知道精神是在血液中遗传的。

才知道文学，是把历史流入民族的海洋。

这不是件宏观的事儿，就像在情书中记载了夏天爱过的那个人，就像在日记中提到了九月路边开的花。

就像中世纪的女人用合上的蒲扇拨开额前的头发，说着“勿忘我”。

2014年10月23日

目录

诗需要感动 金　波 一

想象力是诗的生命——序高璨的诗集《阳光的脚步很轻》 谢　冕 五

童心与『穿金靴子的人』 梁小斌 九

水晶的歌吟——读高璨的儿童诗 沈　奇 一五

舒展的想象孕育创造 王宜振 二一

梦想和心最柔软的那一部分构成诗（文学）（诗、心、梦想） 寇　挥 二五

离『湖畔』远去的诗歌——评《中小学校园诗歌》（节选） 干天全 二八

从纤微处见灵动 娜仁琪琪格 三一

可贵的童心与诗心 谭旭东 三四

寻找夏天的诗天使 姚鸿文 四〇

太阳，明天会开什么样的花——读高璨的诗歌　路人秋羽　一四五
《一首曲子反复播放》序言　林　非　一五三
天才的分延——读高璨的散文　沈　奇　一五七
诗性和语言的精灵——读高璨散文　李汉荣　一六二
恰同学少年——读高璨诗集《路边没有相同的风景》　李鲁平　一六六
翻译高璨的诗是一种享受——译诗后记　杨于军　一七五
空中的花园——读高璨的诗　于　坚　一七七
好句由心见痴气——写在《梦跟颜色一样轻》出版之际　炜　评　一八三
少年的情怀总是诗　曹文轩　一八七
文学超越于年龄——高璨散文集《你来，你去》序　周国平　一九一
用生命开采灵象形象理象　肖云儒　一九四
从高璨这一代开始的转变　穆　涛　一九九

高璨，天才的吟唱 周瑄璞 四七
小鸟在飞翔 安武林 五〇
一个十一岁诗人的十字路口：梦幻世界还是现实世界？——读高璨的诗集《一朵野菊花又开了》 李星 五五
在细微的观察中学会发现——读高璨的组诗《绿色的风》 王宜振 七二
天使的一声叹息——读高璨的诗集《一朵野菊花又开了》有感 周瑄璞 七六
高璨，一颗成长着的童心 张孝评 八〇
让鲜活的意象点亮小读者的眼睛——谈高璨的获奖组诗《蝴蝶的旅程》 王宜振 八八
让直觉飞扬起来 杨乐生 九二
诗里诗外话高璨 醉墨痕 九八
诗之天使 丁科民 一一四
寄望灿烂——笔记高璨 陈忠实 一二四

高璨的诗　王家新　二六七
成长，一个少年诗人的新高度——评高璨诗集《第二支闪电》　李　星　二七三
宛若桃花，或自然的水粉画——读高璨的诗　张清华　二八二
读高璨诗歌　洛　夫　二九三
少女的玄学：诗性智慧——读高璨的诗集《第二支闪电》　朱　鸿　二九五
此刻，昙花盛开　成峰法师　三〇二
做一朵快乐的花——高璨诗集《出尘之美》序　熊召政　三〇五
物我相融的天然诗篇　李利安　三一〇
略论高璨诗歌中的生命与自然的哲思　谭五昌　三一四
出尘之美　吴言生　三二四
青春诗作——我本是风　〔德国〕西　蒙　三三〇
春深，长满枝桠的小树亭亭如盖——读高璨的诗有感　潘小娴　三三四

高璨让语言说出自己　黄　海　二〇二
梦跟颜色一样轻——我编高璨的诗　杨志学　二〇五
少女高璨　孔　明　二一三
瓷器的品质　周公度　二一七
谈高璨诗歌及诗歌的自然性　李少君　二一九
她拥有花蕾初开的才华　黄礼孩　二二四
一盏亮着的小灯——序高璨诗集《第二支闪电》　畅广元　二二八
妙语出天然　清水出芙蓉——高璨诗作印象　雷　达　二三四
高璨，在童心与语言的临界点上　李　震　二三八
诗歌随心灵自然显现——高璨诗集《第二支闪电》读后　王　琪　二四三
从高处掠过的翅膀　谭延桐　二四七
柔软的存在——解读高璨的诗歌世界　高　虹　二五一

川环珠而水媚——序《白驹过隙》 杨匡汉 四一五
浅尝辄止最撩人——《语言，众人的密谋》读后 舒　敏 四一九
经得住其他语种考验的诗 田　原 四二三
写诗的小女孩开始谈论爱 绒　绒 四二七
高璨诗歌解读——谭五昌在北师大课堂讲诗 谭五昌 四三五
金属碰撞之声——读高璨随笔集《乱象》 王佳伟 四五六
努力捉住那些飘忽不定的思绪 杨四平 四六三
心事浩茫连广宇——高璨《乱象》读后 杨乐生 四七四
在哲思与生活里穿行的歌者——读高璨诗集《我很像我，你愈发不像你》 侯泰而 四八〇
《我很像我，你愈发不像你》拾撷 苏勇强 四八九
自然所赐予我的——诗 高　璨 四九五

归于静的写作　何西来　三三八
守住心灵　贾平凹　三四一
用心灵耕耘梦想——谈高璨的创作　梁鸿鹰　三四三
一颗天然诗人的心灵——序《四五六七日的雪》　姜广辉　三四九
关于诗的一切　梁鸿鹰　三五七
『贵族的开端』——读高璨《语言，众人的密谋》有感　沈　奇　三六一
再译高璨——《这个冬天懒懒的事》译后记　杨于军　三七一
世界，我在这里——高璨《语言，众人的密谋》译后记　高　虹　三七六
天才之路是诗人自己开掘的　简　明　三八一
她在大地上行走，带着成长所赐予她的孤独——读高璨诗集《白驹过隙——人生的缝合者》　安　琪　三八九
未卜先知的精灵——简评高璨的诗　徐小斌　三九六

高璨 著
夏天躲在哪儿
未来出版社

诗需要感动

金波

高璨同学的诗集《夏天躲在哪儿？》中有比较多的小诗，是对那些稍纵即逝的感觉的记录，但这种感觉是艺术的，是作者审美的活动，因而也便成了一种艺术感觉的描绘。这感觉因为被艺术地把握着，因而也就有了作者独特的色彩。作者找到了“一颗属于我的星星”，“我来到小河边/她也跟进河面/我伸出手与她相握/她却散成无数”（《望星空》）。作者写雾，“雾来了/小树蒙上了脸/小河盖上了纱被/楼房穿上了纱裙”（《雾》）。写青草，从远望开始写起，进而写“走近”、走进草地中、坐在草地上，因而才“看见一棵棵青草在向上”（《青草》）。读着这些小诗，似乎感觉到作者的轻松自由和不经意，但就在这不经意中，我又惊异于作者敏锐的观察力。

当然，写诗并不都是即兴式的，也不是随意式的写作，它需要动情，更需要思考。作者那首《时间》，可以引发读者许多思考。作者先写时间像“一滴水珠/抓也抓不着”，像“一团浓雾/捕也捕不着”，然而，即使时间如“一片青草/虽然我抓得住/但却永远/阻止不了/它的苍老枯黄”。那首《假如我是声音》，作者借声音的幻化表达了对世界的爱，同样是一首构思新巧，有一定思想深度的好诗。从这首小诗中，我们不但读出了作者善于以实写虚，把无形的时间写得有声有色，更重要的是读出了作者对于时间、对于生命的感悟。这种感悟加重了诗的深刻性和思辨力。这正是诗在表现力上的以少胜多。

高璨的这些诗，属于她四年级的学龄阶段，显示着这个年龄段的情趣，幻想和想象，以及对于大自然泛灵心理的独特感受，因而她的诗里永远濡染着童话的色彩。如《春容》《毛毛雨》《湖》等。我可以从她的诗中找到大量这样充满童趣的小诗，看到小雨滴“参加跳伞比赛”，看到蛙弟弟“高兴地与毛毛雨游戏”，看见湖水“变成一台电视机/好多东西全摄进/现场直播”。在她的笔下，生活充满了快乐、生机。其实，即使将来她长大了，这些单纯的气质，优雅的姿态和审美的品位仍是生活所需要的。

除此之外，她也写了一些不快乐，甚至有些凄美的诗，如《活着》《南飞的燕子》《怀恋》。这些诗写到了挫折、不幸，甚至死亡，但它源于一颗温暖的心。有了细腻的感情体验，才能让故事像溪水般在笔端流淌。

诗需要感动，感动着自己，也感动着大家，从而滋润着读者的心。

高璨有些诗，没有雕琢，没有伪饰，只凭着天真、直觉、敏锐，就直抵美的境界；而另一些诗，又是凭着她的感悟、思考和发现，让她的诗站立了起来。

如果说还有什么希望的话，我期盼高璨在诗的语言上多下一些功夫，多锤炼，多推敲。人们常说，诗是文学中的文学，这说明诗在内容上要更凝练集中，在语言上也要更精微、更纯正。还要注意音乐性，无论朗诵还是默读，在读者听觉和内心感受上，都应当有一种美听的艺术效果。

读完了高璨的诗稿，我发现她经常都在写诗。这些诗，虽然参差不齐，但每首都有可圈可点的词句。我更看重的是，她从小生活在诗的感觉中，诗的意境中。她带着稚童的纯真体味生活，又怀着虔诚的心写下这一行行诗。我甚至想到，她将来能不能成为一个诗人，这并不重要，重要的是，她已展示了她的天分和灵性，领略过一种独特的诗美。被诗美浸润过的心灵，永远是丰富的、充实的，奉献给生活的将是美的飨宴。

2005年7月31日于北京

（作者系中国作家协会儿委会委员，首都师范大学教授，著名儿童诗人）

她有一颗纯净的心灵，她将孩提心中流出的天籁之音，献给小朋友和他们的父母
阳 光 的 脚 步 很 轻
高璨◎著
陕西师范大学出版社
dance in the sunshine

想象力是诗的生命

——序高璨的诗集《阳光的脚步很轻》

谢冕

这本诗集的小作者叫高璨，1995年出生。她从九岁开始学习写作，现在快十一岁了。十一岁的高璨，已经出了几本书。我见到的有短文集《树叶船》，是第一本。后来又有《夏天躲在哪儿》和《狡猾熊和笨狐狸》，分别是诗和童话集。这次又有一本诗集要出版了。经几位先生的辗转介绍，高璨的诗稿送到了我的案头。我平生写过许多文字，给这么小的小朋友写，这还是很少有的。我是怀着新鲜而又欣喜的心情，来读这些作品的。

高璨的文笔很好，简洁而且生动。她用这样的笔墨给我们讲一个又一个好听的、有趣的和有意义的故事。这些故事都是很感动人的。有一首诗，说草原上的草很绿，但是不开花，草儿很伤心。蝴蝶知道了，就飞来停在草尖上，变成了一朵花。后来，它又叫来了许多朋友，都停在草叶上面。草原上一下子开满了鲜花。由于蝴蝶的同情和友爱，草儿不伤心了，它感到幸福。

还有一个种子的故事，也非常动人。种子原本有很多的选择，但它却认定了要做一枝花。花是会枯干的，但它情愿，表示即使如此以后还要做一枝花。种子说“能让一个人快乐也是幸运”和这首《选择》的立意相近的，还有《小树叶的愿望》。三片小树叶在秋风中飘落，它们都要小兔子帮助实现各自的愿望。这些愿望分别是：帮助舀水以滋润树妈妈；帮助到处走走，为的是给妈妈讲她不知道的外边的事；因为冬天就要来了，帮助它贴近妈妈好挡风寒。小兔子一一都做到了。

读了上面这些诗，对比高璨先前的那一本，我觉得有了很大的进步。这就是作者的立意比过去深了。在这些诗歌的背后，我们的小作者懂得通过事物的表象去开掘更深一层的意义。蝴蝶变花也好，种子和小树叶的愿望也好，都在讲同情心和友爱心的故事。读了这些诗，让人心中感到温暖，让人感到世界和生活是这般的美好。这就是说，诗歌不仅是要讲有趣的和优美的事情，更要讲有意义的事情。有意义的事情，能使人变得更高尚、更有理想。

记得高璨在出第一本诗集的时候，金波老师告诉她：“诗需要感动，感动着自己，也感动着大家，从而滋润着读者的心。”金波老师的话非常重要，他说的“感动”，其实是在指出诗的一种本质。诗是人的情感激动的产物。诗人和一般人的差别，在于一般人也会产生激情，但他没能把激情转化为诗。诗人的工作，就是把这种情感用诗歌的方式表现出来，而与大家分享。这种激情燃烧的境界就是感动，既感动自己，也感动别人。

讲了金波老师的意见，我再补充一个意见，那就是诗的想象力的问题。从一件普通的事物上面产生一种联想，使原有的意思得到充实和发挥，从而使原先的事物有了更丰富、更高远的含义，这就是想象力的作用。例如前面说的草原上的蝴蝶，它已不再是普通人眼中的昆虫，而是一朵花，它不仅美丽，而且会飞，不仅会飞，而且有同情心和爱心。诗人的想象力给了普通事物以不普通的意蕴。诗歌创作有很多条件和规律，但想象力是极为重要的，有了生活体验，有了让人感动的情感，再加上丰富的想象力生优秀的诗篇就有了一定的保证。

高璨同学写作很用功，文字能力也不错，对文学和诗歌很有悟性。我读了她的作品真的很高兴，我祝贺她的成绩。借此机会我还要提出一个建议，喜欢文学写作是很可贵的，但是功课不可偏废。小学阶段，甚至中学阶段，都是学习基础的时候，必须各种功课都按照学校的要求学好，不要过早地因专注于写作而影响了全面学习。现在写作的低龄化是一个潮流，不仅学生自己，还有家长，甚至还有老师，都受这种风气的影响。我希望我们的小作者们，一方面努力写作，力求有不断的进步，另一方面，要把各科的功课做好，要把身体锻炼好，身体健康，思想进步，全面发展。在此前提下，要是真的出现了未来的文学家或诗人，那是我们所有人都会高兴的。

高璨小朋友，你同意我的意见吗？

2006年3月1日于北京大学

（作者系北京大学教授、博士研究生导师，北京大学中国新诗研究所所长）

童心与《穿金靴子的人》

梁小斌

当代中国的诗歌的模样，已经离她的源头的模样越来越远了。那么，我们如何回到源头呢？至少我们可以读读高璨小朋友的诗，犹如，我们向远处去却迷了路，现在要鞠下身问身边的小朋友。高璨小朋友手儿一指，却又打开了诗集，真的像五彩的地图那样。

才读小学五年级的女孩高璨个头其实已经不矮了，所以，诗歌到底应该怎么写，她完全有资格和我们“平心而论”。开始我读她的诗集也很粗心，不就是写了好多童话：树和熊的故事、小狐狸和它妈妈的故事等等，我想用天真、烂漫来概括这些诗，概括完了，再建议送给幼儿园的其他小朋友读。这是粗枝大叶的评价。推而广之，中国诗坛上的好多诗歌论断都因来得粗心，延误了诗歌之根的茁壮成长。

茁壮的诗歌之根不是天下所有小朋友都能掌握住的，在天下孩子“普遍”拥有的天真烂漫的语言之外，我还要确认高璨小朋友作为诗人到底有没有自己的声音。就这么读啊读的，我听到这位诗人在说：

种子本来可以选择更好，
却决定成为一枝花朵。

高璨似乎在说，她愿意变为美丽的花朵，甚至被人们扯下来当作书签，她也甘愿。书签是什么，就是干枯的花，至此，高璨的一段诗心可谓动人。我们有时感觉到语言很美好的时候，却说不上来这美好童心是怎么生长出来的？“种子本来可以选择更好”，这一句诗是很有灵性的。在高璨小朋友的眼下，泥土里的所有种子长得都是一模一样的，而依据我们的知识，种子开始时就已经不一样了。但是种子是那么小而饱满，高璨说得更对，这个种子选择的魅力将更加持久。

高璨诗歌的魅力如同种子一样，有一种与生俱来的良好品格。譬如说，她也爱童话，创造出“白肚皮的燕儿”播下了三颗种子的故事。高璨的所有诗歌都与大自然这个家园密不可分，诗歌展现了她在凝视自然时刻的各种神情。她发现“墨一般的黑夜/被月亮照亮”，这言下之意很奇妙，黑色只有被月亮照亮以后，才能看见它是黑的。高璨识字较晚，在识字之前，她认识的字就是那些雾，那些风，还有涟漪，还有小虫子从她手上爬过的痕迹。这些大自然的生僻之字看得多了，她就要想，这美好和神奇是从哪里来的，这就是童话意识的开始：她写的好多诗，都与“很久很久以前”发生了联系。

诚实的童话故事心态是儿童诗歌的珍品。不要小看“很久很久以前”这个说法，因为美好在高璨降生之前就提前出现了，白肚燕儿的故事实际上就成为大自然对她的爱。小诗人置身大自然之爱中真是喜不自胜，她慢慢地就培植了对于生命的热爱和怜惜之心，这真是小诗人心灵成长的必由之路。

我们成人世界的诗歌主题通通都在表达着一个意思，所有得到都是自己挣来的，连摘一个苹果，都要表达“摘取”的艰辛。这种摘取成为意识后，是反童话写作的。而高璨却说：

阳光很慷慨，又很吝啬
他有一身金子的
礼服，还有金子的
靴子

她对太阳的赞颂多么准确，多么符合太阳的本来样子。有人也会说，这是比喻啊，只是比喻得非常美妙而已。但我从高璨诗歌语言许许多多的比喻中，却感到了这不是简单的修饰才华问题。有一个外国诗人说：“地里的蟋蟀像缝纫机在呼啦啦地唱”，我对这精致的比喻不以为然，因为诗人已经知道蟋蟀不是缝纫机，而只是像，缝纫机在鸣唱。比喻发展到现代，任何不美妙的事物哪怕再有一个美好的名称，都不会感动我们，因为它只是装扮成那样。但高璨小朋友的诗不是装扮，她还不懂装扮。

太阳，就是一个穿着金靴子的人。

不知什么原因，少数诗歌有使用比喻技巧的痕迹，但是高璨的诗歌在她周围亲人们的呵护和大自然的培育下，已显出回到诗歌源头语言的端倪。我惊异于小家伙《夜车驶过山村》这首诗：

夜里的山村
停止了忙
闭上睡眠的眼
天空的星光
一闪一闪
有一颗大的星光
由远而近
哦，那是一辆货车
打着灯驶来
每靠近一座小房
都放轻声音
像风掠过
路边的一滩滩水
对追赶货车的月亮感兴趣

溅起又重新落回

如脱线的珠子

发出哗啦啦的声响

仿佛这里的夜

被惊吓了

手中的一串珍珠

掉落地上

我感觉到，她在写一种山村里的响动，惊起了水花，然后又恢复平静的过程，细微之至，堪称禅诗精品。

不要以为，我要孩子从此学习禅诗，从此追求禅的境界。这一首诗我刚有所惊叹，又跟上来一首儿几乎异曲同工：

一个扫院子的人

在风中扫着

扫着不尽的落叶

头顶飞过一群雁

学会了轻，一点声音也没有

仿佛雾从远处漫了过来

扫院人仍关注

地面的黄叶

甚至没有发现

秋的到来

——《悄悄的秋》

如果没有人教的话，这首诗的灵性过于饱满了，几乎溢出了果实中的果浆。一个扫院子的人，不知秋的到来，也许已经知道了，只是没有说，其遐想空间，要开动脑筋的话，高璨的诗令人沉思也令人头痛，我们往往把不再想它了，称之为“空灵”。

我与高璨小诗人没有见过面，写诗的道理，我相信她已经懂了许多。我最后想说什么呢？不要过早地进入空灵之境，不写诗的时候要多出去玩玩，玩得满头大汗才好。是为序。

2006年2月于北京

（作者系著名朦胧诗代表诗人）

水晶的歌吟

——读高璨的儿童诗

沈奇

有一种说法：青春情怀总是诗。其实这里说的“诗”，只是指诗的意绪和诗的精神气象，在青春年华里容易滋生与发扬，而要论诗的感觉即“诗心”“诗眼”，则还得说童真“视界”（世界）总是诗。德国诗人、哲学家诺瓦里斯（Novalis，1722—1801）直接将“童话”推为“诗的法则”，认为“童话可以说是诗的准则，所有的诗意都必须是童话式的。”美国大诗人桑德堡（Carl Sawdburg，1877—1967）在《关于诗的十条定义》中，很诗意地说：“诗，是在陆地生活，想要飞上天去的海洋动物的日记”。无疑已是一则生动的童话，也是一首很美妙的小诗了。

童心、童话、童真世界，才是孕育诗及一切人类艺术的本源，或者说，我们每一个人的生命的初稿，无一不是充满诗的跃动和诗的视觉的诗意世界。然而遗憾的是，无论是在古典中国，还是在现代中国，是在旧体诗的长河里，还是在新诗的山系中，用汉语写作的儿童诗（以及儿童文学和儿童艺术）一直极为薄弱和贫乏，既乏经典，又乏普及，乃至长期无人问津。中国儿童，稍一懂事，就迅速被成人的知识世界和审美世界所吞没，成为“小大人”，而失去该有的那一段诗意年华、童真人生，造成整体民族心性的过于世故及老化，已成为大家公认的不争的事实。由此，在汉语世界的诗与艺术园地里，如何加倍努力地去发现去呵护那些来自儿童、来自我们生命初稿的美丽的元素与作品，以逐渐弥补历史与现实的缺憾，已是一个十分迫切的命题。当代中国，一直在呼唤文学大师、艺术大师，其实，没有小草繁茂的绿地，哪来大树生长的条件？这几乎已是一个常识，却又总是被人们所疏忘。

于是，在这个冬天，在又一个诗的淡季里，当我偶尔读到年仅十岁的小女孩高璨的儿童诗集《夏天躲在哪儿》和她的一些新作诗稿时，有如预先领略了春天的气息，回到了诗的原乡，在一种特别的感动中认领久违的童真的诗意、水晶的歌吟！

童心为诗，其优势,在本真、在纯净、在想象力，其弱点，在缺乏经验，易模仿、少自我。因此，儿童诗创作，最忌

"熟""俗"二字——"熟"由模仿而生，与他人混同，说大家都说"熟"了的话，见不出自家的真面目、真心性；"俗"由矫情而生，急于成"熟"，自觉或不自觉地靠拢成人世界，成为成人话语或时尚及主流话语的投影，失去朴素纯净之美。应该说，这就是判别儿童诗以及一切儿童文学创作之好坏的基准。以此来看高璨的诗，尽管部分诗作（如《假如我是声音》《我常幻想》《只要》《时间》等诗）也有为升华主题、拔高思想性而出现"失真""早熟"的弊病和刻意追求"远大境界"的隐患，影响到情感与想象力的本真呈现，但总体而言，还是很好地保持了儿童诗的美学特征，显示出璞玉浑金的不凡品质——小诗人天生好素质，有敏慧的语感和超常的想象力，对现代诗的理解也比较到位，方向明确，脚步坚实，加之高璨的热情与勤奋，得以较快形成自己的格局与风采，作品一经发表或印行，便获得广泛好评，可以说是当代儿童诗创作的一个令人惊喜的重要收获。

读高璨的诗，尤其是那些非刻意而为天成自然的作品，常有小风送爽、新月照人、清露明眼的美好感受。儿童的目光，如银的纯净；儿童的想象，如水的幻化。单纯鲜明的形象，纯朴清丽的语言，在字面上不超出儿童的理解力，内里又不乏超越性的丰富联想和深厚蕴藉，所谓"小景之中，形神自足"（冯友兰先生语），秀嫩天真而诗意盈盈。小诗人甚至能合理而出色地运用"通感"诗法，在自然化的人格、人格化的自然的交互意境中，充分调动儿童特有的视觉、听觉与触觉的天然浑化，妙意灵通而生动感人。像“风旅行过哪里？/我不知道/风从不留下照片”（《风到过哪里》）这样的妙句，即或放在成人诗人那里，也是难得的佳构。《水粉画》一诗，代自然立言，平实中见贴切，结尾一句，“我想见见自然先生/学学他的绘画”，足显童心之爽真。《小云朵的选择》中，在“大地一片焦渴”而“几片云飘来/张望了一阵”“一群云登上高楼/给家家户户的玻璃窗/留下了一张张照片/也飞走了”的特意安排中，让“一朵掉队的小云追上来/变成一阵雨”，为大地解渴，当“太阳为小云朵披上彩带/她却害羞不见了”，充分表现出童心的善良美好与羞涩情态，毫无造作而真切感人。再如《夏天的风雨》一诗，写“狂风和雨/来得快/走得急/却在短短的狂欢中/做了一次清洁工/洗净了门窗/洗亮了天空/没留下一句告别话/回家了”，立意和用语都很准确熨帖。尤其结尾一句“回家了”，看似简单，其实难得，用在这里，比什么样的奇思妙想都更能打动人。童诗要写好，先得自然，后讲贴切，然后才说得上加华敷彩。高璨的诗，在这方面颇具天赋与悟性。像《湖》一诗中，让“小湖”“变成一台电视机/好多东西全摄进/现场直播”，就是一个既自然又贴切且在自然贴切中又不乏情趣的典型意象。另外，一般儿童诗写着写着就容易犯急于“说理”的毛病，总想给世界有个自己的解释，所谓“主题”，所谓“思想性”。其实这些东西都是诗中的“硬物”，在儿童的“消化系统中”，很难化解为有形有色的意象，弄不好反伤天真意趣。高璨也难免受整体陈旧落后的教育（包括诗歌教育）环境的影响，每每想通过诗行来表述自己的“理想”，给自己的儿童诗补点“钙”，有些“骨感美”。好在在这种追求中，小诗人总能保持住情与理、诗与思之间的平衡点，不致伤及基本的诗意，尤其难得的是，她对“思想性”的触及，常常是以提问题的方式而不是给出答案的方式来表现，使之仍处于感性的鲜活于朴素之中，值得肯定和发扬。如《错了》一诗，立意很深，触及的是生命与存在的“错位”这样的大命题，小诗人却用“鸟笼装错了鸟宝宝”“铁笼关错了兽宝宝”“鱼缸进错了鱼宝宝”三个意象做了很形象的概括后，再以两行纯儿童心态和语态的问话结尾：“领错了这么多宝宝/那该怎么办”，只在指认、在暗示而不表明什么，这是诗的方式，真正儿童诗的方式。而从近期在《星星》诗刊（2005年12期）发表的《镜子和狗》一诗中，我更为小诗人颇为老练（真的只能用“老练”）的诗性叙事才能所惊叹——其严密独到的构思，富有细节的戏剧性追求和寓言性意味，及其透过儿童心灵所折射出来的极为微妙与深刻的悲悯情怀，都是同年代诗人和同类作品中极为难得的精品佳作。同时期的其他一些近作（如《春融化在绿色的舌头上》《一朵野菊花又开了》等），也处处显示出剥离他者话语影响而渐趋完全独立原创的非凡境界，让我们看到：一个更成熟、更富有独创性的少年诗人已然向我们走来……

天赋异禀，厚望可期。年仅十岁的小诗人高璨，在人生的初稿上，正书写着他不凡的创造与追求。但愿这创造与追求能伴随她一生，既滋养小诗人自己的美好前程，也能为这日益物化的世界，增添一份诗的美意与慰藉。当然，我们更期望这棵诗的小苗最终能长成为大树，为诗的中国播散更丰满的绿荫。

2006年1月20日

（作者系西安财经学院文艺系教授，著名现代诗学及文艺评论家）

舒展的想象孕育创造

王宜振

不少老师指导孩子写诗，往往让孩子去捕捉一些生活中的儿童情趣。诚然，捕捉一些儿童天真的情趣，进入儿童的心灵世界，从这一点来说是必要的。但在指导孩子捕捉儿童情趣的同时，却忽视了作为儿童诗的诗的本质。最近，读了高璨的组诗《想飞的树》，真是喜不自禁。我为她那非凡的想象力和艺术上的创造力感到惊异。我以为那是真正意义上的儿童诗。

《想飞的树》是从一棵树想飞翔切入，展开了一个有趣的童话世界。树想飞，请鸟儿做师傅。鸟也认真教，树也认真学，可是总飞不起来。有一天，树在学飞翔时，发现她的许多孩子——小鸟和小虫子也在学飞翔。后来，树不想再学飞了，可她仍然是快乐的。为什么呢？因为她的孩子们在她的带动下都学会了飞翔。这个饶有趣味的小故事，却揭示了较为丰富且深刻的生活内涵。它使我们想到甘为人梯的园丁们，他们所拥有的不就是这样的思想境界吗？令人叹服的是小作者并没有将所要表达的思想直接地告诉读者，而是在故事的发展中很自然地不露声色地和盘托出，可见小作者的艺术功力之精妙。如果说《想飞的树》重在表现一种思想，那么，《秋》则在艺术上有更多的追求。秋天的树叶，像一只只小小的鸟从树上飞走了，不知它们是何时飞走的，也不知它们去了什么地方。这一段对“秋”的描写，也许显得普通了一些。但下一段，却有神来之笔，令人读了感到喜悦，感到振奋。请看，秋天的田，金黄的头发留长了，秋的剪刀，要剪掉好长好长。这里小作者把秋天的收获，写成用秋的剪刀剪头发，可谓构思之绝妙。在这里，构思是孩子气的，想象是孩子气的，在孩子气的构思和想象中又蕴含着孩子气的创造。最后一段写秋风，秋风被写得太多了，要写出新意来，绝非易事。而小作者笔下的秋风，却没有陈旧感和落套之嫌。请看，秋天的风把夏天未曾带走的统统带走了，好像一个战胜者在打扫着战场。令我叹服的是后两句：把虫儿的歌声吹远了，把雪白的冬吹近了。这一“远”一“近”，告诉人们秋天就要走了，冬天就要来了。小作者的高明之处，只用“虫儿的歌”喻秋，“雪白的冬”喻冬，这是文学中常用的“借代”的手法。只要我们稍加思索，风能把“虫儿的歌”吹走吗？风把“雪白的冬”吹近吗？这是小作者在运用现代派诗歌的表现手法去表现生活。但技巧却是那样娴熟，那样得心应手，那样恰到好处，不能不令你拍案叫好。《红枫林》这首诗，又是写秋天的。诗的第一段，写红枫林像点燃了的跳动的火苗，这个比喻也许司空见惯，无奇特之处。但小作者笔锋一转，写小蚂蚁把一片火苗带回黑暗的家，鸟儿衔走一片火苗带回自己的巢，仅仅是带回还不够，还做了一个火红的梦。鱼儿呢？鱼儿也带走一片，带到水草间，欣赏这个神奇的不怕水的火苗。在这里，小作者的想象力天马行空，任意驰骋。想象力必然孕育着创造力，这不怕水的“火苗”，就是小作者在想象力的基础上生发的一种“创造”。《黄色的小发卡》这首诗，是一首极富儿童情趣的小诗。请看，月亮和星星以池塘为镜，在梳妆打扮自己。正因为月亮星星在对着小池塘这个镜子梳妆，它们的影子也就纷纷掉在了小池塘里。有趣的是池塘对风说的一番话，令人感到妙趣横生。请看，池塘对风说，别动！小心吹掉我头上黄色的小发卡。月亮弯弯的黄黄的，多像一个美丽的小发卡呀！这里的儿童情趣并不是一般的儿童情趣，而是孕育着想象力和创造力的儿童情趣。《思念》这首小诗，是写小鱼和小鸟是好朋友，小鸟把对小鱼的思念写在一片树叶上，请秋风捎去；小鱼呢？却把思念挂在一缕风上，给小鸟捎去；最后，小鸟和小鱼都在微笑着回味这美好的思念。在这里，“思念”本来是一个抽象的事物，但在小作者的笔下，这一抽象的事物却被具象化了。小诗是写友谊的，但小作者却把它写得那么纯洁、那么美好，简直像一块玉石，那么玲珑剔透。高璨的小诗，想象力是极为丰富的，可贵的是她还会令自己的想象变形，有些变形不但较大而且曲折，令同龄人乃至成人都感到惊异。高璨虽然只有十岁，却能准确地把握现代诗的创作技巧，实在令人为她高兴。

高璨的诗，在不断地变化着。她开始写诗，跟大多数小作者一样，也是从儿童情趣开始的。可她没有停留在儿童情趣上自我陶醉，而是在诗中舒展着她的想象力，不断地向深层拓展。想象力的背后，往往孕育着创造力。我相信，高璨一定会写出更多的富有创造力的好诗来，奉献给她的同龄人。

（作者系中国作家协会儿委会委员，著名儿童诗人）

梦想和心最柔软的那一部分构成诗（文学）（诗、心、梦想）

寇挥

我认为梦想和心最柔软的那一部分才能构成诗。这句话里的关键词是：梦想、心、诗。我从小诗人高璨的数百首童诗中挑出《想飞的树》《小虫行走在我手上》《收藏家》这三首，想借此谈谈诗的本质，也就是文学的本质。在这里诗和文学是完全可以画等号的。想飞的树，树想飞翔，像鸟一样飞翔，这种想象只有一个富有梦想气质的心才会产生，这是构成文学的第一要素。把飞翔的梦想赋予树这种连走都不会的植物，这种想象在我阅读这首诗之前在浩瀚的文学作品中还没有发现过，是小诗人的首创，难能可贵。把诗人（文学作品的创造者）比喻为想飞的树，是再形象不过了。假如这样设想：树最终燃烧起来，化作火焰飞向天空，飞向宇宙，完成最后的飞翔，留在泥土中的只是灰渣，把灰渣设想为尘世俗体，那么燃烧的火焰就是飞翔的灵魂了。

文学的第二要素是柔软的心。人人都有一颗心，可从事文学创作的人的心特别柔软。《小虫行走在我手上》恰恰证明了小诗人高璨有一颗特别柔软的心。一只小虫子在她的手上爬动，触动了她的心中那最柔软的一部分，静静地看着虫子爬动，她的心与宇宙、与神灵进行了深深的交流，认识到了生命的可贵与可爱。与小虫子的亲切的接触与交流，实际上就是与神灵的交流。悲悯与爱就是心最柔软的那一部分，小诗人虽然在诗里没有说，但她深深地感受到了，她把这种感受传达给了我们。我觉得这是第二个难能可贵，比梦想还要重要的难能可贵。以上两者构成诗或者说文学艺术。《收藏家》恰恰就回答了这样的问题。小溪是自然界的收藏家，收藏了羽毛、石子、糖纸和小鱼，小熊把这一切——小溪和它收藏的羽毛、石子、糖纸和小鱼——收藏进了画里，这就是诗或者文学作品了。小熊不但有梦想、想象力，有一颗柔软的心，还有把小溪“收藏”进画里的艺术功力（技巧等）。小诗人高璨的这三首诗回答了文学艺术家及艺术作品的构成之要素（或者说文学艺术的三个阶段），这可能对她来说是不自觉的，无意的。可她的文学的心灵会把她引到该去的地方，她的充满艺术灵感的潜意识在起作用，从这个角度看的话，一切又都是自觉的。她创造诗的同时也创造了自身。

（作者系陕西文学院签约作家）

离『湖畔』远去的诗歌

——评《中小学校园诗歌》（节选）

干天全

特别值得一提的是，10岁的小学生高璨所写的《镜子和狗》。这首诗的感染力绝不亚于当年冯雪峰所写的《三只狗》。三只面对面坐着看月亮的狗因为“相恋”而感到“凄凉”，这种“凄凉”只是一种淡淡的凄凉；“镜子”里的狗是一只“导盲犬/在盲老人去世后便被抛弃”，在它流浪街头奄奄一息的时候，从一面镜子里发现里面有只“跟自己一

样的狗 / 流浪…… / 导盲犬和镜子 / 睡在这个城市的一个角落”，导盲犬的凄凉是沉痛的。对它悲叹的作者还是一个儿童，却过早地察觉到世态炎凉中的孤独和悲伤，以童心为代价的这种察觉不能不说是儿童的不幸。人都难以诗意地栖居，更何况狗乎。但愿小诗人更多地接受阳光的照耀，从童年到成年都能“握了握阳光的手 / 手顿时也变成金黄”（《阳光的脚步很轻》）。

（摘自《星星》2005年12期上半月刊）

（作者系四川大学教授，评论家）

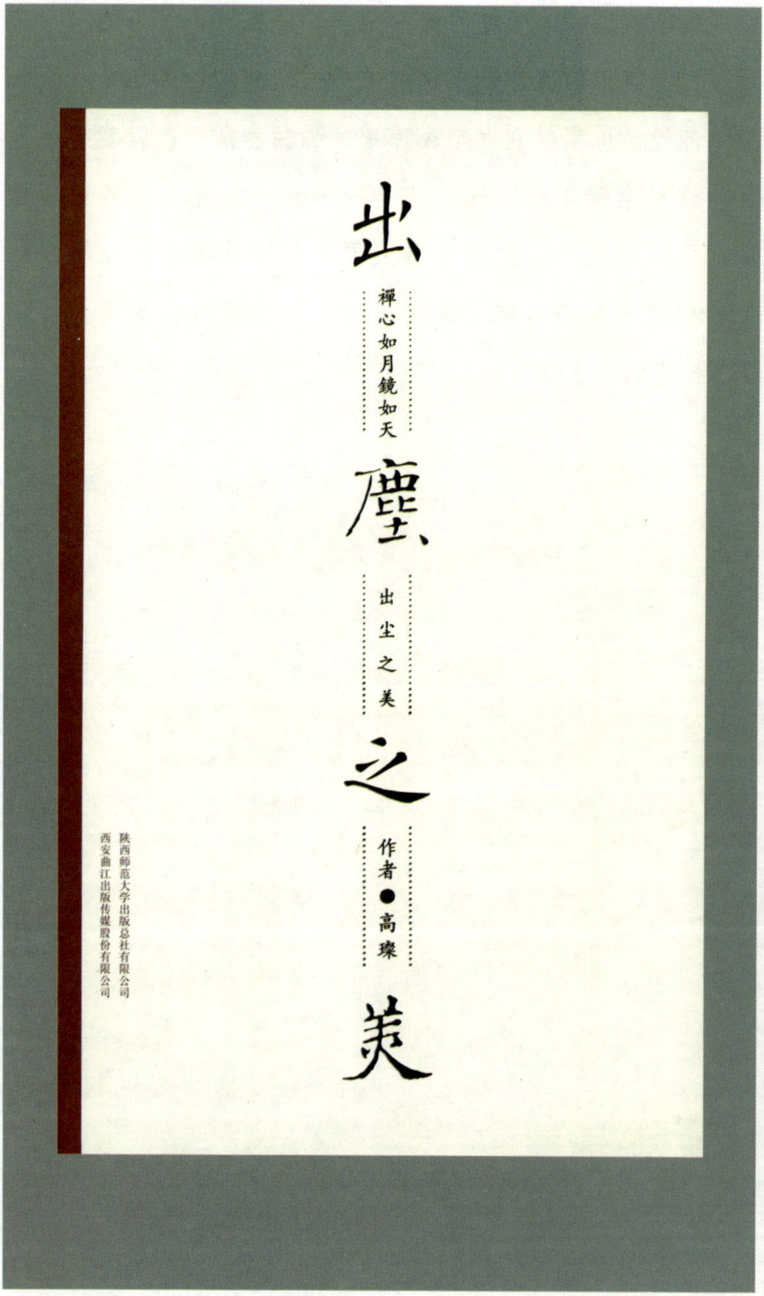
出塵之美
禪心如月鏡如天
出尘之美
作者●高璨
陕西师范大学出版总社有限公司
西安曲江出版传媒股份有限公司

从纤微处见灵动

娜仁琪琪格

打开高璨同学的诗歌，一个鲜活、灵动、敏感、奇特的世界也就展现在了我的眼前，同时我感到一道光芒的升起，我预感到了什么。

高璨同学对世界、对生活的感知能力很强，更重要的是对生活、对世界的热爱。她把自己全方位地向世界打开，感知、捕捉着最生动美丽的事物。她是敏感多思的一个孩子，俯仰大地与天空，采撷着一朵、一朵、又一朵小花，赤、橙、黄、绿、青、蓝、紫，而结成了大束的诗的花环，明艳而芬芳。

从高璨同学的诗中，可见她取采的广泛博杂，且诗歌表现得灵动而纤细入微。《风到过哪里》《帆船》《聆听》《怀恋》《望星空》写得非常好，其中跳动着许多精彩的句子，让人心动和眼亮："风的鞋上一定粘过世界各地的泥土/风的眼睛一定目睹过许多珍奇"（《风到过哪里》）。多么生动、形象而又留着生活印记的诗句啊。"生怕种子发芽的声音溜走/生怕云朵飘过的声音跑掉"（《聆听》）这样的诗句又是多么纤细入微，让你感觉到她身上的每一个毛孔都向世界打开着，从每一个毛孔又都伸出了一个小手，准确地捉住了这一闪即逝的精灵。

高璨同学的诗聪明地避过了一些现代诗的毛病，在抒情中以情绪贯穿，空洞而贫乏，小小的她似乎懂得，细节是最真实而打动人的艺术，这也让我见到了她的功力。到如今写关于春的诗已是很多了，但从高璨同学笔中流淌出来的《春》是很清新、独特的。

读高璨同学的诗，另一深刻的感受则是：在阅读过程中产生一种愉悦、一种轻松的快感，感受着一个可爱的小天使的给予。大自然借她之口歌唱或讲述着快活、美丽、偶然也有忧伤。是的，她听得懂大自然中万千生灵的言语，她懂得她们的欢喜与忧伤，她看得到他们命运的起伏，所以太阳、月亮、云朵、花儿以及小鸟、小草，甚至连影子都具有了戏剧性的命运，侧身或欢愉着走近了美丽的童话，轻展着薄如蝉翼的羽翼，飞翔或者顾盼；而童话则是自然界最真实的语言，它敏感而纯真，没有被尘世所蒙蔽。《南飞的燕子》《活着》《会唱歌的草》《风的家在哪儿？》《月亮是大家的》等都体现了这一特质，以诗歌的形式展现了一个个生动的童话，这童话也就有了韵律与韵味。

好了，高璨同学，我要把一句话送给你："有两种现实主义者：一种是将带着泥巴的土豆展示给读者，以示真实；另一种是把土豆涮洗干净后才拿出来……依我看，艺术就是要把生活涮洗干净，然后给它穿上形式的外衣。"这句话不是我说的，而是大诗人罗伯特 弗罗斯特说的。这需要我们在成长的路上用自己的心智领悟。我想你是个聪明的孩子，你会逐渐地明晰这句话所蕴含的智慧。

然而，艺术是无止境的，在认识到自己的长处的同时，也要会发现自己的不足，从而才能不断地丰富和充实自己，不断地建立全新的自己。我再给你一句话："诗歌不是技艺，而是经验。"这也不是我说的，是大诗人里尔克说的。同样需要你在成长进步中去领会。

高璨同学，不！是高璨诗友，我们是诗歌之旅的同路人了，有句话要悄悄地告诉你：最好的诗歌要呈现戏剧性中的人物与韵味，这句话是我娜仁琪琪格说的，也是我艺术的追求。

（作者系诗刊主编、诗人）

可贵的童心与诗心

谭旭东

中国儿童诗的发展一直是大诗人和小诗人共同携手前进的过程，20世纪八九十年代，儿童诗坛就涌现了田晓菲、李冰雪、梁芒、邱笛、吴导、龚昕这样的小诗人，他们以自己稚嫩但闪现着灵性的笔写下了一些至今还被人认可流传的好诗。如李冰雪写的《种太阳》，不但进入多种儿童诗选本，还被谱曲广为传唱，成为小朋友最喜欢的歌曲之一。进入21世纪以来，儿童诗坛，又涌现了一些新苗，如天津的张牧笛，从小学时就开始在多种报刊发表诗作，而且获得了不少专家的肯定。今年摆在我面前的一部诗集的作者、西安实验小学四年级的女孩高璨，也是一位值得嘉许和肯定的小诗人。我读了她的充满灵性，闪烁着童心的诗作，感到非常激动，非常振奋！

这几年常常有一些中小学校邀请我去给小朋友讲一讲文学，讲一讲儿童的文学阅读和写作，也讲一讲诗歌创作。有时，我还会接到一些夏令营或冬令营组织单位的邀请，和小朋友们近距离接触，和他们一起交流文学写作经验。去年，我还应《儿童文学》杂志的邀请，担任了中国小作家协会的顾问和写作指导教师，在国内一些刊物和报纸上也开设了写作辅导的专栏。在和小朋友的交流中，我发现小朋友的文学阅读兴趣很浓，写作热情也很高，有些小朋友的文学写作已经达到了相当喜人的水准。甚至有些小朋友的创作能力并不逊色于我们的一些大作家、大诗人。我没有见到过高璨，但她的诗作告诉我，她是个热爱文学，酷爱写作，也对诗歌世界有相当领悟的小作家、小诗人。我认识她，是经过青年作家孙卫卫的推荐，一天他寄给我一本书，说这是一个小学生写的童话和散文，写得很好，你看看，评介。我读了，觉得确实很不错，就写了一篇短评，予以肯定。小朋友的创作激情是不能泼冷水的，童心世界值得去呵护，小的时候就爱好文学，对母语迷恋，是一件好事。因此，这里我不妨再次对高璨的诗作做一点评点。以我的阅读感觉，高璨的诗有两个方面的成功。

首先，是视野开阔，感觉敏锐。别看高璨还是小学生，但是她的视野是很开阔的，她的诗所涉及的问题和表现的题材比较多。如《望星空》《我是一片云》《月亮与街灯》等就是对宇宙的探索与幻想，《春》《夏天的风雨》等是对季节的描绘与感悟，《假如我是声音》《飞虫的笑》等是对生活的哲理思考，《雾》《谁哭了》等是对自然动植物和自然现象的描绘和赞美，《鸟孩子》是诗人小小年纪的梦想……这些都可以看出，小诗人的感觉非常敏锐，而且她的内心世界非常丰富细腻。她善于发现，善于用童心来感悟周围的世界，感悟她眼前的一草一木，感悟她所经历的或所梦想的一切。你看《沙滩上的珍珠》，这首诗就证明了她能细腻地感知外物，有着很纤细的感觉，爱幻想，爱思考：

我在沙滩上拾到一颗珍珠/亮亮的，滑滑的/泛着晶莹/从她的脸上/似乎看出是一滴泪珠/一定是珍珠宝宝找不见了妈妈/正在哭呢/我将小珍珠放进大海/告诉她："快回到妈妈身边吧！"/海里冒出一串泡泡/好像是快乐地歌唱

正是因为高璨有着聪慧的细腻的内心，所以她的诗都表现了小诗人喜爱与大自然对话，喜爱用心和大自然交流的情状。古今中外优秀的诗作都是这样的，都是诗人用心与世界对话，用心与生活对话，用心与他人对话，用心与自我对话的产物。没有内心与外物的沟通与交流，就没有动人心弦的诗篇。《聆听》就是这样一首诗：

躺在草地上/仰望/一只鸟儿/飞入我眼帘/又驮着自由飞走了/天空的太阳一直望着我/他忘记了照顾云宝宝/我闭上眼睛/细心地聆听/生怕种子发芽的声音溜走/生怕云朵飘过的声音跑掉/我静静

地聆听/聆听小草虫清脆的口琴声/聆听树叶们开会的讨论声/这时/晚风轻轻飘来/她告诉了我睡觉的声音

的确，写诗是需要敏感的内心的，而且需要情感深沉和真挚，不然对周围的事物那么麻木，怎么可能写出好的，充满爱和美的诗篇呢？不过，高璨的诗之所以给人视野开阔的感觉，我想还和她爱读书有关，爱读书的人，才可能用文字来表达自己丰富的内心。在这里，我希望高璨在不影响课程学习的前提下，多多阅读一些好书，尤其是一些中外优秀诗歌作品。这样就会进一步提高自己对于诗歌艺术的认识，进一步优化自己的知识结构。

高璨的诗还有一个很突出的特点，那就是她的童诗都有着童话的意境。可以说，她的童诗不仅仅是抒情诗，从文体上来说，更接近童话诗。或者说，她的诗的美感的形式和内容，都包容了童话的动人情趣和诗意的境界。如《这不是风的过错》，就是典型的童话诗，不但有很清新朴素的语言，鲜活的形象，还有深刻的哲理：

一片树叶/缓缓从树上飘落/小兔看见了/怜惜地问/“风姐姐，/小叶子好好的/何必将她吹落？”/风沉思了/只是说了声/“对不起。”/小树叶笑了/像春光一样灿烂/“我落后果实才能成熟/我落后才能唤来春！”/风姐姐听了/长长出了口气/小树叶随着风的呼吸/又一次高高飘起/张开了双臂/拥抱收获/快乐！/小白兔听见了树叶说/“这不是风的过错。”

像这样的质量上乘的童话诗，高璨写了不少，如《雨》

《悲剧》《你知道我在哪儿吗？》《迷路》《月亮是大家的》《会唱歌的草》《活着》等，限于篇幅这里不一一细致分析和评赏了。这些作品我觉得是高璨诗集中最美的，也最能体现她的才情和天赋，最能展现她的幻想力和想象力，也最能调动读者的审美感觉，激发读者的创造力。儿童写童话诗也是最符合儿童的天性的，儿童的思维是原始思维，是主客互渗的“泛灵论”思维。儿童喜爱将自己和动植物世界，与大自然的一切联系起来，并且亲近它们。高璨的童话诗显得很自然，很天真，给人“天然去雕饰”的纯粹，就是因为她是顺应了童心的自然流露。

当然，高璨的童诗也不是字字珠玑，她的童诗在语言流畅感方面还有待改进，诗的节奏感要强，而且最好是要有音乐的旋律，不然就难以阅读，更不适合朗诵。高璨的诗龄还很短，年纪仅仅十岁，我相信她会越写越好，真正写成一位“大诗人”！我也希望她素质全面发展，成为一位不仅写作优秀，而且其他各方面知识素养都很棒的学生！我也希望有更多的像高璨这样的小朋友愿意亲近文学，亲近诗歌。少年儿童通过亲近文学，亲近诗歌，会培养起对母语的感情，会激发自己对汉语文化的热爱，也会提升自己的精神，塑造自己高尚的人格。

（作者系北京北方工业大学教授，新锐批评家和青年儿童文学学者）

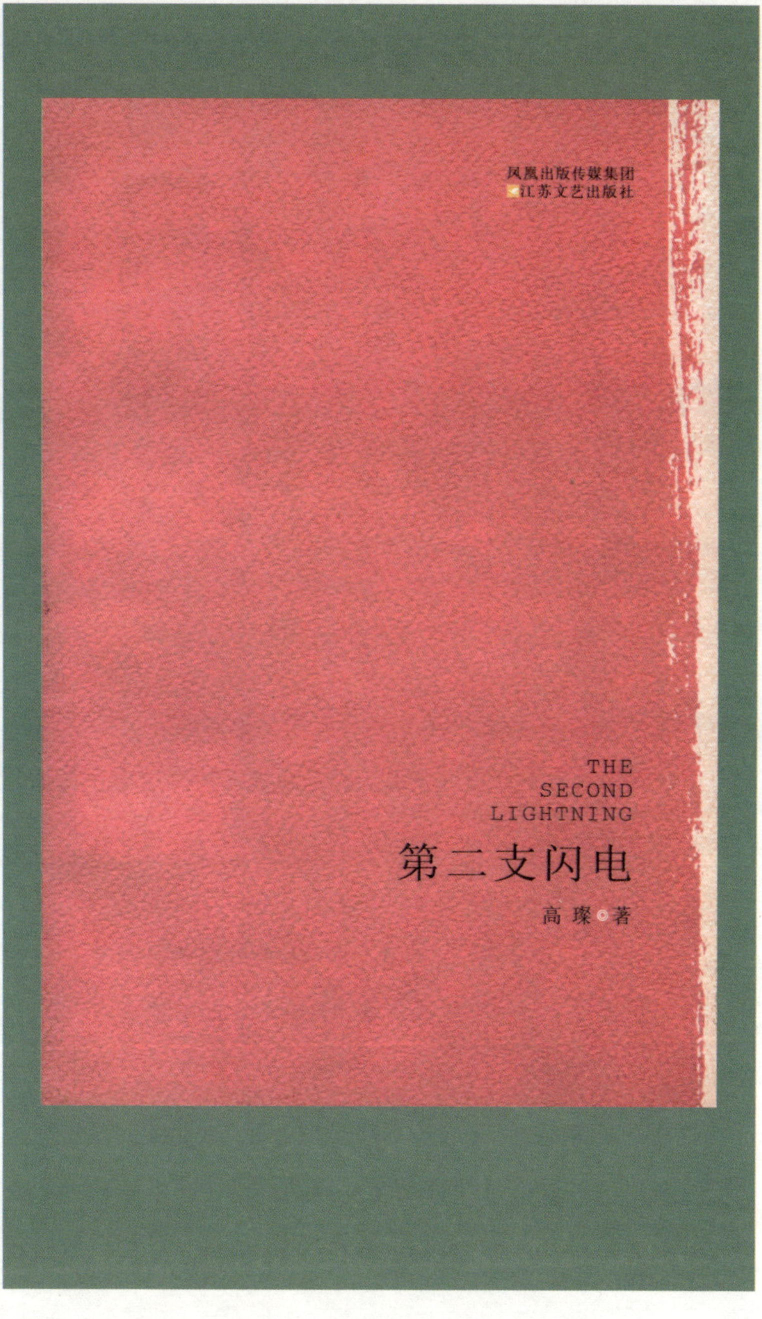
风凰出版传媒集团
江苏文艺出版社
THE
SECOND
LIGHTNING
第二支闪电
高璨◎著

寻找夏天的诗天使

姚鸿 文

初夏的早晨，阳光和薄薄的晨雾快乐地嬉戏，一个天使一样可爱的孩子，在田野里寻找夏天，她伸展着翅膀飞呀、飞呀，有几缕头发汗湿了，贴在白皙的脸上，焦急的目光四处寻找。太阳抬高了身子，雾气也悄悄走开，它们都怕打扰了她。咦？找到了，她开心地笑起来，停在树梢上，赶快取出洁白的羽毛笔，在小小的手心里写下："夏天躲在哪儿?/在石缝里/唱着蛐蛐的歌儿/躲在树枝间/一定学了很多知识/唱着知了、知了"

这就是高璨——一个十岁的西安小女孩给我的第一印象。

童年是人一生最可珍惜的纯真时光，明代李卓吾说："夫童心者，真心也……绝假纯真，最初一念之本也。"而卢梭则在

《爱弥儿》里指出，儿童代表着人的潜力的最完美的形式。作为这个特殊时期的人，他们有着自己特殊的文学需求——儿童文学，它用最贴近心灵的真性情，把孩子们漫无边际、杂乱无章的幻想，统统纳入一条有趣的轨道：白雪公主你快点醒来呀；灰姑娘，那双水晶鞋借我穿穿好吗？在一个又一个美丽的故事里，我们长大了，形成良好的人格品质。

然而，在功利主义的影响下，我们对儿童文学的重视程度远远不够，所接触到的儿童文学作者几乎都是成年人，尽管他们已经尽量弯腰，蹲下来，和孩子们一起仰望天空，但是，年龄的距离无意中使有的儿童文学作品显得像个小大人，四平八稳地从孩子口中说出一些大人的话，讲一些生硬而为孩子不容易接受的道理，脱离了孩子宝贵的想象，也脱离了儿童文学的本质。儿童文学评论家杨佃青认为，“‘儿童的’标准才应该是儿童文学的最高标准。”

我手写我心，这也是当前小学语文教育的一大特点，因此，各地涌现出一批蕙质兰心的孩子，写出很多优秀的儿童文学作品，也许是儿童喜欢听故事的天性，也许是儿童语言和词汇量的局限，在目前儿童文学原创作品中，故事占了多数，拥有一颗诗心和用诗歌形式来表达的孩子并不多。

高璨就是一个诗天使——浑身洋溢着诗心的孩子。

高璨诗歌最令我欣赏的地方，是表现丰富的儿童情感和内心世界，她的诗歌里不只是玩具和游戏，不只是阳光和欢笑，她的很多作品里都涉及忧伤、悲哀这些略微低沉的情绪，甚至会思考诸如生命之类严肃的主题，而这些东西，她是通过孩子们熟悉的生活感受给读者展现的，很容易引起读者的共鸣。我觉得高璨用诗歌来表现此类情绪的手法很特别，绝不是“少年不识愁滋味”的无病呻吟，恰好相反，是写出了儿童自己体验而并非假装和外加的忧伤。

我喜欢里面的《怀恋》，高璨有一只小狗咕嘟，可是，咕嘟去了另外一个世界，小主人永远也看不见它了，这时，高璨写道：“我偎进暖和的被子/思绪飘向快乐而感伤的记忆/当我落泪时/咕嘟会跳上我的腿/用毛绒绒的小脑袋/蹭干泪水/充满敌意地盯着周围的人/对他们狂吠/这时，小酒窝又会盛满笑意”。作者抓住几个感动的细节描写，让我们看见一只与小主人相亲相爱的小狗，脸上不觉浮起会心的微笑，可是，作者笔锋一转，“咕嘟已去了快乐天国”，我的心咯噔一下，猝不及防地跌进了高璨的忧伤。

我看到作者对友谊的珍惜，她在诗中两次称呼咕嘟为“我的朋友”，在其他诗歌里也提到咕嘟。我也看到小人儿心里对生命的一丝丝无奈和敬畏，“我半侧身子/凝神望着天花板/它是那么苍白忧郁/当我的眼睛/把那写满伤感的珍珠/送给另一只眼睛/又递向脸颊时/发觉那是自己在叹息”，然而，“我只能闭上眼睛”。

另外，《活着》也非常不错，有一种心酸的浪漫，演绎了一段不寻常的母爱。“小狐狸死于猎人的流弹/静静躺在了草地上”死亡的痛苦是如何狰狞呢？“他卷曲着/一副甜甜睡觉的模样”；“小狐狸仍面带微笑/躺在那里”；“小狐狸微笑着沉睡/直到春天/直到鲜花盛开/睡在了花丛里”，这些诗句，让人在生命脆弱的凄美之外，感到一种从容，既然死亡无法拒绝，不妨作一次长睡吧，微笑着，在鲜花丛中。那么，随后会怎样呢？是母亲终日忧伤？不。“妈妈每天仍舔着他/妈妈的目光闪着期待”；“妈妈还是天天舔着他/尽管妈妈已有了新儿女”；“不，我想他会醒来的！/狐狸妈妈坚定地说/然后，颤抖地低下头”；“狐狸妈妈脸下的草/瑟瑟发抖”。

以一个母亲的心，我读到了高璨的善良和对母爱的别样描绘，从狐狸妈妈对孩子超越生命全程的疼爱中，感受着一种绝望的悲怆，对母亲而言，没有比亲自看到孩子死亡更沉重的无奈了，然而，同归于尽与终生疼痛的煎熬，哪一种更苦？于是，诗歌《活着》的生命主题昭然。

儿童诗的深刻性远不如成人诗，但是，他们用令成人望尘莫及的想象来认识和诠释世界，甚至是成人以为荒诞的想象，然后，写进诗歌。这一点，在高璨这本诗集里表现得很明显。她没有枯燥地呼喊，说我爱生命、我爱生活，而是转一个弯，把真实的儿童感受通过特殊意象含蓄地表现出来，成功运用拟人手法，让这些被她赋予生命的动物、植物、自然现象去说。我认为，这种儿童诗才是真正属于儿童的好诗歌。

我们一起来看看《春》吧。“青蛙也唤醒了小蝌蚪”，这句让我忍俊不禁，在描写春天的诗歌里使用“唤醒”是很平常的，可是，谁想过小蝌蚪是青蛙——妈妈唤来的呢？一句话，把小蝌蚪成长后去找妈妈的过程也隐藏其间，很亲，很美。“柳树争着梳头/她拿起风梳梳啊梳/梳绿了头发/绿发轻抚着小鸟/起床了/小蜜蜂慌忙从家里飞出/开始与花游戏”。呵呵，好一幅生机盎然的画面，仿佛春天几个好朋友在快乐地做游戏。柳树梳头的构思最妙，比“杨柳岸，晓风残月”，或是春风染绿之类都别具一种童真的美丽。

也许有人会说，这本诗集里有的诗歌语言简单、内容单薄，可是，我觉得这恰恰是儿童诗的魅力之一。儿童诗比成人诗更有趣，而且是一种稚拙活泼的趣味，它来自儿童独特的审美心理，具有天真活泼的特质，是一种不事雕琢的稚气。儿童诗需要的正是这种本原的味道。当然，并不能因此就把几个简单的短句子排列视为儿童诗，它同样追求诗歌优美的意境——童稚而优美的意境。

平常的毛毛雨，在作者眼中也是调皮的：“毛毛雨/真温柔/一丝一丝/落个不停/可爱的鱼妹妹/害羞了/总躲在荷叶/下面/美丽的燕姐姐/不好意思了/总贴着地面/翩翩飞翔/淘气的蛙弟弟/开心了/高兴地与毛毛雨/游戏”。几乎没有什么形容词，就是几个特别常见的动词，简单的句子，就描写出一场可爱的毛毛雨，似乎其中的某一个意象，就是顽皮的高璨。

随着高璨的笔触，让人一次次不自觉地被温柔触动，或是微笑，或是心恸，把污浊和灰色一点点从身上抽离，回到纯洁如初的童年，感受真诚、善良、美好，看到每一粒热爱自然、热爱生活的种子，在常人以为偏僻的角落，开出诗歌瑰丽的花朵。也许有人会对这些诗歌的流传价值加以质询，可是，我把读这本诗集的每一秒拆分为一千份，沿着每一份仔细寻找，还是想说感动。我想，如果诗歌记录了内心的感悟历程，感动了读者，熏陶了人文素养和高尚情操，那就实现写作诗歌的本来愿望了，不是吗？

我常觉得，一个生机勃勃的孩子来到世界上，应该体验更多至真至美的东西，有一段丰富多彩的童年记忆，应该有一些诗歌的体验，充实生命和精神。我也感觉到，一个真正的诗人，首先得有一颗最贴近生命本原的心，然后才是细腻的感受、独特的想象、细心的观察、凝练的语言表现，等等，这些东西，在高璨的诗歌中都有不同程度的展现，一个十一岁的小女孩，能写出这样的诗歌，很不错了，相信她随着今后的努力，会写得越来越好！

祝福高璨！祝福一切爱诗的人们！

（作者系作家）

高璨 著

高璨，天才的吟唱

周瑄璞

说我是高璨的忠实读者一点不为过，因为她所有的作品几乎我都读过，我曾为她散文的奇思妙想而感叹，将书拿回家给自己的女儿看，以此来激励她。就在我用那本书不断地鼓励女儿，总是将它当作我们的谈资的时候，高璨的书一本接一本地出版，真让人有目不暇接的感觉，她写得如此之快，她的奇思妙想就那么多吗？可以源源不断地涌现。

现在，她的名为《阳光的脚步很轻》的诗集就要出版了，我一首首地看过来，不得不为这个从未见过面的小朋友再一次惊奇了，我想，她就是我们常说的早慧儿童或者说是天才吧，因为，她再一次让我们相信：作家或诗人，不是刻意培养出来的。

作为一个十岁的小女孩，她的生活比起一个作家所要经历的来说，是那么狭窄和单纯，家里，学校，同学，玩伴，这对她和她的诗及我们对作家的期望来说，是远远不够的。高璨却向另一个领域进展，那就是大自然和梦境，当然是一个不到十岁孩子的梦境。

她对大自然是那样亲近，《幼年》中，她说，河水多么凉爽啊，泥土多么清香啊。《风从窗口走过》中，仿佛是小诗人的亲眼所见一般生动亲切：风又从窗口，挤了出去，莞尔一笑，远去了，留给我一个长长的梦。

她的梦境又是那样的简单而美好，她竟然想到了《种水》：我把水种在荒漠上，希望长出一棵树。

而有的诗，让你分不清她是对大自然的歌颂还是对梦境的描画，也许，二者都有吧。你看，《云想衣裳》：云喜欢太阳落山，便可以穿上红裙，漫步天空。《海与帆船》：海浪冲刷，会磨圆一切尖的东西，也会把自己的高跟鞋，磨成平平的小皮靴。

有的诗，一看诗名，便知道她有着怎样奇妙多姿的幻想与才华，《我睡着了，做了个睡不着的梦》《向月葵》。

我们常常会给诗下一些定义，如现代诗、抒情诗、儿童诗，我不知儿童诗的具体定义是什么，我想，简单明快、幼稚可爱是它的大概特点吧。综观高璨的诗，我们看到了这些，但又远远不止于这些。在她单纯的意境背后，我们似乎看到不少我们大人已经悟出和正在悟着的道理，由一个十岁的孩子说出，就像她诗中的那阵风一样从窗口挤进来，让我们不禁莞尔一笑。

（作者系陕西省作协专业作家）

小鸟在飞翔

安武林

高璨的《阳光的脚步很轻》犹如森林里飞出的一群小鸟，在茂密的森林上空轻快地飞翔。这森林是世道人心所构成的经纬。它们杂乱无章地排列着，只是把世俗和欲望的旗帜高高地举在手中，写在脸上，一览无余。可是，一个小女孩并不知道人生的游戏规则。她沉浸在自己无边的梦想之中，和风对话，和白云对话，和小鸟对话，和季节对话……没有经验和常识的羁绊，她无拘无束地在诗歌和音乐的原野上尽情地挥霍自己的童真。

诗歌是精灵，需要直觉去敏悟，去捕捉。她需要智性、灵性和悟性的辅佐。三位一体，缺一不可。但是，一个小小的女孩子——不足十一岁——能占有多少三性的东西？也就是说她有多少先天性的优势和得到多少后天的给养？我所知道的是，她一直生活在诗歌和音乐的熏陶之中。如果说她对音乐的亲近还有几分不得已而为之的功利，那么诗歌就毫无功利的因素可言了。因为诗歌更能体现文学的本质：语言的艺术。无论是欣赏还是创作，它都需要一定的修养和技巧。从某种意义上说，它和绘画的区别甚大，这种技巧不需要经过长时间的写生或者说练习阶段。一个人对语言的敏感程度往往和他本人的理解力和想象力有关，简而言之，和他的天赋有关。

高璨的诗歌很清澈，这种清澈的纯净得力于自然的本能。这种自然的本能来自她本人的属性，这种属性当然和大自然中所有的生命形式一样。所以，她能够轻而易举地把自己的梦藏在那些树叶之中，花朵之中，雪人之中。但是，她的脆弱和惊慌犹如风中的叶子一样，也在诗歌中摇曳。很显然，这人心世道的经纬织成的大网决不允许有例外发生。她开始惊奇地注视这个世界，在注视之中表达了自己稚气的疑惑。这种疑惑她并不需要我们提供现成的答案，她有自己的道德标准和判断的标准。她的智力和心力不允许她做更长久的更遥远的探寻，而且，这种多余的耐心和毅力只能破坏她所构筑的诗歌世界。在一种超过她本人心智所能承受的忧郁的干涉之下，她总是悄然止步。因为，她的童话世界不需要那么多不能承受的理性的阴影。

但是，她构建的是一个快乐的世界。所有的意象都是明净的、具体的、欢快的。这些材料构成了一个童年的全部内容。童年的成长基本上是梦想的成长，或者说梦想的飞翔，在所有的意象之上，我们看见的是一个小女孩情感、心灵、精神的流动的轨迹，假如，这种流动遇到阻隔，那么，她就和成熟或者说成年不远了。因为，成长的代价或者说标志就是疼痛，就是理性和经验的沉重。尽管她本人也有了小小的忧患，这种小小的不适感如同偶尔的咳嗽一样，并不能说她开始思考人生严峻的问题。从某种意义上说，诗人都是“不成熟”的。因为热情和激情与成熟无缘。

诗人是最大的梦想家。他们唯一的使命就是给人类保护梦想并制造梦想。高璨这个小小的精灵跳跃在诗句之上，尽情地挥洒着自己的梦想。当然，她根本不可能知道这些美妙的梦想给人类带来的是什么样的灿烂。甚至不知道这些梦想的价值。但是，她知道这是美的，是快乐的，是有趣的，是她本人生活在其中的世界。其实，明白这一点就足够了。一个人如果不能认清自己的世界是可怜的，如同迷失的总是成人而不是儿童一样，他们知道自己需要什么，如何能使自己快乐和幸福起来。毫无疑问，她的诗句中的意象并非来自世俗的生活的常识和经验。至少，她明白生活中最常见的事物中并不含有诗的种子。也就是说，我们的生活并不是诗。而那些能够承载她感受和梦想东西，和我们的日常生活是有距离感的。也就是说，她是靠着一种直觉而非理性抵达诗歌的本质部分的。

高璨宛如一只小鸟，在自己的世界里飞翔，在自己的诗歌王国里飞翔。她也有慌乱和不安，她也有忧郁和感伤，她也有善良和怜悯，她也有脆弱和无奈，她有的一切……不是完全的，也不是完整的。诗歌本来就是省略的艺术，最完美地展示自我心灵和情感的艺术。尽管她的年纪还小得让人惊讶，但她所表达的梦想一点也不让人惊讶。因为，在这些恬静而又美丽的诗句之中，我们常常会忘记她十一岁的这个基本的事实。

（作者系儿童文学作家、文学评论家）

纯美、阳光、青春的印记
90后阳光小作家天才的吟唱
高 璨◎著 谭旭东◎评
一朵野菊花又开了
長春出版社

一个十一岁诗人的十字路口：梦幻世界还是现实世界？

——读高璨的诗集《一朵野菊花又开了》

李星

可能是因为自己已经远离童年多年，也可能是因为拘泥于老旧的专业成见，对于近年来频见于媒体的“少年作家”“天才作家”我一直持怀疑态度。这一偏见，在读了一个所谓“少年作家”胡编乱造、思维混乱的第三部长篇小说以后，更得以巩固。

但是这一顽固的思维壁垒，在读了高璨小朋友的诗歌集《一朵野菊花又开了》后，却顷刻崩溃。我不得不承认，确实存在天赋独具、聪颖早慧的少年。

她是否是一个掌握了诗歌大门钥匙的精灵！从八岁不到就开始在全国有名的诗刊、少年儿童刊物发表诗歌、散文、童话，目前已有四部作品集问世，受到谢冕、金波、梁小斌等知名诗评家、诗人的肯定与称赞，其诗集《阳光的脚步很轻》被《文艺报》称为“90后阳光小作家的诗集”。但是令我刮目以对的绝不是这些背景和氛围，而是我有幸接触到的这位小作家这本新诗集中令人惊叹的实实在在的诗作。

先看看本集中前几首的诗题吧：《树的眼泪滴落成涟漪》，那是小诗人看到刚刚被锯掉树身的树桩后的所感所想；《春融化在绿色的舌头上》，这是她对春天与绿色的想象；《我的梦，在哪一颗星星上闪亮》，这是夜晚作者面对满河星光梦一样的感觉；《落叶如蝴蝶躺在春天的手心》，是作者在树下看到秋天黄色落叶的感悟：“还有五彩的蝴蝶相伴 / 或许他们累了 / 就这样一直躺下 / 被土地请去了”。情感真挚，联想自然，想象力奇特，童心童趣，跃然纸上；清新朴素，宁静优美，却又带着一种淡淡的忧伤——视自然为生命的不忍与感怀。

这种由此及彼，由实在之物到想象之景的联想与表现，在诗歌艺术中，在读者的感官中构成的是一个个生动的意象和意境。没有意境的诗如没有头的人一样不可思议。高璨的每首诗不仅有一个大的总体的意象，在其展开中又包含着一个个小的意象，如“夏天的第一缕阳光/和春天的最后一缕阳光，悄悄/擦肩而过，谁也没有回头”。由春到夏，这是一个无法绝对分割的渐变过程，高璨却以“第一/最后”用一缕阳光将它们分开了，并且像两个不相识的人一样“擦肩而过”，“没有回头”；风，尤其是夏天的微风是看不见、摸不着的，高璨却以自己独特的眼光看到了：“风，满院子行走/寻找自己的影子”（《一朵野菊花又开了》）；再如写秋天，她说：“大雁把天撑得老高”，“风在收割后的田野上赛跑”（《云知道秋来了》）；写斜阳下的鱼缸，她说：“斜阳在那口大鱼缸边/趴着，看见一只火红的鱼/吞一粒灰色的小石子/嚼了一下，又吐出/一连串透明的泡泡”，斜阳竟然像小高璨，在鱼缸边“趴着”——哪个大诗人想象得出！真是天籁之声，天籁之象，天籁之境。《风的梦在哪里》是这样写荷塘夜景的：“一缕风穿着月光/停在一朵荷花上 / 轻轻摇动着熟睡的花宝宝/一朵荷花的梦飘出/回想着一只蜻蜓/扑捉一片涟漪/一只鸟的影子/畅游在池塘里……”一连串优美的意象，串连叠加，构成了一幅宁静美丽的“荷塘月色”——这是朱自清的一篇脍炙人口的散文吧，静中有动，动中有静，小高璨至少也不比它差吧？

我不知道诗人梁小斌在他关于高璨的文章中为什么那么害怕将高璨的诗和“禅”联系起来？（见高璨《阳光的脚步很轻》第16页）但我却要十分肯定地说，小高璨的诗具有物我一心，排除一切杂虑，归于一种无边的精神世界的“禅意”。如上面所引的落叶——黄色蝴蝶“累了”，“就这样一直躺下/被土地请去了”；如《露珠如流星的眼泪》中的“次日早晨/草叶上闪烁的/已是另一颗流星的眼泪/而昨日的，飞翔在长空/做一颗不再明亮的星星”；如前面所引《风的梦在哪里》的后两节，从“风的梦在哪里”的寻找，然后归之于“她渴望抱抱自己的梦/亲亲它，然后又只能/悄悄躲进一个空螺壳/孤独的呼唤里”。风的孤独在这里绝不是现代人的“哲学”，而是孩子建立在自己人生经验基础上对风的怜悯，是对自然物命运的一种想象式的描绘，是一种寂寞中的禅悟。

这种“禅”的境界，还体现在高璨诗歌对时间、岁月的别出心裁的表现中，也体现在许多诗的结尾中。所以她的诗，总是从自然之象，到心灵之境，再上升于一种无限之境，自由而完整。除了上面所引“第一”“最后”一缕阳光，还可举出《等待，梦中的回忆》里的“回忆的梦好长/连翻身也要用一个四季”，《晚霞依旧红了》“满树的叶子像日历/最后一片在新年钟声敲响时/借着月的柔情落下/滑过旧年的脚跟/擦过新年的脚尖”，还有《寻问》中的小羊被牵走后，“羊妈妈看着小羊的脚印里/盛满的月光渐渐变成阳光/思念慢慢长高了”，羊妈妈的思念、等待、寻找在孩子蹄印中“月光”“阳光”的变化中被拉长了，痛苦被形象地深化了。还有如《月，总在深夜》：

月，总在深夜探望

……

一朵云，向月借了缕光

披在身上，象萤火微微闪烁

麦田偶尔想起大海

麦浪层层涌动

那不是风的翅膀

而是梦，在其间穿梭

从高空到大地，这是多么寂静美丽的月光的世界，而层层涌动的麦浪，却不是风的作用，而是月夜的梦的“穿梭”。夜晚，本来是一个梦的世界，而月光却使无声无形的梦通过麦浪现形了，月在深夜，梦在月中，空灵而美妙，小诗人的想象力和灵机妙趣，表现的智慧，实在令人惊叹。梁小斌说：“高璨的诗令人沉思也令人头痛”，之所以令诗人也头痛，就是因为高璨的诗虽然有童心、童趣在，但其意境和内涵却又常常超出一个孩子，甚至一个成人的想象，如年轻的女作家周瑄璞所言：“在她单纯的意境背后，我们似乎看到不少我们大众已经悟出和正在悟着的道理”（见高璨《阳光的脚步很轻》第196页）。同“禅”的本来意义一样，这里的“悟”也是源于佛典。这两个字又常常被放在一起，称“禅悟”。然而，它们源于宗教却又超出了宗教，是一种思维状态，是排除一切障碍后，精神与思想在静寂中的显现与提升。率真率性，纯净天然的孩子的心灵世界原本就离无遮无碍的宗教状态更近，否则，人们就不会用“小天使”来称呼他们了。只是大多数孩子未能像高璨那样发挥出他们的想象力和天性而已。

应该感谢《一朵野菊花又开了》一书的编辑者——是家人，是职业编辑，抑或是高璨自己，它用了按写作顺序编排的方法，使人们看到她几乎用一日一首甚至几首的速度写作，至于中间的空当，我宁愿相信这是为保证本书质量和主题的舍弃。从2006年2月13日开始，到2006年7月18日结束，而笔者辗转拿到朋友捎来的打印本的时间是7月22日，离本书最后一首诗创作的时间仅仅三天。这既说明了她的勤奋，还说明了她创作的成功率之高。还要知道，这正是高璨五年级第二学期的全部时间，几乎每天都要上学，还要完成每天数量不会太少的课外作业，参加大大小小的测验和考试。写诗于她来说难道真是一种休息、调剂和放松？但是，高璨的如流水般的写作和学习生活还是发生了一些变化。一是4月9日到11日，高璨应邀参加了全国首届“东华杯”魅力诗歌论坛中国洛阳诗会。在四月牡丹花似锦的洛阳，这个论坛和诗会到底都有些什么人参加，都说了些什么，参观了些什么，我们不得而知，只知道高璨提前离会回到了西安，大概是在路上，她创作了《这座城市还在下雨吗？》这首诗：

在即将离开这座城的静夜

细雨浸透了这座城市

冰凉了它的温度

我渴望再听见一声
散发阳光香味的鸟鸣
或是经过这座城的河水
留下风的形状的层层波浪
我以对望作为告别

风，吹散了云
自由的是月光
她安详地瞅着一片片雨丝
银色的雨，细细缝补我的伤感

明朝晨风吹起时
请用一阵风告诉我
这座寻不见我影子的城市
还在下雨吗？

笔者之所以将它全文照抄，首先是因为它情景交融，温婉细腻，以成熟老练的诗句，虚实结合的完美意象，将一个人（不只是一个稚气未脱的孩子）与一座城市告别的留恋与伤感表现得丝丝入扣，美丽无比。特别是最后一节四句，堪称绝唱——是的，“绝唱”，笔者并没有发疯。“明朝晨风”，返程前面已写过，是“静夜”。时间空间转换，如此突兀，又如此自然妥帖，“请用一阵风告诉我”，请谁？作者略去了动词后的宾词，是洛阳还是洛阳的某个人？显然都不是，如果具体到人，就直露了。仔细一揣摩，才发现动词后的宾语是风，而不是人。作者的倾诉对象在上句已转换为风了，这是请晨风用一阵风来报信，就使全诗每个句词，都始终游走在诗的层面上，想象的层面上，心灵对象化的层面上，不仅没有掉下来，而且在一个更高的诗阶上运行；“告诉我”什么呢？直接说洛阳当然也可以，但小作者显然要高明得多，竟以“这座寻不见我影子的城市”来代替“洛阳”，这不是故意绕弯子，玩技巧，而是突出我与这座城市已经发生了的情感联系，我的怀恋，我的伤感；也不是我刚离开的城市，而是已经没有了我的影子的城市。昨天，前天，几个小时以前，我还在那里，这个城市还晃动着我的影子，但现在却不见了，这是多么刻骨铭心的思念与怅惘？“还在下雨吗？”这是多么常见的一句大白话，但在全诗的情境中，它却不仅紧续前景，而且照应、收束了全诗，成为一个昂然于全诗之上的一个“豹尾”。另外，雨是什么？按照科学解释，是气候现象，但在全诗的情境和语境中，它又是，流出来的还没有流出来的，蕴藏于情感深处的泪，“还在下雨吗？”吟咏咀嚼，真是绵长而悠远，具有无限的意味。为什么又要说，这个11岁小姑娘的诗是“绝唱”呢？这不太离谱了吗？不，这是确切的事实。从古到今，与家人、与情人、与朋友离别的诗，可以说汗牛充栋，佳作迭出，但有哪一诗人的哪一首诗，将与一个地方、一座城市的告别写得如此纯净而美好，朴素而亲切，忧伤而明朗。“念去去千里烟波，暮霭沉沉楚天阔。此去经年，应是良辰美景虚设，便纵有千种风情，更待与谁人说？”这是宋代词人柳永与情人的告别词，它们无疑已成为情真意切的千年绝唱。剥去其士大夫沉沦生活的具体时代内涵，从艺术想象的角度看，最出人意料的是，他对一年后不能与情人共享良辰美景的惆怅，不能看见她的千种风情，不能将心里话告诉对方的遗憾与伤怀。如此曲折委婉的离情别意，如此不能再苦的生离，优美而缠绵悱恻的语言与意境，堪称人生境遇的经典，告别诗的经典。但是你是否发现高璨此诗的结尾在移情换景、深化情感方面与柳永这首《雨霖令》在修辞上的接近。她读过柳永这首词吗？她理解得了他吗？即使仔细读过，也是修辞上的接近，在主题上，他们显然有着天壤之别，但在意境上，他们却有着同样的深度。洛阳，远在千里之遥的古都洛阳，你应该为得到过一个小姑娘的眷顾而骄傲，应该为自己以如此优美的姿态出现在一个叫高璨的小女孩的诗中而自豪。

其次是这首诗在高璨诗中开了一个先例：这就是事件与人、时间与地点十分确定，诗的情感依然是心灵的，但本事的场景却十分清晰。而所有这些要素在她以前的诗中却十分罕见。或许这都是偶然的吧，是受洛阳诗会的触发吧，但两天后，即四月十四日，她写的《渡口》一诗，虽然没有具体的时间和人，但其场景却十分形象逼真：

轮船劈开海浪
一点点潜入浪中的太阳
岸边人的脖子伸成仙鹤
目光集中在一艘艘船上
亲情的目光，就那样轻易
穿过了海上，那轮太阳

与以往的诗相比，这不是一首靠想象力构成的诗，而是靠对生活仔细观察，以生动的细节构成的诗，尽管她对观察所得进行了十分富于想象力的处理，但整首诗现实的具体性、内容的客观性，却是毋庸置疑的。而在此前，她诗中的情境、意象大多存在于心灵中，带有明显的梦幻成分。4月27日是高璨11岁的生日，4月28日，她写了自己的生日感怀，令人吃惊的是，从这首诗中我们果然看到了她告别往昔的心理状态：

小时候，生日是蜡烛和蛋糕
……
是我的微笑
那个夜晚，我可以去梦的房间
听萤火虫的歌
而今天：
今天，生日是时光流逝的见证
昨天将越来越多，明天将逐渐减少

生日的烛火，它燃烧着

已经失去的日子

吹灭蜡烛，如一缕轻烟

随风而去

留下莫名的伤感

将一块块往往事剪拼

如果隐去作者的姓名和年龄，你很难相信这种生日的伤感，如烟而去的往昔，“明天将逐渐减少”的生命紧迫感，会出自一个十一岁女孩的口中。它至少说明，早从生日前半个月开始，以洛阳诗会为转折点，小高璨自觉自己已由梦幻童年，进入现实童年。尽管这种转化是如此与年龄不相称，但你却不得不承认，这是发生在小高璨心理和诗歌中的无可争辩的事实。

果然，收入本集中的后三十一首诗歌，发生了许多令人瞩目的变化。首先，表现自己生命体验，甚至年龄焦灼的诗多起来。如《绿叶黄了》中“我看得见秒的生命 / 听得见秒的凋零”，她不仅看见了生命运动的每一秒钟，而且听见了它的凋零。凋零与时间的秒本来根本不搭界，但这种不对称的修辞搭配，却极其含蓄、形象地将生命的紧迫、甚至焦灼表现得具体而深邃。如果说《绿叶黄了》只是触景生情的生命感悟的话，那么《飘过童年的云》则是因情生景，对自己童年不再的忧伤与惆怅了。尽管这首诗如她以往的许多诗一样，意象鲜明，情绪饱满，语言修辞巧妙神奇，但萦绕其中的一个孩子的忧伤还是让人心痛：

我是一棵长满枝桠的小树
其中的一枝上
坐着我的童年

就是那么一瞬间
就是那么不小心
童年，就在捕捉一朵
飘过树丫的云时
无声跌落
离开，就再也没有回来

那么多云飘过
那么多枝丫重新长出
可我永远找不到
飘过我童年树丫的那朵云

十一岁的孩子竟然反复咏叹童年的不再，我们不知道这是她思想的早熟现象，还是由生理年龄而带来的心理变化？其次是高璨诗中对现实的思考深了，已经有了自己初步的分析批判眼光。大家还记得《深秋，乡村的傍晚》那个鱼缸和鱼缸中吐泡泡的鱼吧，它是那么惬意自在，但两个月后的五月一日，在《鸟儿捎去小鱼的歌》中，鱼缸中的小鱼却视这种生活为痛苦了，她“回忆黑夜，想念阳光”，想“跳上桌，飞上墙”，最重要的是她“想念妈妈/想念小溪的柔波”。在喜好动物的小孩眼中，无家的流浪狗引起的可能只是同情怜悯，但小高璨却将之提升到自由还是平庸的选择两难的哲理高度：“流浪狗掌握自己的自由/自己的思想/或一生迷恋于草/沉睡于草”。而从《城里的星星被偷了》《山村的眼睛》等诗中，我们看到了她对远离自然的城市生态的担忧，看到了在城市化过程中，乡村被边缘化，被疏离的社会现实：

山村被拴在城市的袖口
城市不愿丢下，紧紧牵着
而山村一只只
向城里眺望的眼睛
似一颗颗期待的心
煮浓城里的乡愁与牵挂

但是引人注目的已经不只是城乡分离的现实，而是城市和乡村，城里人和乡下人在中国特殊的社会历史背景下，密切的联系，情感的牵挂，尤其是“乡愁”这个词，揭示的可能是大批农民工进城的事实，也可能是今天的城里人，昨天或前天，至少其父辈曾是乡下人的独特历史。所以今天中国城市与乡下的牵手，就不仅仅是一种道德的高度，而是与家乡、故土、父兄精神与血缘的天然联系。至少，在笔者的视野中，除了某些小说，特别是在经济学和社会学家的论述中，尚未发现如小高璨这样独到深刻的城乡感受，如果乡下没有她挂念的亲人，这种深刻独特的城乡感受就要更加令人惊异了。

最后，我们既然认为这是高璨几乎是在突然之间的转变，那么就得承认这是一个从量到质，从质到量的过程，对于一个十一岁的孩子来说，更有一个从心理到创作，从一种审美状态到另一种审美状态的过程。从生日以后三个月所选的诗作来看，也能看到她在审美心理和创作思想方面的矛盾状态，一方面她要走出过去梦幻般的宁静与空灵，另一方面她又留恋这种令今天的她也吃惊的美的极致。于是在她的笔下又出现了两类诗：一类是如《会唱歌的叶子》《夏夜，月亮寂寞着》《山》，本来想轻松自然，寻梦般的歌唱，但却身不由己，唱着唱着，却唱出了荒凉、无奈与涩苦，本着唱着夏日的欢快，却出现了“两三片黄叶从林中慢慢走出 / 是不是他们的表 / 快了几分？”这样涩苦的句子，甚至还出现了“走运”这样无奈的词语；月亮，尤其夏夜的月亮应该是多么美的意象啊，但高璨却发现了它“看着孩子们的笑 / 心中的寂寞却无人了解 / 她远远望着，不靠近 / 孤独也拉她不动”，甚至“永远贴在夜空”的存在方式，也成为孤独寂寞的依据。这类诗不仅真实表现了连作者自己也未必完全自觉的心灵秘密，而且在美学上达到了高度和谐的境界，其思想艺术价值是不言而喻的。但是另一些诗就不能尽如人意了。如果没有以前的高度，对于一般儿童诗人，他们已经难能可贵了，但对高璨来说，却是一种无法回避的下降。其主要问题是，她想回到以前心灵的自由状态，恢复自己的天籁之声，为此她创造了一些新意象，还把过去一些颇得好评的意象，镶嵌在这些诗中，但却失却了一些最为可贵的和谐自然，出现了令人费解或“天衣有缝”的雕琢痕迹。如《羊要上山吃最高处的一株草》共四节，首尾两节，一写羊上了山，一写羊在早晨吃到了这株草，但中间两节却都去写夜的黑暗，夜奔向黎明，小作者的意思好像是写羊爬了一夜的山，但那种夜的感觉虽然很美，却很难说是羊的，何况除了迷了路失了群，极少见羊在夜里上山，这就是这首诗在感觉中给人以生硬感的原因。再如《大地系上金色纽扣》中间一节：“天空这张大口嚼着白云 / 它们没有牙 / 只能在嘴里慢慢嚼 / ……”天空是一张大口，而且没有牙，嚼着白云的意象，不算很美，而且也不太自然，与春被含在绿的口中，大相径庭。另外说山中的小溪流飘上飘下，像小鸟似乎可以成立，但说“石头是它会飞的羽毛”就未必妥帖，究竟石头与羽毛、飞翔距离太大了（《从山谷走出的小溪》）。此外《春天的眼神》写到腊梅在绿色的春天，仍然“没有上衣”也值得商榷。事实上腊梅在春天也是发芽长叶的，似乎也不比许多花木晚多少。这种“下降”的感觉，并不至于可以指摘的硬伤，而是一些诗给人的总体感觉，如明明是在夏天，小高璨却写了四五首秋天、落叶、大雁的诗，在阅读欣赏中就让人别扭，而且一些用过不只一次的老意象的翻新，也失却了新鲜感。这些不是说小高璨乏了、疲了，而是说梦幻般的天籁世界已离她而去，她应该而且已经找到创作的新出路，不必非要回到过去。对于一个十一岁的孩子，这样的指责似乎很残酷，但考虑到求新求变是她给自己提出的挑战，并已经有许多同时存在的转变后的好诗，客观科学的评价，甚至吹毛求疵的苛刻，也就不会形成对她的打击。

在读高璨前边那些梦幻般美丽、纯净、优美的诗歌的时候，笔者曾经有一种担心，具有如此美好的心灵，超常的艺术天分的孩子，家长和成人世界该怎样呵护她，才不至于让这样脆嫩的诗苗免受伤害；更为重要的是，她将怎样面对自己无法避免的成长，面对复杂的现实世界？这不只是高璨自己诗的前途问题，比它更重要的是，她将成为一个怎样的人？读了她4月12日以后的这些诗，我释然了，放心了，她远比我们所想象的要坚强、要成熟、要深刻，她已经在思考着成长，经受着成长，坦然面对着成长。我想起了贾平凹的成长和文学之路，当以《山记笔记》为代表的那些纯美的小说散文出现在文坛上时，人们是那么惊喜；当《生活》《好了歌》《二月春》等表现他对现实的复杂感受的作品出现以后，人们是那么慌乱、那么不理解。然而，他终于一步一个脚印，曲折而坚定地踏上了文学的高峰。尽管贾平凹开始发表作品时已经二十多岁，比高璨要大许多。但应该充分考虑到20世纪90年代出生的“草莓族”（台湾媒体语）所面对的全然不同的中国及世界图景，以及开放得多的思想文化氛围和现实环境，他们应该比上几代人具有更多的心灵承受力和更丰富的思想、更多的应对复杂现实的才能和智慧。小小年纪的她不仅已经出了三四本书，而且早已通过了剑桥少儿英语三级考试，钢琴十级考试，上了西安有名的实验小学，身高已达1.65米（比笔者还高3厘米），都说明她是全面发展、均衡成长、出类拔萃的，加上“天塌下来当被盖”的性格，我们更没有必要为她的未来担心。

祝高璨天天向上，更加茁壮地成长！

2006年7月31日草毕

（作者系文学评论家）

在细微的观察中学会发现

——读高璨的组诗《绿色的风》

王宜振

读一首好的诗，会给人带来一种怎样的感觉呢？我以为，一首好的诗，首先给人一种新鲜的奇异的感觉。高璨的诗，就有这种感觉。她那长长短短的闪闪烁烁的诗行，常常会点亮我的眼睛，使我感到惊异。像在沙砾中发现一粒珍珠，使我无法抑制自己的惊喜。

高璨的诗，何以会产生如此强烈的艺术效果呢？我觉得这与她细微的观察和独特的发现是分不开的。大森林是绿的，这几乎是人人都能观察到的现实。可小作者在《请求一阵绿色的风带给你》一首诗中，她不仅写到了大森林的“绿”，还写到了“绿”会流动，会滴下来，以至于把本来就“绿”的水染得更绿。如果小作者对绿的森林没有细致入微的观察，是难以写出这么美妙的诗行来的。可小作者并没有停留在这种细致的观察上，而是在这种观察的基础上融入自己的想象，想象叶尖的露珠握住了“绿”，当露珠告别叶尖时，又轻轻将那握住的“绿”松开了。读到这里，我为小作者的想象力感到惊异。这有点像枯木上生出的花朵，给人们的视觉带来冲击和震撼。写到这里，小作者并未就此打住，而是继续任想象的翅膀恣意翱翔。她想象蒲公英的种子把绿抹淡，森林的巨笔又将抹淡的“绿”补上。最后，写“绿”藏进一根羽毛，然后，请求风把这羽毛带给你。小诗除开头的两句写“实”外，其余均在写“虚”，但在“虚”和“实”的搭配上，却十分巧妙，恰到好处。小作者年龄虽小，却显示了自己厚实的功力。她的另一首《寻找鸟鸣的方向》，同这首相比，有异曲同工之妙。这首小诗写森林里的鸟鸣，鸟鸣顺着阳光，从叶间流淌出来，短促的几声，被风拉得很长。风和我都在寻找鸟鸣的去向，可始终不知鸟鸣藏在什么地方，不知它们真正的归宿在哪里？它们简直像一个流浪儿，从鸟嘴里出来就再也不回家。最后，小作者猜想这些鸟鸣，是否留在叶纹中，随风轻轻歌唱，随叶悄悄枯黄。这首小诗仍以写“虚”为主，其中小作者的想象飞翔驰骋，使诗呈现一种空灵的美。《绿色的火焰，又在草地燃起》写春天的景色，从绿火焰，写到蝴蝶优雅地飞翔，勾出春的轮廓，接着她写燕在蓝天飞翔，仿佛蓝天的一只只黑眼睛，这眼睛看到了春天的万紫千红。这首诗把春天的景色写得惟妙惟肖，充满了色彩和动感。最后一首《一只紫燕的歌，唱化了冬天》，是写孩子在冬天幻想春天的情景。你看，冬天太冷了，孩子们要到春天的家里取暖，又苦于没有开往春天的班车。北风不但不理睬孩子们，还撒了一层厚厚的霜。阳光从霜粒里渗出，滴在小河上，却无法唤起小河微笑的涟漪。冬天光秃秃地显露着，装饰它们的也只有雪。可寻找春天的孩子们仍然不肯罢休，他们在树枝上画一朵朵迎春花，把春天的脚印装上去。读到这里，我不禁拍案称奇。我真难相信，这么奇特的意象，竟出自一个十岁小作者之手。最后，小作者写梦里听到紫燕的歌声，一个冰冷的冬天，就在紫燕的歌声中悄然融化了。四首小诗，均用了超现实主义的手法，但又符合我国古典超现实主义的“反常合道”的诗观。反常是表面上对现实扭曲，以产生诗中的奇趣，造成诗的惊喜效果。但仅仅反常还不行，反常还应“合道”，合乎生活之情理，即虽出意表之外，却在情理之中。这些运用超现实主义手法写出的又符合“反常合道”诗观的儿童诗，无疑是儿童诗中的上品。

一首好的诗歌，除了用好的手法表现，最根本的是小作者深入生活，对生活进行了细致入微地观察。只有在观察生活的基础上，才能有所发现，才能让想象长出翅膀。让我们在生活中学会观察，学会发现，学会创造，写出更多更好的儿童诗来。

天使的一声叹息

——读高璨的诗集《一朵野菊花又开了》有感

周瑄璞

读高璨的诗，总让人不由地发出会心的微笑，微笑过后，却又是一阵担心和忧虑。微笑，为她的才华，为她的可爱，为她的一颗纯美而富于天才的童心；担忧，是因为这颗童心要一步步去面对这个她所不解的，处处在疑问的世界。

高璨的诗句，如梦似幻，想象奇特而瑰丽，一缕阳光，一片落叶，一阵清风，都可入得诗来，都赋予她们万千灵性及多彩的姿态：“绿把春含在嘴里”“春被绿含成了一颗糖”“年老了，白胡子白头发，夕阳西下”“那颗将燃尽的流星，在辉煌的最后一刻哭了”“麦田偶尔想起大海”……其实，那些穿了阳光外衣的露珠，那对着花骨朵说话的蝴蝶，那草地上燃起的绿色火焰，那回荡在城市里的小羊的叫声，都是小诗人心中的梦想与渴望，是她自己在编织的一个心灵世界。她在这个世界里沉浸着，走过了她自称为“好漫长的童年”。

她想用她这个纯美的心灵世界来感染她外部那个强大的世界，可她的力量太小太小了，就像善良的力量总是那么弱小一样。这个外部世界是如此强大，如此有着她一成不变的定势和转弯抹角的多变，别说她一个十一岁的小姑娘，就连我们这些自诩经历丰富的大人们都常常为她的凶险、多变、冷漠无情而搞得无所适从，欲哭无泪。是的，面对这个世界，小诗人不可理解的事物是如此之多。

于是，小诗人的疑问由此而生了：“为何那么多的美丽，就在一声轰然中倒下”是小诗人愤怒的诘问；“鸟的歌声啊，告诉我，你真正的归宿在哪儿”是小诗人无能为力的询问；“我不知道，时光的鞋，已经磨坏了多少双”那就是小诗人无奈的一声轻叹了。

我看过了高璨几乎所有的诗和童话故事，我看到一个更小的小姑娘变成一个十一岁的面带羞涩的高个子小姑娘，看到她的作品从开始的歌唱生活到对生活产生了疑问，看到她为赋新词的叹息，直到今天，看到了她作品中那一声发自心底的叹息和对于凄美的感悟。我惊喜地看到，她的诗作中有一种伤春悲秋、悲天悯人的情绪："一棵干枯的老树，永远站在春天的门口，将一枝藤条，递进春天的家""时光是一把无形的刀，悄无声息地雕刻一切""而这陌生的落叶，欣慰地望着月亮，不管在哪里，月亮都是一样的"。这种情绪是何等的真诚与无奈，十一岁的诗人，已领略到生命更替与兴衰有序的真谛了。

如今，只要你留心一些儿童读物，那么你很有可能就见到高璨的作品。在《西安晚报》副刊的少儿作品专版上，经常看到她的诗发在头条。我正是这样的情况下在今年第五期的《童话世界》上看到了高璨的《等待的水晶翅膀》，故事凄美而感人：有着水晶翅膀的天使遇到一个穷困潦倒的青年，便慷慨地送一支自己的翅膀给他，让他拿去作为生意的起步资金，等成功后再还回。然而，二十多年过去，早已成了富翁的青年忘记了自己的承诺，天使失去了翅膀，只得流落人间，后来，两人相见了，穷困的天使并没有过多责怪青年人，只是望着那个富翁眼里发出了深沉而失落的目光。

一个十一岁的小姑娘，写出了成人世界的尴尬和无奈。背叛，失信，这是让多少人伤脑筋的事啊，多少年来，人们对这个话题进行着无尽地诠释，然而，人们只是醉心于对背叛者进行谴责，而十一岁的高璨，更多的是写到了天使的伤感、宽恕、无言与“深沉的目光”，难道她已经明白，宽恕比谴责更有力量，退让比争取有更深的内涵，竞争比放弃更让人看到另一片天地。

也许她已明白，也许她并不知道，她只是凭着她水晶般晶莹剔透的心灵和才华在少年的懵懂中诠释着她对生命、大自然、社会人生的个人体会。丰子恺先生对人一生的心灵作过精彩的描述，大致意思是：婴幼儿时代，心是赤裸裸的鲜活跳动，没有任何的伪装，再大一些，就包了一层薄薄的纱布，直到成年之后，那就是包上了厚铁皮和铜墙铁壁了。我想，人一层层给心包装的过程也是一次次不得已的痛苦的蜕变吧。我原本的担心只在于小诗人这样一颗水晶般的天使之心如何应对世俗的种种纷乱，未来的成长烦恼，她的心目前是什么状态，想必已有了一层若隐若现的细纱布？今后她将经历怎样给心包装的痛苦过程？

看过她的作品后，掩卷思索，我想，我的担心也许是多余的，因为她已经用她的诗，她的童话，她幼稚而老成的思想，单纯而多角的视野为我们做了最好的回答。

高璨，一颗成长着的童心

张孝评

高璨小朋友要出一本诗集，朋友想请我写篇评论，我没有马上应承下来，只是简单地回了一句，先看看稿子再说。我这样讲，可能是因为我内心深处的一种成见吧。我一直以为，在当下功利主义盛行的大环境里，诗意和美是很难生存的。诗歌创作沉入了低谷，尤其是儿童诗，更是难得有什么童心闪耀、诗意葱茏的佳作。充斥于报刊或书摊的那些儿童诗，除了极少数由专业儿童文学作者精心结撰的篇什之外，凡是成年人代笔的，往往学着娃娃腔扮嫩；而孩子们自己写的，则不免摆出大人气充老。一句话，它们都因为过多的雕饰，遮蔽了发自本性的自然之美。出于这样的成见，我甚至怀疑，给一个十一二岁的小女孩出版诗集，是不是在有意地炒作什么？

两三天后，一部名叫《一朵野菊花又开了》的诗稿送到了案前。我随便地翻了一下，大感意外的是，有几行句子居然牢牢地牵住了我的视线：

阳光从树缝溢了出来
大地抹去一片荫凉
一只公鸡从远处奔来
扑向这片小米般金黄的阳光

——《阳光从树缝溢了出来》

风说，夜空下的大海
正不息地摩擦沙滩
海浪要擦出一粒火种
点燃一不小心熄灭的太阳

——《海浪要擦出一粒火种》

这不是久违了的诗意吗？公鸡扑向小米般金黄的阳光；海浪夜空下擦出火种，去点燃熄灭了的太阳。谁能想到，如此新颖、如此奇特而又如此富于创造性的诗歌意象，竟出自一个小学五年级的女学生的笔下？为勃然而生的阅读兴趣所指引，我反过头来，又仔细地读了高璨不久前出版的那本诗集——《阳光的脚步很轻》，和收在诗集中的谢冕、梁小斌、金波等先生以及诸多网友写下的评论，才知道我面对的，并非是炒作出来的小“超女”，而确实是像青草一般从大地深处自然而然地生长起来的儿童诗人。

然而，当我打开电脑，准备为高璨即将出版的诗集《一朵野菊花又开了》写点什么的时候，却又不免陷入了某种困惑之中。就整体而言，这个新诗集在所展示的心灵状态上，与《阳光的脚步很轻》是如出一辙的：高璨描写的还主要是风呀、月呀、金鱼呀、树呀一类用童心营构的自然意象，表现得也还大多是纯粹儿童式的情趣、感觉和想象。而且，如果拿两本诗集作一番总的比较，在情感的丰沛和饱满程度、构思的出人意表以及意象世界的奇特性等方面，新诗集或许还有略逊于旧诗集的地方。难道说，高璨那颗敏于感受和巧于表现的童心，并未与时俱进，其诗艺只是在原地踏步吗？假若真是这样，我要写的评论，在已经有了谢冕、梁小斌诸先生相当到位的推荐和介绍之后，还有什么大费周章、喋喋不休的必要呢？

但情况不是这样。我通过对新旧两个诗集的对照式细读，发现了一年以来小诗人内心深处某些变化的迹象。这一迹象，最早是从一首名为《烛火在燃烧：写在11岁生日》的诗里看出来的。在这之前，高璨好像还没有哪一首诗写过自己的生日，可是现在她写了，而且是郑重其事地写了。显然，她是要赋予这个“11岁生日”以某种不一般的意义。那么，到底是什么样的意义呢？我们不妨来看看诗的内容。这首诗是对比着写的，前半部分写“小时候”过生日，“快乐的生日歌伴着许愿”，“我可以去梦的房间 / 听萤火虫的歌”；后半部分写“今天”过生日，“吹灭蜡烛，如一缕轻烟 / 随风而去 / 留下莫名的伤感 / 将一块块往事剪拼”。两种情绪，两种心态。小诗人在此告诉我们，现在不是“小时候”了，她已经一天天地成长起来了。要说意义，这个成长的母题，作为以对于时间形式的感受而表达出来的生命体验，深入高璨的童心世界，便是意义之所在。

如果说，上面这首纪念11岁生日的诗，在表现成长的生命体验方面，虽然具有某种路标性的意义，但由于意象化程度较低，还不够耐人寻味的话，那么，写于十天之后的另一首诗——《飘过童年的云》，则用富于质感的清晰意象，为“莫名的伤感”找到“客观对应物”（艾略特语），从而丰富和发展了成长这一诗的生命母题：

我是一棵长满枝桠的小树
其中的一枝上
坐着我的童年

就是那么一瞬间
就是那样不小心
童年，就在捕捉一朵
飘过树丫的云时

无声跌落

离开，就再也没有回来

那么多云飘过

那么多枝桠重新长出

可我永远找不到

飘过我童年树丫的那朵云

当我在《烛火在燃烧：写在11岁生日》里，念到“莫名的伤感”一句，曾多少有辛弃疾“为赋新词强说愁”之感，而接下来再读《飘过童年的云》，才知道是错怪高璨小朋友了。她那种“莫名的伤感”，并非无病呻吟，也不是故作深沉。作为童心深处自然而然地涌动的生命体验，经过诗化的点拨，它不就真实地流动在“童年，就在捕捉一朵 / 飘过树丫的云时 / 无声跌落 / 离开，就再也没有回来”的感叹之中吗?

实际上，小诗人为表达成长的生命体验而写时间，进而写季节（尤其是写标志着收获和转折的秋季），并不是从这本新诗集才开始的。早在《阳光的脚步很轻》里，她就已经写下了《奔跑在时光前》：“独自行走在 / 寂静的小路 / 时光总匆忙拽拽我的衣袖 / 除了带给一丝莫名的慌乱 / 就是不禁加快的步伐”；写下了《红枫林》：“秋天是火柴/他把枫林点燃了 / 一棵棵树点燃 / 跳动的火苗在树上晃动 / 显得格外耀眼”；等等。以两个诗集作比，不同之处在于：第一，就数量而论，各自所用的篇幅以及所占的比例不同。在《阳光的脚步很轻》的130首诗里，写时间的5首，写秋天的7首，分别只占总数的4％和5％；而在《一朵野菊花又开了》的61首诗里，写时间的12首，写秋天的10首，已经分别占到总数的20％和15％。第二，就注入的感情及其色调而论，二者也有细微的不同。关于这一点，大家只要将上述《飘过童年的云》与《奔跑在时光前》《红枫林》等链接在一起加以比照，就可以看得非常清楚：后者的基调是欢乐的，跳跃的，清澈见底的；而前者则因为注入了点滴思考、些许感伤，使总体上仍然欢乐、跳跃、清澈透明的基调，多少显得浑厚和凝重了一些。通过比较，可以得出一个结论：以相当自觉的意识表现成长的生命体验，正是诗集《一朵野菊花又开了》的特色所在。

对于高璨小朋友在她的新诗集中不自觉地呈示出来的这一变化，究竟应该如何看待呢？它是意味着童心的缺失，还是意味着童心的成长？有论者曾经就高璨所写的《镜子和狗》一诗，表示过某种忧虑。他认为，这首诗以童心为代价，过早地察觉了人世间的孤独和悲伤，是儿童的不幸。而在我看来，这位论者是过虑了。毫无疑问，儿童应该生活在欢乐之中。因为只有欢乐，也许最适合童心在无所遮蔽的状态，作自由自在的诗意表现。然而，现实人生毕竟是复杂的。我们如果以保护童心不受世俗的污染为理由，在儿童的四周筑起隔离墙，让他们从各式各样的痛苦与灾难面前掉过头去，这对于儿童的心理成长未必就是一件好事。由此，人们自然会想到顾城。这位“童话诗人”，曾以其超然脱俗的童心，为我们展示过一个纯净得几乎不含半点杂质的诗的梦幻世界。然而，他本人却因为与现实生活的隔绝，不懂得如何调适自己的童心，使之与日俱新，而是终日沉溺和自闭在诗的白日梦之中，最后其人其诗，也就势不可免地踏上了毁灭之路。

顾城的悲剧告诉我们，童心仅仅靠与世隔绝式的自闭是不可能永葆不失的。随着年龄的增长，阅历的加深，儿童心理必然会或快或慢地发生某种成人化、理性化和社会化的变异。在这种情况下，现实的选择只能是，给处于生理转型期的儿童，提供和创造一个能保证其童心健康成长的、宽松的文化—心理环境。首倡“童心”说的李贽，在强调“童心者，绝假纯真，最初一念之本心也”的同时，又依据“童心”即“真心”“真心”即“发于情性，由乎自然”的逻辑推论，提出了“以自然之为美”的观点。我在上面说要为转型期儿童提供和创造一个能保证其童心健康成长的宽松环境，中间的要义正在于“自然”二字。从高璨小朋友即将出版的新诗集来看，她面对“时光流逝”而涌起“莫名的伤感”是自然的，正像她在《镜子和狗》中由导盲犬的孤独而联想到人的孤独是自然的一样。推而广之，她看见盗伐者留下的树桩而发出“为何那么多的美丽 / 就在一声轰然中倒下”（《树的眼泪滴落成涟漪》）的悲叹是自然的，她一早醒来“想在那海与天的缝合处”，“剪一刀，让早晨的太阳更明亮些”（《我把海天剪开》）的奇思妙想是自然的，都是同一个道理。一颗与生命一起成长的健康童心，应该是高兴时发笑，悲伤处落泪，因欢乐歌唱，为愤怒呼号。李贽所谓“发于情性，由乎自然”，作为“童心”的题中之义，按我的理解，大概就正如高璨在《一朵野菊花又开了》里所表现出来的那样。

2006年8月15日于西北大学桃园校区

（作者系西北大学教授，文艺理论评论家）

让鲜活的意象点亮小读者的眼睛

——谈高璨的获奖组诗《蝴蝶的旅程》

王宜振

作为陕西省青少年文学创作大赛的主要评委，我在堆积如山的稿件中苦苦寻觅着，当读到高璨的《蝴蝶的旅程》时，我的眼睛被“点”亮了，我像在茫茫大海里发现了一颗珍珠一样感到惊喜。一时间，小诗在各个评委间相互传阅，受到评委们的高度评价，经过评委们酝酿，小诗无争议地被评为特等奖。小诗在众多的参赛作品中脱颖而出，成为此次大赛最夺人耳目的亮点。

小诗的作者年仅11岁，是西安市实验小学五年级学生。那么，小小年龄的她有什么“秘密武器”能够出奇制胜呢？我以为是小诗鲜活的意象，“点”亮了人们的眼睛。当一个人在夜间走路，突然遇到一盏光芒四射的路灯，这路灯就好像是诗行中的“亮”点，也就是诗的意象。意象新奇且瑰丽，自然会吸引读者的眼球，拉直读者的眼睛。试看，小作者在《蝴蝶的旅程》中把“花朵”喻为“花的铁轨”，而把花蝴蝶喻为“一节会飞的车厢”，意象鲜活而生动，只有鲜活而生动的意象才能感人肺腑，令人浮想联翩，难以忘怀。我国著名儿童诗人金波在他的《花和蝴蝶》中写道：花是不会飞的/蝴蝶，蝴蝶是/会飞的花。//蝴蝶是会飞的/花，花是/不会飞的蝴蝶。//花是蝴蝶/蝴蝶是花。花是蝴蝶，蝴蝶是花，这意象鲜亮而夺目，真乃奇妙之极。无独有偶，台湾的著名儿童诗人林焕彰先生，也写了一首《会飞的蝴蝶》：蝴蝶，蝴蝶/你飞过田野，飞过山岗，/在我们春天的土地上，/到处有鲜花开放。//红的花，黄的花，紫的花，/汇成了鲜花的海洋，/蝴蝶从这里飞过，/张开了五颜六色的翅膀。//蝴蝶，蝴蝶，/你像会飞的花朵。/你飞呀飞，飞向远方，/远方也是鲜花的海洋……在这首诗里，林先生亦把蝴蝶喻为花朵，同金波先生不谋而合。两首诗各有特点，前者简略，后者繁复，但都由于意象的奇特，使小诗张开诗意的幻想的翅膀，在读者中间不胫而走，成为常读常新的精品佳作。令我佩服的是小作者高璨没有沿着金波、林焕彰的路子亦步亦趋，而是开拓创新、另辟蹊径。

她笔下的蝴蝶同金波、林焕彰不同，如把花蝴蝶喻为“一节会飞的车厢”，而把花朵喻为“花的铁轨”，这意象完全出自小作者之手，是前人不曾有的。那么，我们来看看小作者的比喻是否“贴切”，是否符合自然规律呢？花蝴蝶在一丛丛、一片片的花朵上自由自在地飞行，如同“一节小小的车厢”在“铁轨”上滑行，喻体和本体都十分巧妙。小作者的小诗同两位大诗人的诗作，似有“异曲同工之妙”。在另一首《大地系上金色的纽扣》里，小作者把小路旁星星点点的野菊花，喻为一排“金色的纽扣”，这意象中蕴含着一颗稚嫩的童心，似乎只有小孩子才想象得出。更令人出其不意的是小作者写到这里并没有就此收手，而是从生活的底蕴中开拓深层的内涵。她接着写道：大地睡了，金色的纽扣/被系上，大衣里/孕育着下一个稚嫩的春天。在金色的纽扣被扣上的大衣里，孕育着一个春天。这暗示秋去了，冬天和春天就要来了。小诗写到这里，不再是一首小诗，它变成一枚橄榄果，细细嚼来，越嚼越有味儿，似有满嘴生香之感。小作者在另一首《山村的眼睛》里，更有奇妙的意象脱颖而出。请看：山村被拴在城市的袖口/城市不愿丢下，紧紧牵着。城市也有自己的“袖口”，而且把山村牵着，这又是孩子的想象。在这里，我透过意象的表达，似乎看到了一位蒙着红纱巾的漂亮的少女，牵着一只活泼可爱的小宠物在慢慢地走着。这种把静物动态化、无生命的事物生命化的表现手法，正是现代诗的一个重要特点。小作者娴熟地运用了这一写作技巧，使她的小诗拥有了非凡的品质。

好的意象又是从何而来的呢？它来自诗人非凡的想象力。高璨的想象力是十分丰富的。她把“山路”想象为被“岩石”绊了一跤，颤颤巍巍走上山去，才有了弯弯曲曲的形象。她把小溪想象成是谁丢在这儿的“银丝”，可谓海阔天空，任想象的翅膀任意翱翔（《山》）。这里，光有非凡的想象力还不行，还要有一颗爱心、一颗童心去发现。试想，小作者要是缺少一颗爱心和童心，她会发现秋天路旁星星点点的野菊花，似一排排金色的纽扣吗？正是这一颗善良的幼小的爱心，才会关心金色纽扣扣上的大衣里，大地做着怎样的梦，才会关心“城市的袖口”要紧紧牵着“小山村”，不要把它丢下。正是小作者这份爱心和童心，才生出一双智慧的眼睛，才会发现和获得这么多鲜活美丽的意象，才会获得这么多脍炙人口的美丽的诗句。透过诗品可以看出一个人的人品，我们从这一组小诗的背后，可以看出小作者高尚的纯洁的心灵。正是这颗心灵的淘洗，她的诗歌才像山泉般一样纯净。我愿我们的“阳光小诗人”，为我们点亮一盏又一盏的诗灯，让这些诗灯照亮我们、温暖我们吧！

让直觉飞扬起来

杨乐生

我对当代诗歌的感觉很不怎么样，已经不是一天两天的事了。那些大量分行排列的句子，似乎离叫作“诗”的东西越来越远。据说现在写诗的人还真不少，但我见到的诗人却实在不多！也可能是我闭目塞听和感觉迟钝的缘由，才将某些人东吹西吹的“诗歌繁荣”看走了眼。但也有偶尔的出乎所料，像今年西安天气最热的八月里，朋友给我带来了一个叫高璨的十一岁少年的几本新书，《树叶船》和《狡猾熊和笨狐狸》分别是短文章和童话，还有一本诗集《阳光的脚步很轻》和几十首新写出来的诗。除了新鲜和惊奇，我还有点感动，我在此得谢谢高璨小朋友，是她的作品(特别是诗作)在酷热的难熬的日子里给我送来了难得的凉爽。

高璨的诗文有着我们常见的儿童写作的天真和洁净，她给读者捧出的是自己与生俱来的天性，纯真和清透。多少年我们的习惯是，将作者分成好多类，从年龄可以分出成人和儿童，从性别可以分出男女，从社会身份可以分出专业和业余，从政治制度可以分出体制内和体制外，从党派可以分出非党作家和党员作家，从长相可以分出是否美女作家，等等，其实叫我说，这些都是多余的，完全是搞理论和批评的人一种偷懒，一种无能的表现。因为从根本上讲，作家、艺术家不论是哪种意义上的身份，叫读者认可的首先是别人无可替代的作品。至于你是干什么的倒是次之又次的事了。我非常不理解为什么要这样粗暴地划分?这种为了省事人为的简单化，给我们带来了不少文艺上的误区和盲区，搅和、误导了人们把本来很容易讲明白、说清楚的问题，反而搞得莫名其妙。无论从事哪一行，只要写出好作品，不用讨论就是一个好作家。哪怕你是大腕、专家一类，只要写出来的是味同嚼蜡的文字，不管你是名气有多大，肯定是一个文学上的臭葫芦。优秀的文学作品它是一个浑然不可分的整体，它本身就是一个自足系统，人为的肢解只能造成审美效果的分崩离析。没有理由、也没有可能规定什么样的人才可以搞什么样的文学，文如其人是几乎达不到的理想状态，我倒觉得人、文分离更是一种常态。有出息的作家首先叫读者感觉到的就是作者与作品的矛盾和同一。矛盾了才可以显示出其艺术思考，同一了我们才可以有理由把作者和作品关联在一起。矛盾越大痛苦越深越能彰示出深刻，作家便走得越远，像陀思妥耶夫斯基、像鲁迅、像卡夫卡，莫不如此。我们决不能为了考察或批评的方便，武断地给作家及其作品下结论，任何批评文字都没有法院判词那种效力，它最多也不过是一家之言。差异性才是丰富多样性的基础，无论是创作还是批评。取消了差异性以后还要侈谈繁荣云云，无异于痴心妄想。归约化的理论操作，貌似具有概括性，其实是有很大漏洞的，它不承认或者说是取消了文学作品的层次性和丰富性，把一部鲜活的作品分析成干巴巴的，让我们感觉不到美，满脑子只留下了空里来雾里去的概念。正是在这个角度，我以为高璨的诗文远远不是用儿童文学、儿童诗几个字所能总括的，我更看重的是其越出界限的价值，即所有文学艺术作品本质上相通的东西。也就是说用文学性去衡量它，而不是老是盯着作者有多大年龄，尽管高璨的写作和她的岁数，儿童心理和思维有着必然的联系。

读了高璨的诗，我一直在想一个问题，那就是什么样的因素制约或者说决定了她的写作?如果说是童心或赤子情怀，也未尝不可，但多少还是有点不满足。考虑再三，我认为是与生俱来的直觉从根本上保障了她的写作，当然，学习和练习也是自然而然的题中应有之意。直觉说起来有点纠缠不清，甚至有点神秘。直觉多少年来名声有点那个，主要是因为心理学几十年在中国被作为资产阶级唯心主义的学科狼狈不堪。但有没有直觉，承认不承认心理学是一门学科，在今天已经成了一个常识，尽管其中有诸多问题仍然说不清。直觉是每一个健康的人都有的，它不需要充分的推理就会产生，是一种天赋的接近认识的能力，直觉、知觉和感觉是一件事的三个层次的心理活动，往简单地说就是感性，我们都知道感性和理性是相对的概念。可能有人会问，你这样讲等于说文学就不需要理性。我想回答的是，在很大的程度上，我就是这个意思，特别是就文艺创作而言。把你的直觉用形象的文字传达出来就是文学，不押韵的叙述是散文，散文加上想象虚构和人物就是小说，分行押韵就是诗歌，不一而足的各类体裁就是这样划分出来的。我这里是从最主要的方面说，细致考察还要具体得多。感性是文学最大的特征，文学所能做的是艺术思考，理性思考不可以替代，纯粹理性的东西绝对不是文学，因为理性抑制、排斥感性和感情，而感性和感情正是文学的生命。为什么非理性的文学一百年来风靡全球，就是因为非理性的理论及其实践较19世纪以前过分理智化的作品更靠近文学艺术的本质。扩而大之，还不仅是文学，人的行为的原动力是本能与情绪，这是心理学研究了一百多年得出的结论，尽管理性同样是社会、人生也需要的。结合高璨的写作，就更显得直觉的不可或缺。经验(包括经历、体验等)对于写作的重要性是人人皆知的，对一个儿童谈经验大约就不成立，而高璨建立在直觉和观察之上诗歌，富想象，含温情，有着梦幻般的情致，像《小虫行走在我手上》《向月葵》《想飞的树》，无不是从某一个角度展示了自己透明的灵魂，给读者回味的空间很大。正是高璨不似成年人多年浸淫文学，头脑中没有什么条条框框，只相信自己的眼睛，凭着直觉和感悟，率性而为，纯任天然，才写出了一部分水准相当高的诗歌。王国维先生特别强调诗人的主观精神，认为“主观之诗人不必多阅世，阅世愈浅，则性情愈真”。性情要的是真假，而不是多样或复杂，清浅一点未必就艺术力量不足，能传达出一己的真性情就是审美标准，而不用去管你对这个世界了解了多少。诗是青春的艺术恐怕道理就在这里。古今中外年轻而诗歌成就很高的人不胜枚举，而散文、小说等体裁这种情况就几乎没有，这是不用多饶舌的。

我还读到了高璨未结集的约30首诗，感觉到了小作者明显的进步。视野较以前开阔多了，题材也更多样化了。观察更准确，想象力加强了：

阳光许许多多的眼睛
在夜里变小
被萤火虫提在手中
——《月亮是黑夜的一扇窗》

秋风是秋天的呼吸
用没有颜色的一生
绘出了大篇幅的金黄
——《秋风是秋天的呼吸》

这束阳光，已经走了很久

照亮门口的同时

又点燃回忆的

一段岁月

——《这束阳光，已经走了很久》

上引三首诗的片段，我以为都是目前为止体现作者最高水准的句子。除过天真烂漫，大约还夹进了一点有分量的东西。什么是“没有颜色的一生”?什么是“一段岁月”?其中隽永耐咀嚼的东西恐怕每一个读到这些诗句的人都无法回避的。但这里有一个可大可小的问题：以高璨小朋友的阅历写出这样的句子是幸事呢还是其他?这种思考对小诗人是不是有点沉重?这符合不符合小作者前后相关联的文字个性?尤其是个性，这是作家诗人安身立命的关键，而守持和发展个性的康庄大道就是用文字传达出自己特有的感觉，甚至是千金不换的，诗也罢，其他文章也罢，不要抛开自己的直觉和感觉、不可不慎!

我希望高璨健康地成长，全面地发展，不要过早地给自己画框子，最好把写东西作为自己的业余爱好。比起写作，人生更重要得多。

（作者系西北大学教授，评论家）

诗里诗外话高璨

醉墨痕

高璨，小学六年级学生，竟先后在《星星诗刊》《儿童文学》《文艺报》等20多种报刊、杂志发表童话散文、诗歌达160余篇（首），第五本书就要面世了。单就这些文字上的成绩，足以令每一个读过她文章的人惊叹不已了。

一、关于创作：文学需要自由的心灵

高璨说："我一般是先完成学校布置的家庭作业，如果有空，我会读一会儿诗歌或文学读物，时间再充裕，我才会动笔写的。写作一般会安排在周六和周日，但每次写作不会超过一个小时。”多么轻松的话语！于是我想，中国有那么多“苦吟诗人”，有那么多“难产作家”，却很少有像她这么轻松的写作状态的。在许多人眼里是那么神秘莫测的文学创作，在她那里，简直就像跳皮筋儿那么简单、随意、自在、放松、闲适，玩儿似的。但她与时下那些“玩文学”的人又有着本质的不同。我一向认为，文学需要自由的心灵，需要自由的精神。至少，她的家庭教育给了她生长自由的必要的土壤——“我真的要万分感谢我的爸爸妈妈。从小他们就没有为我设计目标，从没有强制我学习什么，总是顺其自然，但发现我有什么优势时，又总能千方百计因势利导，鼓励支持，甚至参与进来一起学。上学前，我不太愿背古诗，他们就不让背了，不会识字，就不再让学了。我是上学后才开始识字的。爸爸妈妈对我的学校成绩不是那么在意，只要概念清楚就行了。在阅读和英语方面，他们甚至允许我不求甚解，不要拘泥于字词的死记硬背和段落的解析上，要我学会整体欣赏和发现文章的美，哪怕有一点收获都行。对我的作文，从不求全责备，不要求写得面面俱到，哪怕片言只语，只要新奇、想象大胆就会大加表扬的。”这段话很值得每一位老师、每一位家长深思。明显的，高璨的家庭教育与时下普遍的学校教育、家庭教育是相互矛盾的、冲突的。然而，这或许恰恰就是高璨快乐的源泉，就是她取得现有成绩的关键。

她在谈及如何爱上写作时说：“……我刚开始写作文时，爸爸妈妈没有给我太多条条框框，字词不会就用拼音代，想写什么都可以，不要求写出什么意义来，主要让写一些风、花、雪、月、春、夏、秋、冬和母爱等等，写完后，打印整理出来，有的便投稿了。当一篇篇文章发表在报刊上，受到表扬鼓励后，我写作的愿望就增强了。其实我编起童话来好像更得心应手容易些。而写诗歌的难度却是越来越大了，因为诗歌贵在创新，贵在陌生化，不能是简单的重复。但写诗歌占用的时间少，所以目前我还是以写诗歌为主。”这一番话里，我感觉有两个高璨。一个是满溢童真的高璨，另一个是过分成熟的高璨。前者读来是活蹦乱跳的童言童语，而后者则让人感觉有明显的成人气息。比如“陌生化”一词，这本来是个很高深的文学理论术语，更多地会泛滥于一些批评者的嘴角和笔端。此时出现在小学六年级的一个仅有11岁的孩子之口，实在是让人觉得心酸！尤其，她的那句“其实我编起童话来好像更得心应手容易些”，简直令我觉着揪心了，我甚至担心高璨的童心会被成人社会下的种种做作、酸腐、伪善、势利过早地同化。既然她觉得编童话“容易”且“得心应手”，为什么非得让她写那些在她现在看来很有些“难度”的诗歌呢！拔苗助长？好在她现在还为那些所谓的“创新”“陌生化”“简单的重复”什么的论调毒害不深，但已经出现了一些令人担忧的苗头了。例如，她后来的诗里就出现了像“忧伤”、“寂寞”“凄凉”等等于她这样一个孩子的心理、心灵极不相称的词语。

我大概在浏览了她自2005年4月至今发表在“榕树下”的

260来篇诗歌、童话时发现，她似乎正朝着着意为诗的方向发展和迈进，而且步子迈得幅度明显地大了许多。从她最近发表的《时光永远奔腾》《静寞的酒吧》《竹林，依然万般宁静》《柳絮雪》等诗作看，诗的语言、技巧、意境等有了明显的成人化色彩。如："太阳再次从地平面升起/我看见无数双无声的翅膀/自海面跃起，奔赴辽远/在霞光里，时光永远奔腾/我闻到它扬起的浪花/却听不到它浩荡的声音"（《时光永远奔腾》2006.10.18），到"阳光的脚步很轻/他来的时候/没有惊醒熟睡的小朋友/也不惊动森林中快乐的小鸟/只把黑暗驱走/当他吹响鸟鸣时/大地已是一片灿烂"（《阳光的脚步很轻》2005.9.11）。从发表的时间上看，两首诗相差刚好一年，但稍做比较就会发现，其诗风发生了很大的变化。从李星和张孝评的文章里看到，她的最新诗集《一朵野菊花又开了》，也明显地表现出这样的变化。他们不约而同地分析了高璨《烛火在燃烧：写在11岁生日》这首诗，以及由此发觉的高璨迄今为止在情感基调上的前后变化。小诗人通过今昔对比的手法，在回忆了"小时候，生日是蜡烛和蛋糕/……是我的微笑/那个夜晚，我可以去梦的房间/听萤火虫的歌"之后，不无伤感地写道："而今天：/今天，生日是时光流逝的见证/昨天将越来越多，明天将逐渐减少/生日的烛火，它燃烧着/已经失去的日子/吹灭蜡烛，如一缕轻烟/随风而去/留下莫名的伤感/将一块块往事剪拼"。于是，他们从小诗人的"生命体验"里，发现了她的"年龄焦灼"以及并非

“无病呻吟”和“故作深沉”的“莫名的伤感”。对此，李星怀疑“这是她思想的早熟现象，还是由生理年龄而带来的心理变化？”而张孝评也谈到“我通过对新旧两个诗集的对照式细读，发现了一年以来小诗人内心深处某些变化的迹象。”我认为，这样的“变化”或“早熟”，对于一个11岁的孩子来说，是不正常的。可以说，高璨正在急着放弃自己，放弃自己那颗最耀眼的童心！而且，这与她“我的诗的花园，盛开的/是永恒甜美的微笑//将我的世界/缀满纯美的诗/让鲜亮的诗句飞翔/雪白的翅羽/承载梦幻的重量”（《诗，在诉说》）所描绘的理想是格格不入的、极不协调的。况且，承载“重量”的翅膀是很难高远地“飞翔”的……

二、关于诗艺：生命个性的自然流露

没有技巧是最好的技巧，真正的艺术是生命个性自然流露的“对象化”。

高璨的创作主要是诗歌和童话，且诗歌占了相当大的比重。较之她编起来“容易”且“得心应手”的童话散文，诗歌则实在是她迎难而上、着力而为的尝试之举了。通过她父亲“抄录”的、她甚至可以“背诵”的“大量的现代诗”来实现诗歌创作上的这种尝试。且不说“现代诗”里来自成人的“现代”（包括现代主义的、后现代主义的）情绪，是否适合于她这样一个单纯、明丽、充满纯真心灵的孩子，那种诸如“与孩子的心不能相容的世界”又会给孩子的未来成长带去怎样的后果，单就诗艺的借鉴、学习来看，我以为，最关键的，要看是否适合于孩子的天真烂漫的个性，是否适合于高璨这样一个孩子的内在气质。若抛开这些，谈纯粹的诗艺是缘木求鱼！

诗艺是生命个性的自然流露，高璨的童言童语充分地证明了这一点。然而在中国，写文章从来都是一种手工技艺。和木匠、石匠、铁匠、锡匠、教书匠等种种工匠艺人一样，写作的人不过是其中的一种罢了。于是，写作的所谓“技巧”似乎就显得尤为重要了。因此，高璨从“现代诗”里汲取营养和学习技巧是可以理解的。所谓“饮酒做文”“舞文弄墨”，天下文章是做出来的。既强调自由性灵，又必须中规中矩。于是，诗文自然“教”得，“指导”得。奇怪的是，我学了大半辈子文学，却终不知“文学”为何物，写出来的文章也从来不敢自信为“文学”的！柏拉图关于“技艺”与“灵感”的“对话”我也读过，但他的“灵感说”似乎不大合乎我们的“诗情”。遥想人类初始，那“劳动”时喊出的“号子”，就是人类童年时期的文学。它们虽不可与后代的文学同日而语，但我想，对于一个人来说，不同的年龄段下有不同的文学应该是再正常不过的。倘或硬以成人的眼光草率看之、求之、难之；盲目导之、拗之、揠之，恐怕就不大正常了。再者，被誉为中国“最早的诗歌典籍”的《诗经》，就让孔子以“思无邪”“一言以蔽之”。时下不是最崇尚“原生态”艺术吗？因此，我认为，高璨的童言童语，就是她最为本真的“原生态”资源。

中国从来都不缺乏诗人，但中国尚没有一个真正的童话家。

况且，我们所熟知的“童话”，皆出自成人之手，安徒生、格林等等，作者都是成人，而且在他们的“童话”里原本充斥着好多暴力和色情的内容，即便到后来改头换面了，但那仍是用来哄孩子玩的，是着意而为之的文学创作，绝非童心的自然流露；而高璨所写的童话散文，是真正意义上的童言童语，是真正意义上的童心流露，因而才是真正意义上的童话。例如《狡猾熊和笨狐狸》，成人世界里千年不变的“狡猾狐狸”，在小作者机灵的脑海里却变成了“笨狐狸”！表面看来，传说中的“大笨熊”和“狡猾的狐狸”，在小作者的笔下仅仅是做了个简单的角色转换，但深层地看去，这又何尝不是一种足以令每一个成人警醒的“换位”思维！

其实，高璨的许多诗歌都可以看作是童话的，但用了诗歌的形式罢了。那新奇的想象，调皮的联想，那春、夏、秋、冬，风、花、雪、月，无不在她的童话天地里变成有生命的小精灵。比如：“春来了/万物苏醒了/蝴蝶叫醒了花/雨水唤醒了草/阳光叫醒了树/青蛙也唤醒了小蝌蚪”（《春》），“夏天躲在哪儿？/在石缝里/唱着蛐蛐的歌儿”（《夏天躲在哪儿》），“几笔雾一般的风/吹顺了柳枝/几条滑润的线条/勾画出暖暖的阳光”（《水粉画》），“黎明的美丽/被穿着阳光的云/提在手里”（《清晨》），“天空是张洁白的宣纸/谁打翻的墨汁/从天边悄悄蔓延过来/它会不会滴落下来/变成草地上一朵墨色的花？”

（《天空是张洁白的宣纸》），“鸡鸣声轻扣房门/勤快的人回应了它/提着两个盛满风的桶/踩着吱悠声，去井那边了/他是提着两桶/金灿灿的朝霞回来的”（《小镇不再寂寞》）……这些全不是什么“童话般的意境”，而是纯粹的童话——诗的童话，童话的诗。

因此，读高璨诗的童话，童话的诗，读者会很自然地想到“童话诗人”顾城及其诗歌。高璨和顾城有没有可比性？当然有。打个比方说吧，比如一只蜗牛，顾城就是那只蜗牛，他的诗就是蜗牛背上的那个硬壳儿；蜗牛遇到危险时就躲进它的壳子里，顾城无法适应现实才逃避在诗里；壳子是蜗牛的生命屏障，诗歌是顾城的全部生活。而高璨就是高璨，她不像顾城是个“永远长不大的孩子”，她是个健康的孩子；高璨看到一只蜗牛，她可以好奇地走近它，把它怜爱地放在手心里把玩儿，也可以把它写进自己的诗里，并把它想象成一个背着大书包的孩子或者别的什么。高璨在写作之外还可以弹钢琴，可以通过“最高级的十级考试”，可以通过剑桥“三级”考试，可以“疯玩”，而顾城呢？他除了写诗，可以说什么也不会了……

三、关于心灵：透过“大森林的黑眼睛”

许多读者觉得高璨是个“天才”，其实，她已经是个大大的“天才”了！什么是天才？我想，别说是超乎常人了，就是超乎同龄人也已经是天才了。我绝不怀疑什么“小时了了”，也不想过早地推想什么“诺贝尔文学奖”，我只觉得，高璨还是个孩子，一个仅仅11岁的孩子，千千万万孩子中的一个；我只关心，现实中的高璨是否快乐？

高璨的诗的童话，童话的诗里有着罕见的孩子的立场。她总能以孩子无邪的眼光和健康的心灵为出发点和归宿点，来关照这个世界。这时，“母爱”的陶冶明显地发生了很大的效用，使她从小培养起来的善良、正直、懂事、细心等等的品质，很好地体现在她的诗文中。且看她在《路上》的所见所感：“小羊好奇地下去/走进那扇门/暗的天色随一声凄厉的鸣叫/更暗、更冷/晚风不得不承认/走进这里的小羊们/从此便永远离别草地/那些锋利的刀/无奈地隔绝了/小羊们与这个世界的联系”。再看《高高的院墙》里那个“盲孩子或许还是个聋哑孩子”吧：“妈妈，为什么不拆掉/这堵高高的墙/让我的世界渗进阳光？/渗进鸟的歌唱？/而他只是心里这样问”。而“他”为什么会“只是心里这样问”呢？难道在孩子的眼里、心里与“妈妈”（父母）存在着不可逾越的障碍吗？再看这首《走出》——

一切都被低飞的燕子
说中了，雨滴滑过屋檐的
眉毛时,听到一只房顶的
知了，小声说

草站在屋顶，像小屋
绿茸茸的头发

风寄居那里

在窗玻璃上呵一口气

画出一些零零星星的寂寞

那是雨水填充不了的深度

一只狗从雨中跑来

它的身影像一个巨大的孤独

只有雨声，那雨水给大地的

亲吻声，却忘记屋中的我

冲出门，我感觉到

雨水欢跃的舞步

以及窗玻璃上的寂寞

渐渐隐去，看到雨中

飞奔的，我的快乐

姑且抛开新异的想象，顽皮的意象，童趣的语言，虚拟的意境不说，诗中的“我”（抒情主人公？）会不会像“寄居”的风一样，“在窗玻璃上呵一口气/画出一些零零星星的寂寞”？在孩子的感觉世界里，如此“雨水填充不了的深度”般的“寂寞”与她的心灵和谐吗？！小诗人何以会把一只雨中跑来的狗的身影，想象成“一个巨大的孤独”？！难道仅仅“只有雨声”和“那雨水给大地的亲吻声”“忘记”了“屋中的我”吗？童言无忌，言为心声。至少，诗中流露出的情愫，在当下的孩子们身上带有普遍性，因而具有典型性。“冲出门，我感觉到/雨水欢跃的舞步/以及窗玻璃上的寂寞/渐渐隐去，看到雨中/飞奔的，我的快乐”。这“冲出”二字，与“飞奔的，我的快乐”里又存在着怎样的逻辑关系？难怪在小诗人的感觉世界里，会有“想飞的石子/将鸟的翅膀映在自己身上/长出翅膀的心//一只黑色的小鸟/一块会飞的阴影/宛若大森林的黑眼睛”（《布谷鸟飞过山林》）这样神奇的想象和瑰丽的诗句了！

这使我想起笼子中的鸟来，大凡将一只鸟抓回装进笼子里的人，未必就是残忍，那分心里的愉悦感只有养鸟人自己清楚。他完全可以引以为豪甚至炫耀天下。而笼子中的鸟呢？也未必就真的快乐或者不快乐。那么，高璨快乐吗？别说我们，连高璨本人恐怕也很难回答这样一个看似简单的问题。她在面对“超级访问”时落在字里行间里的那份沉着，那份老练，我敢说许多成人恐怕都要自叹弗如了。当有人问她“在课外，你还有哪些爱好？唱歌？舞蹈？你最喜欢的爱好是哪个？为什么？”的时候，她回答说：“我五岁开始学钢琴，今年暑假已通过了最高级十级考试，兴趣也越来越大了。我想音乐与文学是相通的，往往当我投入地弹一首美妙的旋律时，一些文学的灵感就如溪水般流入我的脑海。而且一首动听的乐曲从自己的指缝间流淌出来时，心情也会明朗起来，有一些小小的成就感呢！当然我也喜欢听歌了，出外疯玩了。”语出惊人，让人瞠目结舌，目瞪口呆！只是她为什么要将“当然我也喜欢听歌了，出外疯玩了”这么轻描淡写地一笔带过呢？玩就玩嘛，干吗非得加个“疯”字，说成“疯玩”呢？这“喜欢”的潜台词是什么呢？杞人忧天！从她面对“超级访问”的那份轻松感里，我们没有理由怀疑她的快乐，哪怕是因了那份成就感的支撑，或者是因为那种超乎寻常的信念，或者因为他的父亲，使她不失时机地发现了自己的天赋和潜力。总之，她看上去是快乐的。至于，高璨现在的诗歌是不是艺术，我也同样不想过早地下什么结论。或许，高璨的创作还距离成人眼里、心里的“艺术”差得很远，或许，高璨的童言童语，本来就是最“原生态”的艺术。

四、关于批评：走进孩子的心灵

世界时下的批评，无论正规的、非正规的，经常停留在远离“文本”的“本位主义”立场上。“榕树下”的“评论”往往又谈不上批评的，或者说，真正批评的氛围还没有形成。因而，再好的写手，也往往是孤独的。传统所谓“知人论世”的批评原则，早已远离了人们的视野。

从体式上看，包括高璨在内，所有的人都将她的文字归入“童话”和“诗歌”。似乎不这样归，高璨就不可能有什么出展了。如果说高璨现在已经有了自己的读者或者受众的话，那么，他们所在乎的，是高璨的年龄？是高璨的才气？是高璨的文采？是高璨的“童话”？是高璨的“诗歌”？还是高璨的诗歌是不是“艺术”？她会不会成为一位专业的“诗歌作家”？她照这么下去会不会拿诺贝尔奖？可有谁真正的在乎过，她还是个孩子，她的稚嫩的文字里展露的是一颗孩子纯真的心灵。梁小斌说“高璨的诗令人沉思也令人头痛”，而李星则说“我不知道诗人梁小斌在他关于高璨的文章中为什么那么害怕将高璨的诗和‘禅’联系起来？……但我却要十分肯定地说，小高璨的诗具有物我一心，排除一切杂虑，归于一种无边的精神世界的‘禅意’。”更以“禅悟”“绝唱”等字眼儿分析和评价高璨的近作。我就不明白，为什么非得将一个年仅11的孩子的诗歌与成人所谓的“禅悟”联系在一起呢！哪怕像李星所说的“率真率性，纯净天然的孩子的心灵世界原本就离无遮无碍的宗教状态更近”，哪怕就像女作家周瑄璞所言的“在她单纯的意境背后，我们似乎看到不少我们大众已经悟出和正在悟着的道理”，但也绝不至于仅仅是“因为高璨的诗虽然有童心、童趣在，但其意境和内涵却又常常超出一个孩子，甚至一个成人的想象”，就来仓促地解释梁小斌所说的“高璨的诗令人沉思也令人头痛”的吧！就因此得出“同‘禅’的本来意义一样，这里的‘悟’也是源于佛典”的结论吧！至于那些急着希望高璨能尽快“成熟”起来的人们，就尤其令人觉得可恶了！

我想提醒的是，一个根本不能走进孩子心灵世界的成人，是没有资格评价孩子的。任何以成人的立场推想、猜测甚至曲解孩子心灵的做法，至少对于孩子是不公平的。如果说高璨的诗歌并非“无病呻吟”或“故作深沉”地写出了当今孩子们普遍存在的“忧伤”“寂寞”“凄凉”等等情绪、心理的话，那么，我们的家庭、我们的学校、我们的社会是有责任的，是应该反思的。

因此，我所关心的是，来自成人世界的那种诸如以“禅悟”“哲理”“成熟”等等，是否会捣乱高璨童心世界当中“物我合一”的那分“万物以我为心”的宁静与自信？而诗人梁小斌说“高璨的诗令人沉思也令人头痛”“害怕将高璨的诗和‘禅’联系起来”，在我看来，是可以理解且意味深长的。我很赞同李孝评教授从儿童心理、生理的发展上，给高璨以很好的建议——“自然”。

作为一个写诗的只有11岁的孩子来说，出版诗集、童话散文集已经令人刮目相看了，又能得到资深的权威和著名的诗人为她“写序”“指导”，就更要让人肃然起敬了。谢老作为“共和国诗歌的见证者”，当年以其宽容的姿态和他的权威的力量，支持一代青年的诗歌，终使他们的诗歌成为一时轰轰烈烈的壮丽景观。很难想象没有谢老的“朦胧诗”，会不会为当时“正统”的诗界所接受呢！因此，谢老对于“朦胧诗”以及整个当代诗界的影响由此可见了。从这个意义上说，以一首《中国，我的钥匙丢了》成名的“朦胧诗人”梁小斌，自然也是谢老的直接受益者。如今，高璨已出版的诗集《阳光的脚步很轻》，能得到谢老和梁小斌为她“指导”并“作序”，并且有那么多的成人在关注着她。显然，高璨是幸运的，是绝对值得自豪的！同时也希望，高璨能学会拒绝，学会拒绝那些来自成人世界的、可能对自己未来健康成长带来负面影响的一切！

五、关于读者：艺术价值与童心世界

高璨的童心世界应该回归于孩子们中间，高璨的艺术价值应该体现在孩子们的中间。我不禁想，高璨及其家人将高璨及其诗作推向成人世界是否有些匆忙。因为在成人世界里，有几个成人自信自己能够站在孩子的立场上，了解孩子、理解孩子的，能够真正走进孩子的内心情感世界的？倘或不能或者不完全能，那又意味着什么呢？相反，真正和高璨处于相同或相当年龄的孩子们，真正和高璨有着相同或相近心理的孩子们，却不能很好地走进高璨的世界，不能走进高璨童话的诗，诗的童话。

从读者的角度看，媒体也好，受众也好，尤其是高璨的诗歌，更多地受到来自成人世界的关注，更多是从诗歌本身的角度，在惊叹于小作者“天赋独具、聪颖早慧”“像青草一般从大地深处自然而然地生长起来的儿童诗人”，甚至连梁小斌都慨叹“高璨的诗令人沉思也令人头痛”之外，对高璨诗歌在诗艺上所做的探讨。大家普遍地将目光和思维聚焦在高璨诗歌的“童心”“童趣”以及超出其年龄的某种深意上。即使像李孝评教授那样能以关爱和呵护的长者风范对她的心理、生理的成长表示关注，却绝少有人放宽视野，将她的童话的诗，诗的童话放飞到中国千千万万的、广大的少年儿童们心灵的天空，让它们真正回到孩子们的世界中去的。

读者无疑是当今社会最为主动也最为尴尬的群体。对此，我这里无心深入。作为一位父亲，我正感受着家庭教育和学校教育在孩子的成长和潜能的发掘上所带来的尴尬。对此，我也不便深究。至于高璨的诗歌是不是“艺术”，或者（在我看来）是最艺术的艺术，我说了都不算，因而，说了也是白说。我写此文的全部目的就在于，高璨成长的经历、潜能的发掘、成绩的取得，都给了我极大的警醒和启迪。我希望我和众多的家长一起，能够在惊叹之余首先让自己的灵魂得到启迪、得到感染、得到洗涤，然后给自己的孩子讲高璨的故事，讲高璨的童话，读高璨的诗歌，从而帮助、牵引或者让他们自己从高璨那些童话的诗，诗的童话中找到开启童心之门的钥匙，随孩子们一起走进童心的世界，去感受孩子们、了解孩子们、理解孩子们，陪伴孩子们健康、快乐地成长！有谁真正在在乎孩子的心灵！

最后，我还想说的是，高璨面前的道路已经铺好，相信文学的道路应该就是高璨未来的人生道路。祝愿高璨在未来的人生、艺术道路上，伴随着钢琴里弹出的一首首“美妙的旋律”，“文学的灵感”能够源源不断的像“溪水般”从她的“指缝间流淌出来”……

2006年10月31日于碌碌

（摘自榕树下网站http://article.rongshuxia.com/viewart.rs?aid=3907314）

诗之天使

丁科民

2005年夏天，我第一次读到高璨的诗歌，就被深深地打动了。那时候，高璨是一位只有10岁的小学生，已经出版了童话集《树叶船》，刚刚开始写诗。我在《喜剧世界》上刊发了她的两首诗，还打算对她的诗写点感受，但因故耽误了。当我再次读到高璨的诗歌时，她已在《诗刊》《星星》等知名文学期刊发表诗歌多首，并出版了由著名诗评家谢冕、著名诗人梁小斌等诸多名家作序和评论的两部诗集，成为颇有名气的90后阳光小作家了。现在，她的第三部诗集《一朵野菊花又开了》又要付梓出版。尽管她只有11岁，却让我震惊，她的诗已有了质的飞跃，进入了真正的文学殿堂，我已无法再从儿童诗的角度，对其作品进行论评了。

伟大的诗人、哲学家、科学家都有一张无形的网和一根锐利的针，整个世界他们都可以捕捉，任何东西他们都可以刺穿。哲学家不是去思考，而是去感知；科学家不是去实验，而是去想象；诗人不是去表达，而是去代言。三者在一定意义上是同一的。尽管对高璨还不能用“伟大”一词，但我们已很明显地感受到了她对自己内在心灵和外部世界的整体感悟能力，感受到了她诗歌表达的极强穿透力。她已经显露出了真正诗人的感知、想象、代言的基本潜质。

诗人有一张无形的网，整个世界都可以捕捉，是针对诗人的感知能力而言。这种感知，不只包涵了诗人感知的整体性、丰富性、多样性，不只包涵了诗人对内在心灵和外部世界本质特点的把握能力，而且包涵了对诗歌的情感、意象、结构、语言和诗意细节的感知能力。正是由于后两方面，诗人又有了一根锐利的针，其诗歌表达才有深度，有极强的穿透力。

高璨的心灵异常敏感，感受能力极为丰富。外部生活的任何事件和形象甚至于细节变化，都能拨动她的神经，都能成为她诗歌的内涵和意象，这从她的作品的高产，题材的多样，内容的丰富，可以得到很好的印证。她年龄虽小，却有着诗人天生的悲悯情怀，有着对生命本体的独特体验和对生命存在方式的独特感悟。

她的诗歌《镜子与狗》写孤独感几乎写到了极致：

导盲犬
在盲老人去世后便被抛弃
街头独自流浪
有一天奄奄一息
看见一面镜子
里面有只
跟自己一样的狗
流浪

导盲犬上前舔了舔
感觉那只狗也在舔自己
两只狗轻摇尾巴
一起躺下
导盲犬挨着镜里的狗
感觉另一个心脏跳动
另一种体温存在
直到不知不觉

镜子很温暖
她的心第一次跳动

第一次有人对她这么亲密

导盲犬和镜子

睡在这个城市的一个角落

一只导盲犬，失去了自己的主人，生命在流浪中也将到达尽头，它的寂寞谁能理解，它的孤独谁来安慰？它只能通过镜子和自己的影像相互慰藉，相互倾诉。它舔镜中的狗，看到镜中的狗也在舔自己，它挨着镜子中的狗卧在一起，竟然感受到了并不存在的暖意——我们在陕北民歌里听到过爱情渴望合二为一的绝唱：面对面看着还想你，嘴对嘴亲着还想你。我们在《镜子与狗》中读到了对于孤独的绝妙表达：孤独者为了寻找慰藉，把自我一分为二，和自己的影像相互温暖。这怎能不让人击节，叫人唏嘘。又如高璨最近写的一首《老钟表》——

钟表店里

一只坏了的钟表

被拆掉银色的齿轮

桌上零乱地躺着

好像那些操劳一生的人

终于有了一个喘息的机会

却已经触摸到了自己的终点

表壳依旧完好无损

但它不忍看见洒落一旁的内心

是怎样饱经风霜

究竟承受过多少磨难

就像伤了翅膀的鸟儿

更渴望飞上蓝天

已经没有了力气

一堆钟表的零件

洒落桌上

似乎一地时光破碎的骨头

让窗外的我

看见了时光竟然也有憔悴

老去的时刻

“好像那些操劳一生的人/终于有了一个喘息的机会/却已经触摸到了自己的终点”，这种对生命本质的感悟让人惊叹。“但它不忍看见洒落一旁的内心/是怎样饱经风霜/究竟承受过多少磨难”，这种对人生艰辛的体验让人叫绝。“似乎一地时光破碎的骨头/让窗外的我/看见了时光竟然也有憔悴/老去的时刻”，这种对时光不再、岁月流逝的忧伤，更加让人无言。尤其是她通过被拆散内心的老钟表形象，把生命的饱经风霜和岁月流逝的无奈，非常微妙地结合在一起，达到了诗歌结构和意象的高度完整和统一，诗歌本质和内涵的无比深刻和感人，不能不让人叹服其为天才的表达。

她写昙花："捕捉每一个瞬间/一缕风或一丝阳光的移动/这样，昙花的生命很长，很长"；她写离开之后的洛阳："明朝晨风吹起时/请用一阵风告诉我/这座寻不见我影子的城市/还在下雨吗？"；她写导盲犬在镜子里看到自己，相互安慰孤独；她写钟表不忍看见洒落一旁的内心，自己在窗外，看见了时光的憔悴与老去——这种把生命本体精神情感、心灵体验的内在性与深刻性，对象化、客体化，把生命存在时空的抽象性与相对性，具象化、实在化，是高璨超乎常人的地方，因此，她达到了许多平庸的成年诗人终其一生都无法达到的，具有创造性中介的诗歌审美形式，具有形而上学意味的哲思高度。

由此可知，天才诗人对生命与诗歌的感悟是超越年龄层次限制的，他们对内在心灵与外部世界的把握，是一种先验的"本质直观"（胡塞尔）；对诗歌艺术的审美感知，也是一种先验的生命直觉，小小的高璨就是一个例证。

高璨有着成人非常缺乏的奇异想象力，又有着普通儿童无法企及的对诗歌意象与诗歌细节的感知能力，尤其是打通视觉、听觉、嗅觉相互阻隔的直觉通感，成了她作品超越众多成人诗也超越儿童诗的独有特质。她写蝉鸣："蝉鸣渐渐稀落/如叶子般无声坠落"；她写鸟鸣："一经唱出就再没有回过家/你们是否留在叶纹里，随风轻轻歌唱/到了秋天，也随叶/悄悄枯黄"，不但表达了淡淡的凄婉与忧伤，不只比喻新奇优美，而且所用通感微妙自然；她写月光下的夜："月亮的弓弦/弯成山的弧度/那些月光/一支支射下”，假若到此，便似一般诗人，但她接着写月光的箭：“却停在湖面/不忍击碎倒映着的夜空”，给人一种突兀、新奇之感；她写：“风，满院子行走/寻找自己的影子”，具有形象化、动态化甚至戏剧化的效果；她写冬天：“鸟儿不相信，因为/它们没有闻到春天的青草味”，味觉意象微妙、具体、实在、传神；她写下雨天：“雨滴将我的发梢当作滑梯/挨个滑下”；写勤快的人“提着盛满风的桶/踩着吱悠声，去井那边了/他是提着两桶/金灿灿的朝霞回来”，更是诗的意象和诗意细节的天才捕捉了。

高璨不但对生命的本体和诗歌的本质有着天生的直观感悟，有着丰富奇异的想象力，对诗歌意象与细节的捕捉能力，而且有着超乎常人的对诗歌语言的感知和把握能力。她的语言准确、形象、生动，自然、朴实、大气，没有矫饰、虚夸和做作。她的诗歌语言已经不是儿童诗的语言，而是相当成熟具有质感的诗歌语言。如《一只紫燕的歌，唱化了的冬天》——

……

冬天，大自然脱掉了衣裳
一切光秃秃地显露着
装饰它们的，只有雪
洁白的雪

在树枝上画一朵朵迎春花

安装上春天的一枚枚脚印

一直延伸到大森林

鸟儿不相信，因为

他们没有闻到春天的青草味

梦里听见一只紫燕的歌声

冰冷的冬天

白雪一般悄悄融化了

全诗采用白描手法，纯净透明，朴素自然，简约生动，既显天赋，又见功力。她写秋天："不知谁用一支时光的笔/慢慢描绘出深秋的容貌"，优美舒缓，几乎可称沉稳老辣。

她写自己的童年"坐"在一棵树的枝桠上，就是那么一瞬间的不小心，"无声跌落/离开，就再也没有回来"。只有"坐"在枝桠上，才会有"跌落"，只有"无声跌落"，才会给人一种人生与岁月悄然流逝，蓦然回首时，心理精神从高空跌落的突然感，才能传达出生命在时间中的遗憾无奈，怅然若失。

伟大的诗人是代言者，他们有超出常人的对生命本质和自然现象的感悟，有超出常人的对生命体验和内心情感的表达能力，他们能够化腐朽为神奇，化平淡为绝唱，犹如巫神附体，他是他，他又非他，他是代表自然、代表无形的上帝，沟通自然与精神世界，宣示生命奥秘的传奇人物。

高璨已发现了诗的秘密，本能地探到了诗的秘境。她不仅能用朴素、准确、形象、生动的语言，描绘表达出自然现象和内在感受，还会捕捉诗的意象和细节，营造出诗的氛围和意境。仅从她诗的题目，就可看出她对诗意美的极强的感受能力。如《落叶如蝴蝶躺在春天的手心》《露珠是流星的眼泪》《夏夜，月亮寂寞着》等，已是奇美，更不用说梁小斌先生所指称的具有禅意的精品了。又如她写秋天的田野：

风在收割后的稻田上赛跑
一缕风被空旷脱了缰
骑着的草屑
也打了个滚
落在收割机压过的
冰凉的印痕上

——《云知道秋天来了》

朴素，自然，形象，传神，风的形态跃然纸上，甚至有些调皮，生动至极。她写大自然的绿意：

我知道那座森林的名字
当一缕风吹过林中水面
倒影里的绿浅浅流动
多看一眼，绿就会滴下来
把水染得更深

——《请求一阵绿色的风带给你》

清新，空灵，轻盈，流动，绿浓到要滴下来，染深湖水，想象奇异，优美至极。只有天才诗人，才能如此随心适意，行云流水，才能如此惟妙惟肖，举重若轻。

高璨天赋异禀，她是一个儿童，却有着儿童所无的深刻生命体验；她是一个诗人，又有着成年诗人所缺的创造性想象，此二者在她的作品中又是如此完美地融为一体。她的诗作朴素本真、生机勃勃、纯净透明、自然生动、意象奇美、富有意境，而且时有惊人的生命感悟和妙词丽句，让人拍案，让人叫绝。我常常在一首诗的阅读中间，倒吸一口凉气，伸手摸烟或起身喝茶，不忍卒读，继而也有些不可理解：

如此具有灵性的天才少女，我只能惊叹她是上天赐予诗歌的礼物，她是她，她又非她，她是上帝的代言者，是人间的诗之天使。

2006年12月13日于长安月半楼

（作者系陕西省艺术研究所所长，文艺理论评论家）

寄望灿烂

——笔记高璨

陈忠实

2007年伊始，省作协做一年一度的新会员审批。和往年一样，平静而又平和，然而其认真乃至严肃的气氛，却总是令我有一丝隐隐的感动，两位年过七旬的副主席王愚和韦昕，对近200名申请者的资料表格一一翻检阅览，还不时做着笔记，还要查看申请者提供的发表或出版的作品文本，这个工作量不可谓不大。我比他俩小近10岁，常看得眼睛发粘发花，看见他俩一丝不苟如同审视经国大业的专注和认真，感动之情里又隐含着敬重。

一个令人惊喜又诧异的话题在圆桌会议上爆开，在今年近200名申请入会的人当中，有一个年仅11岁的小学生，好奇和惊诧就是很自然的事了。包括我在内的一帮六七十岁的审批者，面对一个尚未成年的小孩子充满稚气乃至调皮的笑脸（照片），面对一本本印刷精美的诗歌、散文、童话文本，没有谁不发出惊诧的赞叹，然而却无异议，一致同意接收这位少年成为陕西作家协会会员。她叫高璨。

这是陕西作家协会破天荒的事。大约十年以来，每年都接收发展新会员一百余人，尚未有一个未成年人会员。在2126名陕西作协会员的长长名单里，如今有了一位年仅11岁的会员。她排在这个庞大的作家队列里，对于那些高过九旬以及各个年龄段上的男女作家来说，当会是怎样无声无形的欣悦和激励，还有对奋进的催发。

就是这次在前不久召开的审批新会员的主席团会上，我第一次听到高璨的名字，第一次翻阅她已经出版的4部诗歌、童话、散文集，第一次看到印在文本首页上那张洋溢着孩子气的笑脸。中国当代作家刘绍棠是20世纪50年代誉满文坛的神童，他的小说被选入中学语文课本作教材，其时他自己也还坐在中学课堂上当学生。国外也不乏这样的神童。无论国内国外，无论古代当代，人们习惯称这种人为天才，且为早熟早成的天才。世界上被称作天才的作家为数不少，大多是在青年或中年显露出天才独具的风采，有的甚至跨入老年界才露出峥嵘，习惯上称作大器晚成。人们对少年时代就成器成才的天才表现的本能的惊诧和欣喜，多是在于他或她在这样小的年龄档上所显露的才情和诗性，在同龄一辈中几乎是绝无可能的事。我在随后阅读高璨的作品时，最突出最直接的感觉就是这样。这些作品是她8到11岁时写的。这个年龄段的孩子，当是背记词汇，运用词汇，辨识名词、动词、形容词，写通写顺句子的基本训练，她却已经开始进行创造意义上的写作，已不属通常的作文课上的作文。单就语言文字而言，我真的很难用通常的普遍的事象去解释，这个孩子如何完成了从作文语言到文学创作语言的升华。文学创作区别于作文训练的重要标志，是想象，是丰富的绝妙的独自生发的想象能力，高璨正是在这一点上显示出超常的智慧，无论童话，无论诗歌，都张扬着诗意的想象的翅膀，常常令我有一种顿然豁朗的惊喜。那些童话，无不闪烁着诗意的想象，可以看作是诗；而那些诗里展示的意境，却也可以看作是想象的翅膀飞翔时画出的童话。随意选出一首《棉花云》——

棉田里
一片云掉下来
像一朵朵棉花
成熟较早的棉花

男孩来了
穿一身补丁衣服
摘下云

要织成布

送辛劳的父母

云不想回天了

真的变成了一朵朵棉花

这首诗里美丽纯净的意象自不待言，更在于意象里的意韵，那个穿着补丁衣服的男孩摘下云朵，再织成布送给父母，读来令人心颤。高璨在这个自己创造的童话幻境里，思维是反向的，衣服通常是父母种棉花织布送给儿女的，也是儿女终生不泯的恩情所系；那个穿补丁衣服的男孩自然是穷困的，不仅没有要求父母给他置换一身新衣，倒是把期盼里的幸福和温暖首先奉送父母，这个意象里的内韵真是让天下的父母读来心颤了。这样看似童趣依依的文字里，有如此雅致高尚的韵味，就决定了小高璨的出色。

我看到评论家谢冕，儿童文学大家金波、王宜振，诗人沈奇和作家梁小斌，对高璨作品的评说，很是感动。他们从不同的视角对高璨的创作和高璨现象，做出了客观新颖的评论，很富于教益。尤其是对这位少年作家的出现所表示的由衷的欣悦和关爱之情，是出于一种共有的博大而真诚的爱，显然是为着自己终生所从事也神圣着的文学，有了一个可期待发展为茁壮的参天大树的苗子了。

这个高璨，确是一个让人满可期待的壮苗。我在多年对文学天才的探究中，将之归为一根对文字敏感的神经。这根对文字尤为敏感的神经是先天生就的，跟人群中那些生来就对数字、机械、乐律、色彩等敏感的人一样，很可能在后天的发展中成为数学家、工程师、音乐家、画家，对文字敏感的人很自然地表现出写作的兴趣性倾向，社会就给其冠上某某天才。具有对文字敏感的少年高璨，已经做出令人惊诧的创造，然而毕竟刚刚开始，毕竟还是个孩子，要把天赋之才——上帝（父母）给予的这根敏感文字的神经发挥到最好，成就一番文学事业，还需得做种种装备，除了知识结构，还有心理素质的构建，更有待成年后进入社会的从生活到生命逐渐深化的体验。这是优秀作家不可或缺的过程。也许这话我说得早了点儿。

我满怀信心地期待着，高璨的未来，走向中国当代文学的前沿。文头所述王愚老韦昕老的兴奋和欣然之情，亦出于此。

2007 年 2 月 14 日二府庄

（作者系中国作家协会副主席，陕西作家协会主席，国家一级作家）

试以原型的角度赏析

——读高璨的诗集《一朵野菊花又开了》

朱鸿

高璨是一位小学生，今年才十二岁，不过她已经出版了数部诗集，而且有自己的读者。由于她的影响和成就，陕西省作家协会吸纳其为会员，这显然是破例的。她的诗引起了广泛的关注，普遍给以赞叹和激赏，而学者则给以高度评价。谢冕说："高璨的文笔很好，简洁而且生动，对文学和诗歌很有悟性。"沈奇说："高璨：21世纪中国最年轻最不可忽视的天才诗人。"傅天琳说："她好像与生俱来就和诗一样清澈、美丽，一样富有抒情和淡淡忧郁的潜质，她会和她的名字一样，长得越来越高，越来越灿烂夺目。"李星说："她是一个掌握了诗歌大门钥匙的精灵！"著名作家陈忠实对高璨这个文学苗子也是欣喜不已，并有非常之期待。然而喧哗之后是需要宁静的，否则神经容易磨损。那么应该怎样看待高璨之诗呢？

几年以前，我读瑞士心理学家容格的书，很认同他的一个观点，艺术作品跨出了它与创作者的个人联系，是一种超个人的存在。他还认为，有一种作品完全是集体无意识的产物，它使作品具有象征性。他强调，集体无意识由原型组成，而原型则是一种形象，而且凡是创造性的幻想得以自由表达的地方，都有它的踪影。这些观点都给我以长久的启示，并融入了我的思想。高璨的诗，以传统的文学理论，是不好评价的。若作品是对生活的反映，那么一个十二岁的女孩子有多少可反映的生活呢？实际上她的诗，几乎没有反映她以学习和考试为核心内容的生活。所以，我要借容格的观点赏析高璨的诗。

加拿大学者弗莱是原型批评的集大成者，他认为，原型存在于神话之中，是可以交际的单位，是一种在文学系统中反复使用的象征，并具约定性，是一些联想群，在特定的文化中，它为人所熟悉，原型由于是可交际的象征，遂会超越语言和文化之障碍，尤其是，原型在文学系统中的扩展与延伸，是一种无意识的心理过程。赏析高璨的诗，这种观点似乎可以当钥匙而用。

《一朵野菊花又开了》收录诗一百一十篇，反复览之，可以发现其作有一个象征链。高璨所用的象征物并不复杂，常见的无非是风，阳光，云，蝴蝶，菊花，月，树，不过这些象征物不但把她的诗与具有相同的象征物的诗联系起来，而且使她的诗与所有的诗联系起来，也使她的诗与整个文学系统联系起来。显然，高璨所用的象征物，也是以往那些诗人所用的，甚至是诗人之外的其他作家所用的。她所用的象征物，由于具有可交际的性质，出现在她的诗中十分自然。象征物是一样的，但不同时代的诗人所表达的意义却不尽相同。高璨所表达的情绪，所感，所知，明显的具有她所在时代的烙印。她以自己敏感的心之触角，把时代的信息附着于悠久的象征物上。象征物与象征链，都是原型。

在她的诗中，风的意象频繁出现。我统计了一下，一百一十篇，足有六十七篇涉及风，竟占一半以上。高璨自道：

我是一株唯一翠绿

唯一孤独的草

她所体验到的是：

淡淡的快乐

淡淡的忧伤

淡淡的美

既然她这样喜欢用风表达自己，我就以风这种象征物作为我的研究对象了。我有一个限定，我研究高璨的风与中国诗中的风，当然也会涉及她的风与中国整个文学系统中的风。

二

风作为一种原型，贯穿于中国整个文学系统之中，若风作为一种自然现象，游荡于整个宇宙之中。风是最易触动人体的，也是最易触动人心的，因为它无所不在，忽轻忽重，忽急忽缓，难以捉摸，便非常神秘了。

在中国神话之中，风是创世神盘古所嘘之气，又有风伯雨师，可以操纵风雨。蚩尤就曾经以风雨战黄帝，黄帝不得已，只好召其女从天而来，赴战场，并以其身上的干旱之气治服风雨，这才擒杀了蚩尤。显然，中国先民认为，风具有强大的力量，遂作为征战的武器。

中国古代诗中，风更是层出不穷。《诗经》曰："终风且暴，顾我则笑。"其风象征着一种难以控制、不好把握的爱情。又曰："凯风自南，吹彼棘心。"郑玄与朱熹都认为，此风是母之慈的象征，而棘心则是儿子的象征。又曰："习习谷风，以阴以雨。"斯风是暴力的象征，因为此诗是一个妻子遭丈夫之弃的倾诉。《楚辞》大展浪漫气质，当然有风的象征。其曰："袅袅兮秋风，洞庭波兮木叶下。"其风显然是惆怅与悲凉之象征。又曰："令飘风兮先驱，使冻雨兮洒尘。"此风是卫兵的象征，意在不以风之浩荡作先驱，无以反映天神下凡之威严。又曰："与女游兮九河，冲风起兮横波。"其风既是实实在在的风，也是力量之象征，因为这是描写黄河之神的情景。又曰："悲回风之摇蕙兮，心冤结而内伤。”屈原忠而被谗，信而见疑，长期放逐，十分哀怨，所以斯风完全是愤懑与残烈之象征。又曰：“云雾会兮日冥晦，飘风起兮扬尘埃。”此为王逸之诗，是代屈原宣泄忧患，斯风是天罗地网之象征。还有一些诗，也以风作为象征，而且流传千古。“南风之薰兮，可以解吾民之愠兮。南风之时兮，可以阜吾民之财兮。”“风萧萧兮易水寒，壮士一去兮不复还。”“大风起兮云飞扬，威加海内兮归故乡，安得猛士兮守四方。”

唐诗是中国文学史上的一颗璀璨明珠。唐诗成千上万，我不好一一为据，遂选李白和杜甫以作范例。两个伟大的诗人，李诗源出于《楚辞》，杜诗源出于《诗经》，他们的诗中，多有以风作为象征的。李诗所写的风有：“长风破浪会有时，直挂云帆济沧海。”此风象征一种气魄。又有：“日月照之何不及此，唯有北风号怒天上来。”此风象征寒冷凛冽之状。又有：“春风不相识，何事入罗帏？”此风象征第三者情绪，从而表达思夫之妇的一种忠贞。又有：“春风余几日，两鬓各成丝。”斯风既是烟花三月之实景，又是主人公钱少阳与李白残年之象征。又有：“狂风吹我心，西挂咸阳树。”此风象征着一种激动心情，其中既有他和友人韦八的离别之情，又有对长安的怀念之情。又有：“骅骝拳跼不能食，蹇驴得志鸣春风。”此风当然象征着小人谗人之得志。杜诗属于现实主义，不过他并非不用象征。其所写风的有：“高标跨苍穹，烈风无时休。”此风是大雁塔之高所引起的气流，也象征着大唐帝国之危机加深。又有：“江湖多风波，舟楫恐失坠。”诗是怀念李白的，是杜甫之独白。此风及波，是对李白人生艰险及处境恶劣之象征。又有：“凉风起天末，君子意如何？”此风既指季节之秋风，又指世事之悲风，以表达对李白夜郎遇赦之念。又有：“锦城丝管日纷纷，半入江风半入云。”此风有自然之风，不过也有一种象征，其隐约的指出丝管之音飘的不是地方。杜甫批评花卿用了本是天子所用之音乐，是一种僭越。又有：“风尘荏苒音书绝，关塞萧条行路难。”此风当然是战乱年代之象征。又有：“细草微风岸，危樯独夜舟。”此风象征着杜甫的郁闷和寂寞，因为好友严武死了，他在成都难以存身，遂沿江还乡。唐诗数万，诗人数千，不过李杜是其代表。

即使在现代派诗人之中，诗也仍有以风作象征的。北岛诗：“你是喷泉，是风”，风象征着世界的不确定性。“我的肩上是风/风上是闪烁的星群”此风是求索者源源不断的象征。北岛还有诗：“不在乎它们屈从的主人/是僧侣的布鞋，还是风”“你来自炊烟缭绕的农场/野菊花环迎风飘散/走向我，挺起小小而结实的乳房/我们相逢在麦地”“风景，我们是迷失在航空港里的儿童/总想大哭一场”，此风都有其寓意。舒婷的诗：“每一阵风过，我们都相互致意，但没有人，听懂我们的语言”，此风显然是恋人之间共同接受的生活的信息。其诗：“也许我们点起一个个灯笼/又被大风一个个吹灭”，此风象征着烦忧的世事。其诗："风扬起纷飞的长发/我是你骤雨中的百合花""马尾松恳求风/还原他真实的形状""风啊，你可以把我带去/但我还有为自己的心/承认不当幸福者的权利"，这些风，都不仅仅是表面的风，相反，都有其象征。顾城诗："风正一点点侧过身/穿越篱笆""我们在风中游泳/寂静成型""听风吹出她心中的声音/看她从床边走到窗前""她一直严肃地坐在大海中央/被风捉住手指/她不能随她的船儿去远航"，这些风都是有所象征的。

中国诗的传统丰富而伟大，其中的原型多种多样，不过我把风拣选出来，并以作为象征的风勾勒了中国诗的一种状态。我的目的是想把它作为一种背景，以理解高璨的诗与中国诗的联系。当然，仍以作为象征的风进行赏析。

三

高璨所写的风，多是象征，从而它把她的诗与中国具有风的原型的诗联系起来，使她的诗与诗这种文体联系起来，甚至也使她的诗与中国文学系统联系起来。不过，我也坚守我的限定，只以风作象征物赏析。

风翻动草

希望找见一些绿意

这显然不仅仅是对现实的描写，它完全是一种好奇的探索的象征。

鸡追着风跑

夺回一粒金黄的谷子

显然鸡不会追风，所以这里的风也是一种象征，其意义是隐晦的，从而是耐人寻味的。

我把森林所有的绿

藏进一根绿色的羽毛里

请求一阵绿色的风带给你

风之所以是绿色的，只能是森林里的风，其作为象征，意含对环境的担忧及对地球的希望。

冬伸出白雪的手臂

轻盈地被春风送了回去

作者表意在春隔阻了冬与夏，难以握手，深意在两极不要敌对，所以风仍是一种象征。

风快乐的奔跑

那不是海边的风

此风是喜悦之情的象征。在海边，人多是快乐地嬉戏，不过农民丰收之喜，更甚于嬉戏之快乐。

越来越多的飞鸟与风

渐渐淹没曾经的足迹

斯风是岁月和世事的象征。

风散漫地走过

无意中变幻阳光的形状

满地的财富啊

也只是披着梦幻的外衣

风有所别指，不过象征什么呢？似乎不明确，可以思索。

我将一片羽毛

放进风的口袋

我便看清

风的行程

此风是时间的象征，也是人生的象征。

风刚才还对树叶指指点点

不经意间就拖着落叶的长尾巴拂袖而去

在这里，风象征着往事，故人。高璨尽管还是小学生，不过以今比昔，总是有往事和故人的，这种感觉跟成年人一样。

高楼林立的夜空

星星被楼房偷走

藏在风也吹不到的地方

风本是无所不在，然而现在有了风也吹不到的地方。此风象征城市是自然的异化了。

秋风中，

我看见一位追逐落叶的老人

这种秋风并不悲惨，它只是岁月易逝的象征。

吹灭蜡烛，

如一楼轻烟

随风而去

留下莫名的伤感
将一块块往事剪拼

此风仍是时光的象征。

风吹了一个秋天
云被吹碎了
一片片飘下
在落雪的地方
冬天长了出来

斯风还是时光的象征。

风，常被我遗忘
但在岁月中
常常把很久前的气味
吹进我的思绪
将那遥远的天真烂漫
吹进我的眼神
很近，却够不到
那其间隔着时光的一堵墙
在没有月亮的夜里
风常带着我，潜入记忆的往事中
哦，那里的风
可那时的我，遗忘了它们
再没有记起

此风充满了弦外之音，它所象征的应该是一种生活的密码。

关于高璨诗中作为象征的风，我不能不多摘，也不能全摘。我以为引这样一些作为范例就行了。

弗莱说：“我用原型来表示那种把一首诗同其他诗联系起来并因此而有助于整合统一我们的文学经验的象征。”高璨诗中的风，作为一种象征，把她的诗与中国的诗联系起来了。我没有认为高璨的诗就像屈原或李杜的诗一样好，或一定要比美，不过这个小学生的诗，由于具有她天真与鲜嫩的感觉，也含有这个时代的情绪及她的所感，所知，显然会丰富文学的经验。作为象征的风，反复出现在高璨的诗中，证明了原型是可交际的单位。高璨的风，有的与前人的风相似，但更多的却是她自己的。她把风在自己的作品中置换变形了，这恰恰就是艺术的创造。

高璨不可能大量阅读中国的诗，即使读，大概也不能读懂《诗经》和《楚辞》，我甚至臆断，唐诗之类，她读得也不会太多而熟。她对象征链的运用，对作为象征的风的运用，并不是学习得来的。原型在文学系统中的扩展和延伸，是一种无意识的心理过程。容格甚至认为，原型就出自集体无意识，而集体无意识则属于神话领域，这个领域的原始意象，属于人类的共同遗产。我以为，高璨是继承了这份遗产的，她的作品多有超个人的内容和形式，她的思想是用直觉而捕捉的思想。她说：“风常带着我，潜入记忆的往事中。”我以为，那不仅仅是她个人的往事，实际上那是人类的往事。虽然“隔着时光的一堵墙”，然而象征能多使人从此岸入进彼岸，所以她总是运用象征。

那么，到底是什么原因，使高璨与原型产生了联系，并变成了她诗中的象征呢？这显然是一个课题。

（作者系陕西师范大学文学院副教授，硕士生导师，陕西省作协副主席）

野菊花之所以『野』

李轻松

现在，我的面前放着一本诗集，清淡的封面上肆意开放着一朵菊花。当然，它不是种植在房前屋后的菊花，也不是被养在盆中的菊花，而是在漫漫无边的山野河边，在默默无闻的田园小径，在灿烂眩目的星空夜晚，她有着自己的容颜与风骨，特立独行，傲立于天地之间。她是随意而开，栉风沐雨；她是随风摇动，浅唱低吟。她没有翘首弄姿，没有忸怩作态，没有无病呻吟，她是自然而清新的，芳香而四溢的。

这朵野菊花就是这本诗集《一朵野菊花开了》的作者——高璨。

高璨的世界是幽闭的，是我们不能轻易走进的。它像座密室，装着她的风雨雷电、花鸟虫鱼，当然也装着她的最美的神，最爱的天使，最善的仙女。她与万物都达成了默契，在她的眼里，万物都有自己的表情、自己的喜怒哀乐，都会在她的笔下得到无限的纵容。所以，我们成人的目光是无法捕捉到的。当我们用俗世的尺子去衡量的时候，当我们被事物的世界遮蔽了双眼的时候，那扇也曾对我们敞开的门便自动关闭，我们永恒地被隔在外面。但这个世界与高璨却是息息相通的，一切生灵都是她的朋友，她一路走下去，时而抬头对星星微笑，时而弯下腰跟花草私语，时而奔跑起来向大地歌唱。她对走失的小径、身边的岔路、树叶后面的精灵、蝴蝶与花的秘密都是那么熟知，仿佛她就是其中的一员。那种天然属性的悲喜，那些未被雕琢的纯真，都成为她的密秘，她独自的语言。她是开放的，她在其中身心舒展，万物花开。这一开一合，便为她呈现出一个绚丽广阔的自然天地，让她随性跳舞，无拘无束，自由飞行。

我愿意相信，每个小孩都有一双慧眼，都有一条通向外界的小径，他们都是诗人。不同的是，高璨用她的慧眼发现了，而且还用她的妙笔描绘了，那一个灿烂的手绘童话。是的，高璨用她敏感的心映衬出了我们身边的仙境，并把其中的声色美味传达给了我们。我无法想象，高璨生活在都市里，在钢筋水泥的围困中，居然还保有如此鲜美的意境，奇诡的想象，趣味的心灵。我也相信这是上天赐予我们的一份厚礼，是通过高璨的眼睛和文字送到我们的心怀的。因为我们已经失去慧眼与慧心，我们被污染的目光日益混浊，我们的心境填满了尘灰，是高璨在替我们擦亮这个世界，抚慰我们的心灵。所以她的那份天然性特别可贵、可爱。她写阳光，“从树缝儿里溢了出来”；她写蝴蝶，“躺在夏天的书页里”；她写绿，“我多看一眼，绿就会滴下来”；她写流浪狗，“不靠近，它不了解人类”。这些诗句像从山间流出来的清泉，清澈见底，又灵动飘逸，带着淙淙音乐，流得自然天成，流得有声有色。

我惊异于小诗人对事物的敏感力和洞察力，她擅于捕捉颜色、气味和声音，所以她的作品是有生命的，是带着“野”味的。我珍惜这种野味，这没有经过教化的原汁原味，这没有被理论束缚的舒展自如，这没有经过世俗浸润的芬芳气息。她是率真的、天然的，所以她不可多得，不可替代。比起那些大人们写的儿童诗来，高璨的作品更能打动我们的心灵，因为她用简单的方法揭示出这个纷繁的世界，她与那种隔靴搔痒不同，也与那种隔岸观火不同，她是身在其中的，甚至就是真理本身。所以我十分忧心那些大人过多指手画脚会使她失去那份天然的部分，让她学会说大人话，那无疑是对一个天才诗人的无情摧残。

写诗说到底该是未成年人的状态，是对约定俗成的一种抗拒，是远离成熟直到腐朽的姿态，是对慧眼与慧心的开启。一旦进入成年人的写作秩序，用成人化的思维方式，那么就会丧失了我们身边的仙境。我祝愿高璨永远拥有一颗童真的心灵，永远保持自己的“野”味。我期待看到她更多更好的作品。

（作者系青年诗人）

太阳，明天会开什么样的花

——读高璨的诗歌

路人秋羽

最近收集了一下高璨发表在榕树下民间社团的诗歌，越发地喜欢她的诗歌所具有的清新、唯美的风格，读了她的诗，我会想到向日葵，想到蒲公英，想到马兰花……我们也注意到她的这种风格正在一步步走向成熟。我们深知在这成熟的过程里必然要丢掉许多至真至纯的东西，关于这一点我们在读高璨最近的作品中也隐约地可以看得出来。当然，我们会在心痛的同时感慨生活所带给我们的重量，社会所给予一个纯真孩子的压力，但是我们更欣慰地看到她的诗所带给我们的更完整的想象，更趋于健康、唯美的倾向，这也是我们每一个诗写者驰骋于诗歌的博大空间中所应当汲取的精神。高璨她小小的年龄能够长期地坚持诗歌创作，这种锻炼使她对文字领悟与诗歌内在层面的构建变得得心应手，游刃有余。

高璨的诗，就像贴在我们窗户上的窗花，晶莹剔透，冰清玉洁。她能够把她的所见所闻所思所想，为身边的世界插上一双想象的翅膀。

“午夜，一本从未打开的诗集/被风扬起页角/窗扇半开/窗外的葡萄藤，刚刚经过”，幽静的午夜，风儿轻轻，一切都在祥和之中透着一种喜悦与依恋，“而那翠色的诗，犹如一匹骏马/指引我该去的地方”，这种构思既有成年人的思想，又有着童心的想象。“清晨，这本从未打开的诗集/依然未被翻动，他忘了/昨晚有一人，在没有春色/没有温暖的冬夜，伴他/走上那条玫瑰幽幽开放的/暗红色的小路”（《从未打开的诗集》），这种舒缓自然的节奏是她在诗中经常会流露出来的，而且还沾有淡淡的忧思。正是她有了对生活的细腻的情感，使她的诗充满着质朴真纯的美感。

“如果我有风的双脚/就不必打扰土的平滑/路两旁疯长的野草，就不必/责怪它们凹凸不平的视线。”她的想象有着浑然天成的感觉，只是把自己绽放在心间的露珠捧出来而已，“回头，我将自己的足迹/刻在小路的心上/晴天时，它将为灿烂的阳光/讲述一段雨天/躲闪泥泞的故事”（《将脚印留在雨天里》），她也很自然地用这种视角去抒情，因而更容易引起共鸣。

高璨近期创作的诗歌中透着一种睿智，虽仍然保持了相对一致的风格，但很显然她能够自觉地注视着不同事物间的纠葛与联系，也敢于用另一种事物的特质表达眼中的相对抽象的事物，这些变化，也足以证明她的诗歌的日趋成熟。

她对时光的描述，有着自己敏感而深刻的体会。

“时光有一把无形的刀/悄无声息地雕刻一切/所有改变了模样/幸免的，是已经老去的”“水车老了，它承载了太多/岁月的重量”（《时光有一把无形的刀》），她把自己眼中的苍老用最形象的字句划出了一道道深深的痕，“这个春天，我的篱笆外/站着好多落叶/但我依然不曾记起这朵菊花/她也许已在血色的残阳中/一瓣一瓣撕裂自己”，多么贴切的场景，多么深情的表达，正是这种敏感而深情的感触，使她的诗歌具有更强大的感召力，“落叶，擦去记忆中不多的秋天/一片空白的脑海/勾起了某些痛/那朵曾经在记忆中/驻足过的金菊/有些酸楚地笑了，轻轻摇手，渐渐远去/于是，我又遗失了一个秋天”（《遗忘》），这种感怀有些超出她的年龄，但正是这种忧郁，使她的诗歌赢得了很多的读者群体，这也可算是她对一些晦涩难懂的诗歌的一次反驳。

她对景物的描写带着独有的童真与质朴。

“整个世界，如同一件浸湿的/毛皮大衣，雪化时分/春打开第一扇门/阳光也变得潮湿/他用滴水的眼神/笼罩那雪白的房屋/我，正坐在门口，在银打的地面/投下浅浅的影儿/泛着淡淡月光的微笑”（《冬日，我在遐想》），形象生动的描写，贴切而富有诗意的心灵透着童真和梦幻般的笑容，“永远都只是仰望更深的夜色/上弦月，如一个微笑/久久荡漾夜空/谁知道她银质的心/究竟在想什么/谁知道要走进她的心/需要沿着月光走多久？”“小河金色的盼望/如今已经长出，雪一般的胡须”（《上弦月》），读着这样的诗句我们还能说什么，说不清是一种暖意，还是一种更深的感动在我们的心底奔涌。

“如今即将飘雪的冬日/我偶然忆起那个苍老的春天/飞翔的雪花/犹如那个年轻的春天/温柔的话语/在小河边，述说柳树的故事”（《柳絮·雪》），两个季节紧紧相连，仿佛一个童话对另一个童话窃窃私语；当“蝴蝶飞过一扇窗/也许累了，一本书就将她/挽留，书页里有夏天/阳光的味道”（《蝴蝶躺在夏天的书页里》），我们知道她在心里酝酿已久的阳光，如今正透过纸页，迎面扑来。她的这种叙述呈现出来的个人诗歌品质会一下子与许多诗人分开。

她用手中小小的蜡烛把我们带进了一个不断创造幸福的光明空间。

“阳光依旧温暖、坚硬/从高空坠下/砸痛一块块积雪的心/汇成一条小小的溪流/希望渗进春天的门缝”“冬就像一支粉笔/越走越短，却会留下/一地春色”（《封在冬天门外》），这样的诗句在她的诗中很常见，她正是以她清纯的内心与这个世界贴近再贴近，再通过她的笔端呈现出来的便是更为澄澈的露珠，“草地，隐现一群群羞涩的小黄花/抬着头，她们有阳光的笑容/露珠的吻痕，隐约在晶莹的/笑容旁，她们就是太阳/遗失在草坪上的幸福”（《在碧绿的田野上》），当我们真切地感受到童心在诗中跳跃，我们也会不由地想起，一只鸟的飞翔，“一只鸟，踏着歌声/从一棵树到另一棵树/许多音符，长出/一不小心，掉进池塘/在荷叶下畅游/就像谁抽走了五线谱/小音符一下乱了，撒落一地/风什么也没说/还是让树听懂了/满树叶子像一个个标点/为风的演说点上一个停顿”（《林边》），多么富有诗意的描绘，看了使人心动，动了让人心疼。正是有了这种或舒缓或急促的心灵的氛围，小作者为我展开她眼中一幅又一幅美丽的画面，“黎明的美丽/被穿着阳光的云/提在手里”“向日葵炯炯有神地望着太阳/它们抬头的声音/和云飞翔的声音一样轻”（《清晨》），是她的这种与世界相融的体会，把我们带进了一个个童话的世界，而我们在这里得到了更多的幸福感。有什么比这种感觉更惬意的呢？

她对痛苦与忧伤的理解，使她的诗歌中更多了一种生活的思索和沉淀。

对于生活，小作者也自有深沉的体会，而对于忧伤和痛苦她也有较为独特的把握，“索性，让冬天再冷一些/让一个人的悲痛，更深一些/谁触到了忧伤的最低部/是一种超然”（《梦想的开头》），只有深入的感悟，才能写出这样的诗句。这时候，我们不会再认为我们面前站立的是一个小孩子，她的这种深沉与执着，使她比同龄人更具有自己的思想。当“所有的脚印/都通向春天的温暖”，而这颗“水晶般的心，即使融化/也拥有清澈与沁凉”，于是“用一夜的时间/聆听雪花飘落的声音/发现自己的心/如一个沙漏漏掉了许多”（《雪》），是啊，小作者用自己敏感的触角体会到人间的快乐与忧伤，她也会很自然地把她心底的那种真、善、美一一呈现在我们的眼前，一次次打湿了我们的眼睛，“突然一个刹车/一个错误的定格与永远/小羊好奇地下去/走进那扇门/暗的天色随一声凄厉的鸣叫/更暗、更冷/晚风不得不承认/走进这里的小羊们/从此便永远离别草地/那些锋利的刀/无奈地隔绝了/小羊们与这个世界的联系”（《路上》），读了这样的诗句，我们的心会不禁为之所动，正是这种情感的联带，使小作者的诗充满了生活中最朴素的味道。“浓密的树阴下/阳光碎玉般撒落一地/无人捡拾/人们只看眼前的路”“风散漫地走过/无意中变幻阳光的形状/满地的财富啊/也只是披着梦幻的外衣/游走在人们的心里”（《树阴下》），谁说她只是一个孩子，她的心中有一个更大世界，而这个世界只有用她自己的眼光才够得到，也只有用她的笔才能够完整地叙述出来。

她对美的渴望一直藏在最深情的光里。

“灯光走着，想着/全然没有发现已冲破黑夜/成了黎明中的/一缕彩霞”（《一盏灯》），描绘生活中的光芒一直是小作者诗中不变的主题，可见她有着良好的心态，也拥有着自身的责任感与使命感（这样说调子或许有些高，但至少在她的心里有着呼唤同龄人或更多人群迎接光明的愿望），再看她的这一首“我用星光，铺满阳光走过的路/遍地往事的影子/晃动在星光的尽头/空中弥漫叹息声/是来自遥远，还是曾经”“永远不要，在深夜/呼唤梦想的名字/他们会陷进远处迷茫的草色/沉睡在，风也吹不到的地方”（《我用星光，铺满阳光走过的路》），是的，有些感受我无法用言语表达，除了感动之外，我只有听了再听。

她用童话般的梦想，描绘出对人生意义的渴念。

“我将一片羽毛/放进风的口袋/我便看清，风的行程”（《风的口袋》），这种童话般的叙述，使我更能看清小作者的创作源头，正是有了这种心境与磨砺，使她的这些动人的诗篇变得清澈而明亮，“用那弯银色的月亮/拒绝秋天离别的记忆/让河湾镀金的涟漪/听见忧伤沉入水底的声音”“风渐渐平息/它们终究会成为/一粒下沉的浮土/落在深秋的路上/目睹菊花凋零的凄凉/在月光结霜的深夜”（《在深秋，有月亮的夜晚》），当我们读到这些诗句，便会不由自主地沉入诗歌的深处，享受小作者给我们带来的源于心灵的美感，“草原上，我用一株草的寿命/度量了春与秋的距离/那是风，无法跨越的长度”“树没有了叶子，有风的日子/也不再舞动”（《那是风，无法跨越的长度》），也许小作者并没意识到她所带给我们的这种舒适，也许她只是在专注于自己的某种更贴切的表达，但这些都见证了小作者对于日常生活及诗歌创作的深入思索。

诗人马莉曾说过，“今天我们的时代不缺乏美感，而缺乏的是悲悯之心。优秀的诗人在自己的诗歌文本中体现出来的主体性——人文精神是最让人感动的，尤其是悲悯之心。这个世界只要还有一个诗人还在关怀着他的邻居与同类，我们就没有理由对诗歌绝望。悲悯，它让我看到的是一个人尤其是一个诗人最高贵的品质。”是的，我们的小诗人也正是以这样的悲悯之心，表达了她对世间万物的一种挚爱，而这种爱在不知不觉中融入了弥足珍贵的真纯。应当说高璨的诗为“榕树下”、为民间社团注入了一种清新的空气，读了她的诗，我们会很自然地缅怀童年时的那份天真，并且会不经意地就被带到她描绘的世界里忘记归途。她以孩童的眼光，记录下富有诗意的瞬间，让我们堆起一种久违的惊讶与喜悦。如果以成人的眼光看她的诗，或许还显得稚嫩，但只要站在公正的立场上我们便会喜欢她的诗，喜欢她的诗歌所带给我们的那种清纯与洁白，或许后来她的诗中夹杂了些小大人的忧伤与忧郁，这或多或少使她的诗歌沉重了一些，但仍能看出她的天真烂漫且善于思索的个性。

应当说高璨对诗歌的书写已经跨越了她的年龄本身，当然这要归功于她的天赋和后天的努力，当我们有幸读到她的新作时，我们不由地会少了许多苛刻，撕掉白日里的许多伪装，坦诚地面对她的诗歌，面对她展现给我们的世界。

在未来的日子里我们还是应给予她更大的关注与鼓励。而我们也有更多的理由相信，我们的小诗人，将以她辛勤的耕耘绽开她心中的太阳之花。我们会默默的祝福她，祝福她的明天。

（摘自“文化在线”网站：http://www.wenhzx.com/ycwx/ycwx_article.asp?id=5414）

《一首曲子反复播放》序言

林　非

有一位很关心文学创作的朋友，在光临舍间畅谈的时候，说是西安出了个才气横溢的少年诗人高璨，小学还没有毕业，就出版了三本诗集。而且她的好多首诗歌，还得到了不少成人的称赞。这真是令人高兴的事情。这位朋友还告诉我，高璨从去年开始，又写出了上百篇短小和精致的散文，询问我有否浏览的兴趣。

就在几天之后的中午时分，收到了高璨刚写成的这些篇章，立即打开邮包，整整齐齐地放在桌子上，然后就抓紧时间小睡了片刻，有了充足的精力，才认真地阅读起来，一篇篇地仔细瞧着，被多少灵动而又美妙的文字吸引住了，有时用红笔轻轻地做上记号，有时再查对一下前面的文章，想要对她观察气象、思索人世和挥洒文字的轨迹，能够尽量留下一些清晰的印象。

在读完她全部的作品之后，我想从中挑选出四篇写得很好的散文，略作分析与欣赏，大体就可以了解她作品的风貌了。像她的这一篇《那条缀满梦幻的小路》，回忆自己在黑夜里，走过簇拥着花草的小路时，涌动和飞扬着幻想，觉得葱郁的松树林，在寂静中行走。小草也跟随着自己的步伐，有的还走到前方去了。而几块巨大的石头，却痴痴地坐着，为什么不回家呢?将自然的景物拟人化，在暗夜中是很容易发生的，尤其对于这聪颖和具有诗人气质的女童来说，当然就更是如此了。像这样走着和想着，她坚信立刻“就可以见到一个新的黎明”。在这一篇三百多字的散文里面，充满着生动的形象，还洋溢着诗意、哲理和对于未来的信念。真让人读得很兴奋，感到生活的美好和充满了魅力。

《规则》里对于夜晚的感受，却又迥然不同了，她觉得枯涩与孤寂，还有点儿神秘的意味。这是一个敏感的女童，在成长的过程中，必然会产生的念头。形成这样丰富多彩的思路，一定会深化对于世界的认识。

《走过这覆满青苔的小巷》，在描摹小巷里的树木和青草时，还很细腻地观察着人们居住的房屋，和树枝上晾晒的衣服。正像德国诗人荷尔德林所说的那样，“人充满劳绩，却还诗意地栖居在土地上”。描绘这些栖居在土地上的人们，思索造成他们种种命运的原因，应该是文学创作的最为根本的任务，我想这无疑也是高璨所注目的前景。

她真的已经在注意这样的场景了。《鸡鸣声叫醒了清晨》，就抒写了被黎明的鸡鸣声所啼醒的小镇。她在醒来之后，走到街头，瞧见了彻夜巡逻的警察，瞧见了熙熙攘攘的人群。她从这里感到了无尽的诗意。这时候，她张望着戴在自己胳臂上的手表，正好是早晨六点钟。一阵阵袭来的诗意，竟让她觉得仅仅是这一枚手表，无法完全记录下所有美好的人间景象，得赶往钟表店再去购买手表。多么天真无邪的想象能力，有了它，就会产生出不少迷人的亲和力。希望她将此种审美的魅力，坚持不懈地发挥下去。至于加强对细节渲染的浓度和广度，当然也是值得注意的事情。

写迷人的自然风景，写纷纭的社会环境，写得栩栩如生，写得浑厚深沉，既有情感与哲理，又有巧妙的构思和绚丽的文采，这是文学创作所追求的一种很高旷的境界。高璨这么小小的年岁，就已经初露端倪了，再去好好地学习、揣摩和锤炼，真是前途如锦啊!

更应该注意的是要在以后中学和大学的生活中，按部就班，全面发展，学好所有的功课。因为没有广阔和深邃的知识与思想的涵养，文学创作的功力，必定会受到极大的限制。更何况也许会在将来，学习的兴趣发生了变化，不想做文学家，却想当科学家了呢?走科学研究的路，文学修养当然也能够产生极好的作用，爱因斯坦不正是最好的典范吗？

祝高璨小朋友快乐地生活和成长，永远在前进的道路上取得应有的成功！

2007年9月9日于北京静淑苑

（作者系中国社会科学院研究生院文学系教授、博士学位研究生导师，中国散文学会会长）

天才的分延

——读高璨的散文

沈 奇

先是读高璨的童话集，后来读高璨的诗集，现在又读高璨的散文集。

三种阅读，一样的惊叹：至少在文学艺术的领域里，天才是存在的。

而且，天才常常就在我们身边，我们只是喜欢习惯性地抬起头来，从远方或别处去寻找偶像。

是我们自己的呼吸，模糊了我们自己的眼睛。

因为我们的呼吸，在大多数情况下，已经是被驯养、被格式化了的呼吸，成为携带着各种概念、成见或陋习的“类的平均数”，难以理解与认同真正自由而本真的呼吸到底是怎么回事。

而天才的走过，有如季节的走过，植物生长般不露痕迹。只是我们在不经意的回首中，才蓦然讶异：她已是那样成熟地摇曳在我们的眼前。

读高璨的童话，惊叹她幼小年龄，竟有那样丰富的想象力；

读高璨的诗，惊叹她稚嫩童心，竟有那样奇妙的意象思维；

读高璨的散文，惊叹她青涩笔头，竟有如此娴熟通透的语感和明理亮心的思绪——

她写春天的柳絮：“如雪的颜色，但比雪温柔。它落在我们身上一点感觉都没有。它将自己的飘逸附上春天的舞姿……把我们的思绪，一圈一圈缠在了一起。”

她写夏天的绿野：“草长向远方，绿色蔓延。我顺着绿色前行，四周知了用自己的声音衬托了周围的安静。”

她写秋天的思绪：“留白的水墨画一般，秋天空出了许许多多令人醉氧的空间。”

（请特别注意“附上”“长向”“空出”三个趋向动词的精妙使用！）

她写记忆：“永恒是不会存在于人世间的，而永恒的不存在则是永恒的。也许，选择遗忘是挣脱忧虑的最好方法，但是，一个没有记忆的人又怎么会有喜悦呢？”

她写雨：“雨，下在野外，无论落在多么荒凉的地方都是一种重生，时时刻刻都可以体会到生命的气息。而城里的雨，幸运与悲哀对半，无法掌握自己。”

（请特别体味这青涩年华里并不青涩的思辨能力！）

尽管，高璨的散文，由于受人生阅历所限，大体依然是抒情的、写意的、咏叹调式的，思绪也大多徘徊在或游目遐想、或静谧神思之中所筑起的“空中楼阁”，缺少纪实与叙事成分的支撑，不免显得有些高蹈和虚飘。但细读之下不难发现，其弹性良好的语感，出人意料的思考，以及奇崛的意象和细微的精神肌理等，都显示出未被体制与时尚所驯化的、原生态的生命意识、自然意识和语言意识。

其实诗性生命的标记，既是心智成熟的标记，又是心智不成熟的标记；前者是就作为语言的人而言，后者是就作为社会的人而言。

以早熟的心语、心绪与心象，探究不成熟的人生何以不成熟，正是高璨散文的意旨与魅力所在。

一般而言，青少年写作，大多都是激情性的、随缘就遇式的写作，读其所成作品，多以动情、动心而少于动思。高璨的写作中，却能将激情与智慧融会贯通，很好地解决了文章的“面”与“底”、“文”与“质”的问题，写来得心应手，独觉自得；忽然而来，浑然而就，意新理惬，清简留蕴。一般寻常物事与寻常语词，经其灵性所铄，顿生异彩。既是精神活动之奇遇的文字，又是语言活动之文字的奇遇。

且简约，且自然，且合心性。

而这，已是对任何一位成名诗人、作家及艺术家的最高要求了。

而高璨，十二岁半的高璨，似乎才刚刚告别童年的生活……

短短几年里，眼看着一个孩子，用三种不同的写作方式，悠然自得地赋予童年和少年绚烂夺目的文学色彩，而又丝毫没有影响她如平常孩子一样的健康成长，实在是一件让人惊叹不已的奇迹。

而对于所有试图用惯常的理念来解说这一奇迹的阐释者来说，大概也只能作出这样的结论：天赋奇才，自然而得。

我们不得不承认，她只是自我的老师，自我哺育，自我完成。属于那种少有的、无需过多改变自己就可能成就其命定的理想的诗人与作家。

或者说，在她由童年出发，走向成熟之路的时空中，她比我们更好也更秘密地保存住了那最初的生命诗意、最初的语言敏感、最初的生存体悟，她只需不断追述或深入这样的“最初”，便可自然而然地完成自己的写作理想。

从这个角度而言，一切具有原创、原在、原生态的语言活动，必然是源自童心的活动。由此方可返回到精神与书写合而为一的通途。

在这样的“通途”中，生活本身就是一种语言化的存在，语言本身也就是一种生活化的存在；这里不再有“写者”或“创作者”的概念，有如水即水流，水流即水。

也就是说，在高璨，写作本身已化为诗性生命意识的内在需求，化为日常生活的仪式化存在。我在，我写，我成长，一切都是那样的自然而然——如季节的走过，如植物生长般地不露痕迹。

在这里，内心的自由决定了一切。

天才的分延——由童话而诗而散文，总是这样出手不凡，总是这样出人意料而令人惊叹再三。

这样的文学生命的成长与发展，谁能预料其未来？

开花的季节，不妨想怎样开放就怎样开放。或许不是每一朵花都能结出硕果，可谁又有权利因为果实而否定花的存在呢？

右手写诗，左手写散文，诗文并茂，相生相济——不可预料的未来，其实早已在青春坚实的脚步里一层层铺就。

而天才的走过，有如季节的走过，无论怎样的结局，那留存于记忆中的纯美诗意，总会不断复生于新的季节，以至永生。

2007年11月25日于西安印若居

诗性和语言的精灵

——读高璨散文

李汉荣

用了两天时间读完高璨的几十篇散文，这个速度似乎有点慢，其实还是快了。读的时候，我有一种眩晕感，有时还有一种被电击后思维短路的感觉——高璨的散文，情思、感觉、想象的密度很大，我的智力似乎反应不过来，不得不停下，回过头再读一遍，低下头想一会儿，思维才能跟进，达到与她文思的共鸣和同步。

我不得不惊异。惊异她天才的灵性，这是一个浑身充满灵气的精灵。在她的眼里和心里，这世上的一切都那么鲜活、生动、神秘。人世与自然的一切，哪怕是一块石头、一片落叶，都有思想、有忧伤，它们的存在方式就是它们的表达方式，它们围绕着她向她诉说。多少年过去了，它们一直寂寞地等待有人能听懂它们的诉说，然而世界和它的过客们都匆忙着背过身去，无人驻足倾听，或是听错了，或是根本听不懂。人们使用的是庸俗狭隘的公共词典。高璨来了，她出现在被严重污染和遮蔽的文化的背面和根部，在更靠近生命本真的地方，她用露珠的眼睛去看，她用绿叶的耳朵去听，她用宝石的心灵去感受。她看到了事物隐秘的表情，她听到了自然万物的心声，她发现了它们交织着欢乐、痛苦、期待，也难免迷茫的心情。她分享着它们的快乐，她分担着它们的忧愁，她同情它们被伤害的命运。在高璨灵性的感觉和文字里，万物从被奴役的枷锁里解救出来，从被人类规定和锁定的囚笼里释放出来，万物真正成为它们自身，自然复归于神性的自然。它们的尊严，它们的高贵，它们的痛苦，它们的愿望，都得到尊重和同情。高璨不只是一个写作者，更是一个通灵者，而且是一个立法者，我听见她这样说——万物和人都有天赋的灵性，人生在世，就是以人的灵性与万物的灵性沟通、共鸣并打成一片（而不是去伤害它们），然后才能看见：天地万物乃一伟大灵性的呈现。

一般人都以为儿童的世界是天真又未免幼稚的，我一直也这样以为。读了高璨，我才知道我们严重误解也小看了他们。高璨的散文不仅处处闪动着灵性，这灵性里又饱含智性，不仅很美，而且有着哲学的智慧和深刻。她未必读过哲学，也谈不上有多少人生阅历，但这并不妨碍她拥有一份特别的深刻。佛家讲“自性圆融”，是说人在祛除了浑浊的妄念之后，会显现自性的灵光和慧悟，会对生命有一种朗然的洞察。有些人的深刻是天生的，生来就拥有慧眼慧心，再加上同情心的作用，这种慧眼慧心就具有了悲悯的深度，她看什么就不只是扫描表象，浮华的外观不能遮蔽世间万物饱受伤害的命运真相。高璨的散文里经常有“忧伤”“疼痛”“碎裂”等字眼和意象，我不认为这是“为赋新词强说愁”，她的文字里有一种深邃的东西，既是情感的深挚，也是天性里那种“菩萨心肠”的深切，而说到底是一种深广的善良和同情心。例如她在一篇文章里写路上撒满了梧桐树籽,人们踩踏着它们破碎的心，践踏了它们发芽的梦想，只顾为自己的梦想奔波，这其中的体验是多么丰富，情思是何等深邃!

我不能不惊讶高璨的语言天赋。据说她的文章都是一气呵成，但她的语言又那样精致、精美、精彩。随便一个景物，一个闪念，她都能写出十分有味道的句子。有的文章通篇都是警句，简直如有神助。她的语言决不停在优美的层次，过分的优美容易生腻，难以达到深刻。她的语言是灵性、诗性、智性的交融，当她写一个事物的时候，既写了这个事物，又抵达了事物的内心和根部，把人引入丰富的精神暗示和隐喻之中，从而获得对存在的领悟。诚如古人所言：“状难写之景如在目前，含不尽之意见于言外。”她为何有这样异常的能力？成人的写作大都是从芜杂甚至浑浊的人生经验里提取文学和审美元素，所以我们如今很难读到那种天籁自鸣、古镜照神的杰作。而高璨有着一颗纤尘不染的清澈、灵动的童心，这颗心如一面明镜，万物都在其上投下自己的影子，镜面有多亮，影子就有多真切；镜光有多深，影子的意味就有多深切。而投影于心镜的一切物象，都成为令我们回味不已的幻象、梦象、心象……

2007年9月23日于汉中

（作者系著名诗人和散文家）

恰同学少年

——读高璨诗集《路边没有相同的风景》

李鲁平

高璨从八岁不到就开始在全国有名的诗刊、少年儿童刊物发表诗歌、散文、童话，并出版五部作品集，受到谢冕、金波、梁小斌等知名诗评家、诗人的肯定、称赞。而我在很长的时间里，把少年儿童的创作一直当作学生作文，也就是说，我从不认为他们的作品是可以进入评论和研究的视野的。我的这种观点也许是评论界大多数人士的看法。那么，从高璨开始，我们或许可以做一些改变，认真对待他们的作品，从阅读到评论。

一、金色的诗句

高璨有首诗叫《金色的诗句》。我认为这首诗既是高璨个人的诗歌创作理念，同时也是对高璨诗歌艺术特征和美学追求的最恰当的概括。在“金色的诗句”这个标题下，其他如“童话”“幻想”“想象”“直觉”等等的美学术语都显得不够准确或充分。金色的诗句就是高璨的诗歌特征。高璨说“永远在阳光中/诵读春天的诗句”，而到了秋天，他将收获诗歌的果实，“直到秋天多雾的清晨/……一群金色的鸟儿/欢唱着、簇拥着/回到我的本子中/一首金色的小诗里”。高璨的诗歌会有“羽毛”，高璨的诗歌吸饮“春天的晨露”，然后在漫山遍野中飞翔，而在秋天成熟。实际上，从自己的艺术追求到创作历程的轨迹，高璨都很清醒，思考得很清晰。

“金色的诗句”虽然能很传神地表达高璨诗歌的美学特征，但并不能让我们很方便地体会到高璨诗歌究竟有些什么样的艺术特点。因此，我们避免不了回到一般的批评轨迹上。

我们可以从对自然的狂想上来体会高璨的诗歌。诗歌创作一个重要的出发点是自然界。从哲学到艺术，所有的人文科学基本上离不开对自然的观察、描述与思考，没有对自然的狂想，我们很难说有理由赞美人类的智慧。高璨说“鸟儿的梦美好而短暂/一点声响就击碎了它们/鸟儿的眼前/总是薄薄的夜/是被它们阳光的期盼所带走”（《夜凉》），这是高璨对秋夜的观察，一种对短暂而易于破碎的安宁的怀念；“鸟巢，犹如那些远游者的家/空着，已经很久了/雨刚停，这里又盛满月光”（《冬夜》），这是高璨对冬夜的观察，一种对江山依旧而情随事迁的伤感；“我看见落叶，在秋天的梢头/慢慢变黄，慢慢飘落/这些飘落的渐渐熄灭的生命/可否在下一个春天/获得秋天的入场券/看着曾经的自己，曾经的伙伴/在曾经的日子里再次飘落”（《关于落叶》），这是高璨对秋天的感悟。高璨显然对冬季和秋季更加敏感。除《夜凉》和《冬夜》外，高璨还有《只为秋天执着》《落叶依旧悠闲》《冬月》《冬末，黄叶才开始飘落》《雪》等诗作，“落叶，依旧悠闲/飘飘然的身姿/用弧线，在我的窗前飞扬”，作者看到的是一种毫无纠缠的洒脱；“毅然当一片枯叶/放弃在碧空翱翔/选择秋日，在地面/听秋心跳的声音”（《只为秋天执着》），诗人对落叶的选择作了独具匠心的解释。落叶是因为执着，而不是它不能飞翔，是因为它要倾听大地，只有蝴蝶才会无风起舞；但同时在《冬末，黄叶才开始飘落》中，高璨在坚持认为“落叶们为着一个共同的信念”的同时，也伤感“它们落在了错误的季节/没有人为它们辩护”；在《雪》中诗人说，“雪花纷纷扬扬/天际茫茫，纯白色的路/只露出隐隐约约苍绿色的松尖/所有的脚印/都通向春天的温暖/我仰望天空中飘落的雪花/自己竟没有一片雪花的洒脱/总慎重考虑前方的路/不像它们，想落哪儿就落哪儿/爱什么，就依恋什么”，诗人在倾听雪落的过程中有一种怅然，因为雪花远比我们要自由洒脱，并意味着一种温暖。作为一个有丰富感受力的诗人，高璨当然不仅仅是对秋季和冬季有深刻的感知，对自然现象中的许多诸如“春天”“小溪”“草”“白鸽”“蜻蜓”“田野”“风”“太阳”等等都一样充满好奇、热情与想象。“风中依然藏刀/刚刚转暖的天气/一瞬间又凉了/好像春天的眼睛睁开了一下/又转了个身，继续长眠”（《初春，冬天的影儿还在》），这是高璨对春天的感悟，一种朦胧未醒的状态；“我要在山坡上飞翔/我要格外地小心别落在草丛里/我要来一个完美的滑翔/去对面的小溪，顺便兜兜风/……为什么说这些/因为，我不是鸟儿/不是风不是沙/不是天生的飞翔家蒲公英/仅仅是一株为了飞翔/舍弃生存的小草”（《飞翔的草》），诗人为什么会想象小草可以舍弃生存而飞翔，因为这也许是小草“一生中做的最伟大的事情”；“深密的草丛中/还有一个安静的神话/恬恬睡在那里/在梦中，长流/飞翔的翅膀/向往的是，海的灵魂”（《小溪，大海深邃的目光》），在诗人看来，小溪经历的所有的曲折和冲刷，都是因为大海的一个目光，一种召唤。浏览高璨的诗歌，我们常常会因为诗人对自然的着迷而惊奇，这种好奇与着迷不是一般的求知与探寻，而是一种对自然的拟人化的情感，在这些对自然的观察与描述中，诗人没有把自己置身于自然之外去审视自然，而是把人作为自然的一分子或者说把自然看成人的历史，来描述与接近自然，正因为如此，我们才能感觉到高璨金子一般的心灵和金色的诗句。

二、从自然的狂想到平静的忧伤

在我们共同因为高璨的想象而欣慰的同时，我们也不能简单把高璨的诗歌文本视为一个少年的想象练习册或记录本，其实，高璨的许多作品所流露的由自然上升的对人类生活以及命运的思考，远远超出了她的同龄人。从这一层次上看，高璨是一个耽于冥想的少年，当然也是一个勤于表达自己所想的少年。

而在把目光从自然转移到社会时，高璨那种在常识看来的童话般的纯真和奇幻般的遐想便变得超出我们可以接受的冷静和深邃了。在《锁住忧伤的过往》中，高璨说“索性，让冬天再冷一些/让一个人的悲痛再深一些/谁触到了忧伤的最底部……愁苦的人啊，总爱伫立窗前/隔着厚厚的霜层/看纷纷扬扬的白雪/雪的轻盈，高傲/叶总是徘徊在春天的门口”，应该说，让冬天更冷，让悲痛更深，是高璨对诸多伤感的一种冷静表述的追求。高璨曾经对夏天到秋天再到马上面临的冬天这样一种轮回但却短暂的时光流逝做过一种意味深长的表达，“在微笑的夏天/绿油油的墙壁上/悄悄画上一片黄叶/再永久的季节，也接近尾声/”，诗人把夏天到秋天的过程想象成在墙上画一片黄叶，于是夏季就到了尾声。这是诗人一贯的美丽的童话般的想象，但是马上我们看到诗人由自然季节变化的迅疾而感受到的伤感，“这黄叶，被不远的秋看见了/加快了来临的脚步/还将忧伤，一同给了这/寂寞的小屋……我感觉到了一种冰凉/草原上风的冰凉/流水吻过卵石的冰凉……月亮开始变得晶莹/雪的颜色，一点点长出来了”（《短暂》），我们看到，诗人在表达由秋到冬的过程中所流露的冰凉的伤感是一种与童话幻想决然不同的艺术特征。在《遗忘》中诗人把一朵菊花比喻成一个季节，当你不曾想起这朵菊花，你便在遗忘中遗失了一个季节。“落叶，擦去记忆中不多的秋天/一片空白的脑海/勾起了某些痛/那朵曾经在记忆中/驻足过的金菊/有些酸楚地笑，轻轻摇手，渐渐远去/于是，我又遗失了一个秋天”，这种由菊花到秋天到记忆和遗忘的过渡与思考，那样的冷静而自然流畅，这是令人欣喜而忧伤的。欣喜，因为高璨的诗歌；忧伤，因为高璨的年龄。

对于高璨而言，这样的情节似乎不是偶然现象。“街灯明晃晃地亮着/努力暗下去的夜/在城市上空，寻觅一种/叫思念的温暖”（《一种叫思念的温暖》），这是一种现代化背景下孤独而清冷的情怀，现代都市人都有的心理；“我没有想过/将一个梦永远做下去/会有怎样的一个结局/……我没有想过/将一个梦永远做下去/需要拒绝阳光多长时间/……独自一人走在无声的梦里/会不会感觉到孤独/长满迎春花的路上/玫瑰开在我仰望的地方/会不会遮住蓝天/梦中的阳光/会不会都是月光金色的倒影……我没有想过/将一个梦永远做下去/最终会不会回到起点/从头再走一遍”（《将一个梦永远做下去》），这是一个少年真挚的询问，是少年诗人高璨的询问，是一种对自己的提问同时也是对我们的提问，但是这个问题却真挚单纯得难以回答。在你感觉无法回答的时候，一种起源于命运深渊的苍凉和伤感便涌上心头。

无论是对季节变换的感喟，还是对记忆与遗忘的长叹，抑或是对现实与梦幻的疑问，高璨所表现的那种淡然平静的忧伤、伤感，像一条清澈的小溪，潺潺而流来、娓娓而道来，那样的从容平和、大气沉稳。我们很难想象一个少年的内心已经那样的充盈和丰富，很难想象一个少年对自然对世界已经那样的广博与超然，这样的平静似乎已经经历过大地一样宽广的沧桑。

三、从童话到现实

其实高璨并不总是在自己营造的童话般的世界里徜徉，她也会以同样从容的目光浏览眼前的现实生活。在《期盼》中，高璨把一群民工的孩子在新年到来所满怀的“期盼”表达的平静而辛酸，“在爆竹声与人的欢笑声/交错的新年，孩子们的期盼/如花的蓓蕾，向星星张开笑脸/而在偏远的农村，那尘土飞扬的车站旁/许多孩子，等着几年未曾相见的父母归来/用期待换来幸福”，在高璨描述的新年的喜庆中，虽然有爆竹的轰响，有人的欢笑，但是你能感觉的是一种平静的叙事视角，在你随着诗行的移动中，没有喧嚣与嘈杂，没有激动、狂喜、惊叫等等张扬的氛围与情绪。“远在天外的矿区/那群与煤矿日夜为伴的民工/为了孩子，却换来孩子更深的悲痛/这些期待的孩子，想得到的礼物/仅仅是一包方便面”（《期盼》），近几年从各种媒体所披露的矿难事件中，我们对矿工这个群体的生存境遇已经不再陌生，而高璨的关注集中在矿工背后的孩子。这些孩子长期见不到父母，常年在期盼中度过童年与少年时光，他们的期待其实很简单、很平凡，就是一包方便面。当然父母总是希望带给孩子的不仅仅是一包方便面，他们背井离乡为的是带给孩子真正的幸福，而结果不仅仅是从“模糊的口袋中”掏不出孩子们想要的东西，更多的是带给孩子们更深的痛苦。矿工这个群体在“为了孩子却带给孩子痛苦”这样一种悖论中艰难的生存着。这不是他们的选择，而是不得不为的人生困境。高璨平实的语言和揭示背后，留给我们的是一种深藏的震撼和疼痛。

高璨是自然的忠实倾听者，是山川河流草木的仰望者，她对自然的感受与颂歌是“金色”的低语，但在《洪水来了》中，高璨的目光与思想是在自然与人类之间来回穿梭，她不是单纯地描述洪水猛兽般的咆哮，对洪水所带来的灾难，她不是简单地愤怒和指责，“洪水来了……它经过的地方一目了然”，没有具体而耸人听闻的描述，就是“一目了然”，很平实的把洪水带来的后果写尽。然后诗人说洪水“一定是压抑了太久”“就像囚禁太久的人，”最后诗人对人类长期对自然的漠视和践踏提出拷问，“我们只顾包扎自己的伤口/从不关心 咆哮的洪水/是否被我们伤害过”。这样，高璨就不单单是一个自然的童话歌者，而同时也是一个开始觉悟并承担责任的力图在人与自然之间构建和谐的严肃诗人。

在近几年来口语写作、口水化诗歌充斥诗坛，在20世纪新时期诗歌审美淡出诗坛后，诗歌界的确有一段充满混乱的时间。一批后现代诗人消解了中国传统诗歌的美学传统，把诗歌降格为大白话和口语化，也有一批诗人极力避开和拒斥诗歌应该肩负的审美责任，把诗歌等同于平面话语的嬉戏，在以网络和大众传媒为平台的快餐文化、感官文化、时尚文化的裹挟下，诗歌的人文价值关怀和历史承载在流俗中日益薄弱。

在这样的时候，我们欣喜地看到高璨这样的诗人的崛起和涌现，像这样一部高质量的作品集的出版，应该说这是整个诗歌界的幸事。高璨用她敏感的艺术触觉亲近自然，在对自然的敬畏和热爱中，以纯朴阳光的语言，构造了一个美丽的金色世界。高璨也同时尝试让自己的诗歌进入复杂而纷纭的现实生活，并从容地表达出诗人的坚守和使命。自然狂想中的梦幻世界、平静淡然的忧伤、鲜明的现实精神以及她大气冷静描述中传达的难以张口的疼痛，使高璨的诗歌具有独特的艺术特质和审美力量。

我们应该为这样一个少年诗人所取得的成就感到欣慰，同时也期望高璨在诗歌艺术的道路上取得更高的成就。

（作者系武汉市文学艺术理论研究所副所长，湖北省文艺理论家协会理事、文学评论委员会副主任）

翻译高璨的诗是一种享受

——译诗后记

杨于军

那个安静的冥思的灵性的童话世界。

带我回归的不只是过去，还有理想的未来。

有时是上完课和回去买菜煮饭的空隙；有时是监考或开会……忘掉自己是在几十个学生或数百位同事中间。

有时是走在路上，身边的花草、斑驳的树影、穿梭的蝴蝶、还有远山或夜空都会让我想起翻译过的某一句诗。

她是一条清澈的耽于幻想的小溪，并不急于汇入大海而是随着地形自然而然地流淌。

花草树木日月星辰风雨霜雪偶尔投射在她安静的平面。

她会反映一切，但并不是所有的东西都能沉淀然后深入内心。

我喜欢《镜子与狗》奇特的联系；《老钟表》的灵与物的合一；《洪水来了》看待自然的不同视角；《我的梦，在哪一颗星星上闪亮》寻找自己在这个世界里的位置和理想的努力；《这束光，已经走了很久》蕴含的哲学意味；而《寻问》让我几次流泪，或者是我经常需要流泪，而那几行文字给了我足够的理由；《有人在轻抚寺院的门》一首中“他瞧着手中的树叶／笑着说／这就是那些抚门的小手啊”让我的心里充满细腻的温暖；在我还没有反应过来时又紧接着一句“是树上的麻雀指使的吧”给出一个狡黠又合情合理的判断……

所以我要感谢高璨，翻译她的诗就像自己写作一样自然而然，表达后的舒畅和满足。

我想我一定要在新年到来前完成，让她读到。

就像我和几个朋友说过的，真正热爱的事情你永远都会找到时间去做。

写到这，我的眼前仿佛浮现出她那稚气的脸上会心的微笑。

谢谢你，高璨，你让我感觉2007年最后的几十天我没有虚度。

（作者系诗人和翻译家）

空中的花园

——读高璨的诗

于坚

有一本诗集从这首诗开始，作者是一位少女。

我坐在石阶上
欣赏自然先生的水粉画

几笔雾一般的风
吹顺了柳枝
几条滑润的线条
勾画出暖暖的阳光

在一条条小河
银色亲吻了小鱼
在一株株花枝间
黄色亲吻了花朵
在一片片草地上
绿色亲吻了青草

我快乐开心
真想见见自然先生
学学他的绘画

——《水粉画》

我在五月的一天，阅读了少女高璨的诗。清新淳朴，仿佛从花园里飘来的清香，自然的气味，少女建造的诗歌花园在我眼前打开，我停下来，小虫行走在我手上、镜子和狗、阳光的脚步很轻、想飞的树、两只小鸟、黄色的小发卡……这是一座已经被我们遗忘的花园，只有少女能看见她。少女意味着一种美丽的花园式的想象力。这种想象力不是来自书本、动画片或者虚构，而是“大块假我以文章”（李白）的结果。其实我周围并没有花园，花园对我是一个遥远的记忆。花园在重新安排山河的世界运动中作为微不足道的部分，一个个消失了。当未来人们后悔莫及，痛哭流涕地重建花园的时候，经验已经成为神话。世界花园的日益式微，令少女高璨的诗看起来就像古老的童话，唤醒我们已经沉睡的记忆。高璨延续了诗的一个古老传统，这个传统可以追溯到人类童年时代，人类历史无论如何漫长，如何复杂，古老的天真之歌总是被延续着，自然先生是这个传统永恒的老师。道法自然，自然总是诗人想象力的源泉。我不知道高璨的现实世界中还有没有花园，但她肯定保管着一座古老的花园。少女就是原始时代的女神，那些为世界保管花园的人。看得出来，高璨的诗是想象力而不完全是经验的结果，这是她想象中的自然花园，虽然她的想象并不吊诡，只是拟人化地将自然进行了高璨式的升华，但还是令我感到遥远，仿佛来自一个不存在的童话世界。她的诗很朴素，也很生动，但与世界之间却产生了一种变形的卡通效果。她的花园更像一个梦，一种幻觉，一种超现实主义。高璨其实不是自然的歌咏者，而是梦的保管者。她保存的一种天真的想象力，一种遥远的经验。而正是这种天真的保管，令我们文明还幸存最后的救赎之机。

当代诗歌里已经很难听到这种朴素自然、天真纯洁的声音，这个世界太老于世故，无耻的写作盛行于世，当叔叔们都宣布“我是流氓我怕谁”的时候，这些天真的诗歌很羞涩，很勇敢，有着一圈圈处女的红晕。

高璨的诗歌今天尤其重要，世界花园比以往任何时候都更面临着危机，无数的花园正在被人类的欲望摧毁。

我希望她的诗歌真的对应着一座花园。但在这个五月，风沙弥漫，我的城市正在大兴土木，一个反自然的世界正在轰轰烈烈地施工。

高璨的诗歌花园，在天空中。

阳光，给予我
闪亮的思想
请沉默的时光
开口说话
你们在我诗的墙壁上
尽情嬉戏玩耍
不谢的玫瑰花
不会因为你们投下的
影子，而悲伤
我的诗的花园，盛开的
是永恒甜美的微笑

将我的世界
缀满纯美的诗
让鲜亮的诗句飞翔
雪白的翅羽
承载梦幻的重量

淡淡的快乐

淡淡的忧伤

淡淡的美

点点滴滴的寂寞

在秋日的阳光里

徘徊……

静静趴在黑夜的手心

倾听

诗，在诉说

——《诗，在诉说》

2008年5月11日

（作者系当代著名诗人）

90后作家高璨诗绘本
梦跟颜色一样轻
三年选·附英译
高璨著 袁薇菁绘 杨于军译

好句由心见痴气

——写在《梦跟颜色一样轻》出版之际

炜 评

大约去年初春，老同学丁斯对我说，他的一位朋友的女孩，小学尚未毕业，已经出了好几本诗文集，成为陕西作协最年轻的会员。当时在酒席上，丁斯还念诵了小作家的两段诗句。大家听了，都叫好。丁斯的诗才和文艺鉴赏力，我一向佩服。但吃喝场合的闲谈，我并未太在意，也没记住女孩的名字。

这个小作者，就是13岁的高璨，现已就读于西安交大附中初一年级。今年春节过后，转来了高璨已出版的几本诗集和即将出版的这本诗选的打印稿，我翻看了几首，便知道她正是丁斯说过的那个女孩。读诗宜心静，而这半年，我特别忙乱，直到最近，才可以坐下来。我用两周时间，读了4种皆由朋友推荐的诗集或诗选。这4种，题材、体式各有特色，而给我留下最深印象的，是广东农民诗人程坚甫先生的“秋哭”之作和西安女孩高璨的“春唱”之章。用“秋哭”和“春唱”指代前者和后者，乃比较风貌而言。

读罢高璨的诗，我写了一首绝句：“程诗诵罢读高篇，老树新荷各尽妍。好句由心见痴气，风骚正道共承传。” 这样说，是因为我阅览高璨的诗，很惊讶，也很感动，但更多的心情，是欣喜。我14岁时开始写诗，起步时的水平，差高璨甚远，所以我惊讶。高璨笔下的物事，大多都被她赋予了美好的人格；高璨诗所呈现的明丽情境，是作者阳光心灵的一面镜子，所以我感动。而我的欣喜，则由乎一个更重要的原因：我论作家及其作品，一向最重“痴气”的有无和多寡。我说的痴气，是指作家的一种直觉的精神生命状态，具体讲，就是对于自己笔下由文字所构筑的美好意义世界的深度爱怜和持久迷恋。没有或很少痴气的作家，纵然才高八斗，也只是高级文匠；作品缺少了痴气的贯注，即使堆锦铺绣，照样是徒有其表的塑质树或绢质花。《诗经》和《楚辞》中的佳作、李杜苏辛的诗词名篇，无不痴气丰盈。所以我说，痴气乃“风骚正道”。

我感觉，程坚甫和高璨这一老一少，都是大有痴气的诗人。看看小姑娘高璨的两首咏物诗：

《黄色的小发卡》

暮色降临/月亮星星张开了眼/伸了个懒腰/开始争先恐后梳妆/在池塘上空照啊照/照照，闪闪/笑笑，照照 嘘/池塘对风说/别动/小心吹掉我头上/黄色的/发卡

这诗是咏弯月的。在小作者眼里，池塘是一个爱美的静女，而弯月是一枚金黄色的发卡，别在她的头上，精致可人。所以，池塘不肯让风吹掉它。诗的意象和意境，既幽雅明净，又新颖别致。没有迷恋月夜清丽之美的痴气，绝对写不出来这样的句子。

《树想》

当树上所有的叶子落光/我们希望/这仅仅是一颗倒立的树/虽然叶子都长在一个层面

当所有叶子都被秋风带走/我们相信/树与叶子去旅行了/这里留下的仅仅是一栋空空的房

当第二年绿色重新呈现在蓝天下/而这颗树却没有春天时/我们会为那颗旅行还没有回来的树祝福/愿它有一个美好的新家

当这栋空空的房子也消失时/我们便会得意地笑笑/因为这忠心的房子/去追随它的主人了

我格外喜欢这首。“树想”，就是关于一颗走向枯萎的老树的想象。作者施予生物的温柔怜悯，源于真善美的情愫；而四重递进的思致，又是如此的细腻、灵动和富于层次感。没有爱怜树枝风骨之美、树叶风姿之美的痴气，也绝对写不出来这样的句子。

写出好诗，不能没有对于诗体句式的敏感，不能没有把握意绪节奏和语言节奏的能耐，更不能没有驰神骋思的想象力。这些，都是常识，就高璨来说，现在已经基本过关，将来会更趋得心应手。在上述几个方面，曾有不少省内外的诗人和诗评家对她的诗做过具体的点评、分析。他们的看法，都很中肯，我就不必做重复之议了。但我比大家更看重的，始终是高璨和高璨诗的痴气。我以为，对于诗人的创作，这是最具统摄意义的精神基质和情感能源。

高璨正在长大，她2007年以来的一部分诗作，如《期盼》《春天想换个性格》《洪水来了》《渐渐渐渐》等等，已经注入了一些不同于以往的蕴意，并因此呈露出了向成人诗过渡的端倪。这是必要的，也是必然的。诗人年龄的增长，不必以痴气的减退为代价，程坚甫先生就是例子。但浸染了成年生活汁液的、具有较厚重分量的、富于沧桑感的痴气，毕竟更有利于酝酿大气象诗作的诞生。伟大的痴气诗人李白和杜甫，是诗坛上永远的榜样。我这些话，仅供高璨参考。

2008年8月半通斋

（作者系西北大学中国西部作家研究中心主任、陕西省现代文学学会副会长、陕西省诗词学会常务理事）

少年的情怀总是诗

曹文轩

现在写诗的少年不多了，不多的原因我们能说上很多条，比如说当下社会阅读的生态环境不好，孩子们对美的感受缺乏鲜活的灵性，文学素养不断下降，审美能力不断下降等等，他们一开始就去模仿那些小说写得像作文一样的作品，以为那就是时尚，那就是文学，所以，他们不敢写诗，不会写诗，因为写诗总比流行的粗制滥造的作品有一些难度。

但在西北，一个叫高璨的女孩，从小学写诗一直写到了中学。这有点让我感到惊奇。在我看来，写诗总是不大容易出名的，什么名呀利呀，只能得到微薄的一点点，无论你有多大的成就。这个世界充满了诱惑的喧哗，能不被诱惑的人大概都是寂寞的。而这种寂寞是个人的庆幸和时代的无奈。在寂寞中，你可以静静地阅读一些东西，可以静静地思考一些东西，可以静静地写一些东西。因为只有在这样的状态下，人才能审视他人，反思自己。我在阅读高璨的诗歌的时候，会想到一个庄严的词：坚守。

对于很多成人来说，坚守已经是个近乎残酷的词。而对于一个女中学生来说，却有着别样的柔软的意义。因为她在坚守着她的文学理想，写作信念，以及对文学的价值判断。诗歌是灵性的产物，是想象力驰骋的产物，它可以让人变得敏锐而又富有灵性。美，崇高，神圣，以及种种美好的感情以及体验，都蕴藏在精致的诗句中。这些并不复杂的认识，我相信高璨是懂得的。她不仅懂得，而且也这么不折不扣地做了。所以，我很惊奇。

我一直主张一个人很小的时候，要多读名著，打好阅读的底子。据我所知，高璨从小学开始就读世界名著。在阅读上始终是有选择地进行阅读，和流行保持了一定的距离。她那些恬静优美的诗句，大可以看出她的心境和阅读的功力。如果没有扎实的阅读做底子，没有那些真正优秀的文学作品的滋润，高璨不可能写出这么好的诗歌来。从这些诗歌中，我们还可以看出作者的精神气质。这些年，我在校园中讲课时，常常爱对学生说一句话，这句话用在高璨的身上是很恰当的：阅读，可以改变和提升一个人的气质。

高璨在中学生中间，在诗坛上已经有了名气和影响，也有不少诗评家给她专门写了评论。我感到很欣慰。在批评越来越丧失立场和原则的批评语境中，高璨能够赢得这么多掌声和鲜花，说明她本人的坚守并不孤单，还有一批坚守批评原则的批评家在关注着她，在关注着我们纯正的高雅的文学。这是我们文学的希望。在浩浩荡荡的文学的汪洋之中，高璨这股清澈的涓涓溪流，发出了属于自己的声音。我希望她能保持住自己的天性，自己的特色，这样，她才能走得更远更坚实。

（作者系北京大学教授、博士生导师，中国作协全国委员会委员，北京作协副主席）

你来你去
高璨◎著
陕西师范大学出版社

文学超越于年龄
——高璨散文集《你来，你去》序

周国平

我读高璨的诗和散文，感到的是惊喜。其中有几首诗，例如《镜子和狗》《悄悄的秋》《老钟表》，意象之饱满，意蕴之深邃，构思之独特，文字之简洁，俨然经典之作，真可以和大诗人的作品媲美。她今年13岁，写这几首诗的时候才10岁和11岁，这使我相信，文学是超越于年龄的。

现在写书出书的孩子很多，几乎成为风气，但基本上是“作文”罢了，文学的含量太少，其末流则追逐时尚，倚小卖大矫情装酷。“作文”和文学当然是有区别的。“作文”是一种模式，体现在良莠不齐的缺乏内在联系的“范文”之中，由校内外的语文老师们灌输给学生。文学则是一个传统，体现在文学史上的经典作品中，唯有自己深入其中才能有所领悟。文学是用语言艺术构筑的精神世界，因此，要进入文学，一个人必须既热爱语言艺术，又拥有丰富的内心生活，二者不可缺一。在高璨的作品中，我看到的不是“作文”，不是“儿童文学”，更不是时尚，而正是本来意义的文学。

高璨写诗，也写散文，而她在写散文时仍是一个诗人。我不引述《自然所赐予我的——诗》了，你们自己读一读，看她谈诗的特点谈得多么到位。她在另一篇文章里追溯自己的本性：“我本属于大自然中的风或是月或是一颗露珠或是一缕阳光，感谢上帝让我成为一个人。”事实确乎如此，她写得最多的是自然风物，对之常有独特的感应和描绘，佳句迭出。例如写夜：“就因为这夜里，没有什么比夜更为漆黑，所以蝙蝠就亮了。”写月和云：“月牙的两端是玲珑的尖，似乎将玫瑰放在上面，都会滴出血来的那种尖。从未见过如此美丽的上弦月，她明亮，四周的云都像拉小提琴的天使一般头上有一圈光晕，而月亮在其中微笑，无声，却是欢欣的。”写雪花：“它一生中只有一次机会翱翔在这千万镜子的天地间，四周全都是自己，全都和自己拥有一样的长相和一样的舞步。在这样壮观的镜阵中飘扬，是一种怎样华丽之感？”

在这本散文集里，有两篇佳作给我印象至深。其一是写除夕的《你来，你去》，新年的快乐太明亮了，使得旧年的消逝因为失去而更令人惆怅，一颗敏感的心中的多么真切的感觉。其二是《清明时节》，黑衣人手中的迎春花，墓碑与花朵的鲜明对照和怪诞联系，一双清澈的眼中的多么凄凉的墓园。在别的文章中，也不时出现消逝和死亡的主题，最点睛的一句是：“这个世界上也许永远都不会出现时光的墓园，但这个世界上的一切墓园却都是它的。”高璨毕竟是一个孩子，她的许多文章仍充满童趣，更反衬出了这类忧思的纯粹，是生命中固有的忧伤正在苏醒。

高璨的生活状态基本上是文学性的，她生活在自己的世界里，外界的一切似乎都是材料，她通过感受和沉思把它们转换成内在财富，用语言的形式储藏起来。因此，她写得很多，小小年纪已经出版了好几本书。写得多，就不可能都好，但她一旦写得好，就好得不同寻常。好作家也会写出差的作品，而一个作家的文学成就是由所写的最好作品代表的。尽管如此，我仍希望她适当地少写一些，给非文学的日常生活留出更多时间，那对于文学其实是休养和酝酿。我还希望她不要急于寻求世俗标准的成功，而要听从自己灵魂的指引，坚持走她自己的文学之路，写出更多真正的好作品。

2008年11月10日

（作者系中国社会科学院哲学研究所研究员，集哲学和文学于一身的著名学者）

用生命开采灵象形象理象

肖云儒

读高璨的散文，心里始终盘桓着一个结。她今年满打满算才13岁，鼻梁上架个小眼镜，俏皮的样子，还完全是个孩子，却早在5年前8岁的时候就开始出版童话集、诗集、散文集。那么小个人吧，观察的能力，感悟的能力，想象的能力，思考的能力，还有将内心的这一切用富有创造活力的文字传达出来的能力——也就是说，文学创作的一些基本素质和能力，在这个小女孩身上都有比较充分的显示。这不能不让人吃惊，吃惊到有点百思不得其解。

翻开她这本散文集《你来，你去》（这该是小高璨的第八本集子了吧），最先、最直接让我惊异的是文字。她对汉字常有一种特殊的理解，文字符码在她笔下常常以全新的理解、罕有的张力和弹性组合到一起。联喻与象征、暗传与通感、借代与置换，以及名词的动态化、动词的状态化，文字在动静之间的自由出入，对语境、语感的领悟与驾驭，等等，都使得汉语在她笔下陡然增大了信息量，由字之义而字之意而字之象。而随着字码的新关系的形成，又常常营造出一种作者独有的语言感觉和语言氛围。你看——

“没有记忆就相当于没有曾经。”

“当我身上落满毛绒绒的雪花，我突然感到一种神圣，这雪来自何方，它当时怀着一种怎样的梦想，选择了以洁白的形式划过天空。”

“课间操，有些晚来的同学匆匆从身边跑过去，一两秒钟后，风才跟着掠过我，好像只要奔跑就会有风忠实地跟着你，追随你一般。”

人的影子在脚跟处与自己相连，“但树叶离自己的影子一生都那么远，当它终于要触摸到自己的影子时，生命的最后一秒就离开了，它和它的影子都永远离开了。”

的确有点鬼斧神工的味道，好令我惊异。

其实一个作者文字的能力，有时倒未必是程门立雪、凿壁借光炼字造句的结果。就高璨而言，恐怕主要得益于她的天性和气质，得益于她天性中存在的那种超常的艺术观察和生命感觉功能，得益于她气质中具有的那种早熟的形象联想和感情发酵机制，得益于她能将身外的一切事物都看成可以和自己对话的生命体。

她说，“每一天都有炫彩会出现”“随意一处阳光，一丝风，都在我的思绪中永生，而如此多的美丽都在我身边，所有的事物都在微笑”。她说，“每当阳光灿烂，每当会心微笑，总会有一支笔在心中跳跃”“五年级我的笔开始学走路。后来，我的笔第一次长出了羽毛”。

正是潜藏于生命深处的这种艺术天性，使高璨得以从自己的个性出发，对汉语潜藏的表现力作深度开掘。

如果说感觉、感悟、感情的生发、延展、发酵，更多出于天性和气质，那么思考呢？思考难道也是她这个年龄这种气质所具有的吗？她看飘雪，脑海里飘过的思绪是，“雪花飘落就是为了融化吗？一个人出生不也是最终要走到生命的尽头吗？”

她清明祭祖，感到墓穴是人世间的另一扇门，像宇宙中的黑洞，无论多么宽广深远，永远只有单行道。

她喜欢踩别人不踩的雪地，脚印杂沓的地方是习惯跟在别人后面的人走的，没有脚印的雪地才是别人没走过的新路。

“我记不住刻意要记住的事情，忘不了刻意想要忘记的事情，一切经历都在走过，无论脚印深浅总有一些可以不被磨灭的深度。”

思考能给人快乐，“更多的是涟漪般的想法和迷宫般的没有答案的答案，有点像站在深渊中思考刚刚从悬崖上掉下来的过程的感觉，有点冷，有点嘲讽”。

如若仔细品味，就能发现高璨这些关于生命、死亡、创造、记忆、思想的种种思考有一个特点，那便是紧紧结合着俯拾即是的形象、结合着意象迭出的感悟来开展的。她的思考，本质上是诗性的。

也就是说，相当程度上还是她那过人的灵智启开了各种生命现象、社会现象内里的意味，敏锐和聪颖又使她能够充分意会这些意味，了然于胸之后，才以一种别林斯基论述过的“融会形象描绘思想”的方式，将思考表达出来。更准确地说，我以为这是用文学语言将人类的灵象、形象、理象这三种感知方式熔冶于一炉。这三种感知方式各有不同，或重灵，或重形，或重理，却又在两个基点上相同。一皆为“象”，即皆为可观可感的画面。灵象、形象不用说了，即便所思之理，亦是理象，说的是象中之理，表述方式是寓理于象。一皆为“感”，皆是“感知”，而不是“认知”，是因感悟的生发而知而思，不是因逻辑的推演而知而思。

由此我们可以看到生命在高璨写作中的重要性了。在所有的文字背后，在所有的灵智、感悟、思考、表达背后，是一个无比活跃的蓬勃的生命。她用明净的眸子和洁净的心灵不断叩问着这个最初接触到的陌生的外部世界，也叩问着刚刚开启的新鲜的内心风景。童真的生命赋予了她一种能将一切物象化为心象和情象的能力。这才是作为写作者的高璨最大的优势。这个优势切入了文学最本体的层面，说到底，文学是生命的一种喷薄啊！

中国画论在谈到艺术家与心灵与世界的关系时，有一句名言叫作“外师造化，中得心源”。高璨的写作得之心源者可谓多多，因心源的单纯而纯真纯洁，有时也因心源的单纯而单调和单薄。我曾经想，随着年龄和阅历的增长，以高璨如此丰沛的心源，有了造化世界的营养，生活大河与生命源头在笔下的汇流，她会怎样的像种子掉进沃土，快速地拔节、开花呢？实在是未可限量。

同时也就有了一份忧虑。固然高璨现在认定自己此生要和文学结缘，却不能也不应该荒废学业，荒废系统的知识学习和专业训练。只是在漫长的岁月中，模式化的学校生活和规范化的学科讲授，对她保持自己的艺术敏感和生命灵悟利弊如何呢？会不会反倒对已有的天性造成戕害和窒息呢？这是曾经发生在许多写作者身上的两难的命题。聊可乐观的是，以高璨现在对自我天然质地保存的成功，想必她内心有一种远比常人强大的机制，既能很好地在他人他设的知识体系中学习成长，又能很好地在自我自设的天性体系中良性循环。

祝福高璨。

2008年6月21日西安不散居

（作者系著名文艺评论家，陕西省文联副主席，陕西省文艺评论家协会主席）

从高璨这一代开始的转变

穆涛

看一本书，是走进一处园林。看清楚这本书，还要从园林里走出来。我是带着对儿童公园的认识走进这本书的，出来的时候才知道我错了。我是今年在西安一个文学聚会上见到高璨的，十三岁的年龄长得快比她父亲还高了。我和她父亲是朋友，我们说话的时候，她静静地在边上听，偶尔说一两句话，却是闪着安静下的睿智。今天读到《你来，你去》，有那天见到她身高的感觉。在我看来，读一本书最重要的，不是做出价值判断，而是这本书带给你什么样的认识。

从构思上讲，这仍是一本诗集。从构成上看，已不满足于诗句的拘束，是一本放开手脚的诗随笔。从路数上说，很接近好的哲学家写的短文章，把文章往透明里写，往清澈里写。高璨是清澈的，清澈是一层意思，清新、清纯、清晰是另外的意思。好的哲学家的思考是清澈的，高僧说禅是清澈的，是觉悟之后去了杂质的清澈。高璨是原始的清澈，是深山里的泉水，是文学的天生丽质。

高璨在有意识地写人生，写她才开始的人生。书名叫《你来，你去》，来和去就是开始和结束，这是哲学的两个基本命题。哲学的两个难题是从何处来，到何处去？难题的难点是扯到宗教上去了。高璨知道自己人生尚浅，这本书在围绕着一年里的开始和结束去写，从这样的视角出发，做出这样的观察，显示着她不一般的思考力。与众不同就是和别人不一样。从事文学批评的人习惯说一个写作者“起点很高”，其实这样的说辞是失妥的，妥当的说法是思考的出发点与众不同。这本书里写的突出的是《速度》《循环》《用壮丽形容一场雨》《如一切流过》等。读到《面朝大海》是我的意外之喜，这个短文写的是诗人海子，虽然写得少，却写到了最高的地方。这个时代里的成年人是不会理解海子的，就像世故的人不适宜写诗。世故的人把诗写好要剑走偏锋的，比如唐朝的王维和杜甫，这是两位达到诗高峰的人，一个用高僧方式去参禅入化境，一个如苦行僧去展示人身与人生的悲苦和可悯。

高璨写作有着明显的童话态度。童话是大的，它的另一头是神话。真正的童话不是童年视角，而是哲学视角，比如欧美的童话。中国作家的童话最高可达到《西游记》级，用的是人生哲学的视角。童话很难写好，像围棋，每个人都可以走两步，但成为杰出者寥若晨星。愿望高璨保持住这样的心态，保持得越久，写作上达到的境界才可能越高。

多角度的想象力和形象准确的表达力是高璨的两个特点，行文中还有着和她年龄不对称的达观，她思考的沉着也让我惊讶。我写这个文章的时候，正逢贾平凹获茅盾文学奖。陕西有路遥，陈忠实，贾平凹三个作家获得了中国文学的这项最高荣誉，这三位作家有三个共同特点：出身农村，写农村生活，写作改变了他们的人生。其中第三个特点又是当代中国作家的基本缩影。这其中还有一个有趣的现象，当代不少作家在回答“为什么写作”这个问题时，多会说“做不成别的，只会写作”。中国的当代文学在现有基础上要有大的突破，这样的格局要有所转变，至少要变成“能做点别的，但我选择了写作”。依我的判断，从高璨这一代将开始这种转变。

（作者系《美文》杂志副主编，西北大学兼职教授，散文家）

高璨让语言说出自己

黄海

我在属于海德格尔的夜晚读到这样的句子：诗人让语言说出自己。这真是一句奇妙的话，在文学中的修辞即将被剔清的时候，我反向遇到了这个问题。语言是什么？语言真能说出诗人的自己？我是这么理解的，语言让作家在日常状态下保持清醒的认识，使之成为生活的可能。那么，我同样可以理解成只有语言才能拯救诗人，语言要作为真理的方式存在。

符合自己的内心需要的语言是作家写作最大的诚实。海德格尔还说语言“使大地成为大地”，作家要在语言的狂欢中尽显自己的盛宴。我读高璨的散文就有这样的感受，她的语言是向心灵奔跑的，有紧张而柔软的特质。她写生活的主要靠自己的想象去寻找内心的支撑，她有一颗无比透明而美丽的心，她发现这个世界美好的事物，风和森林，雪花和自然界，雨和大海，阳光和动物……这些被人遗忘在大地上的馈赠，我们像高璨一样想到和拥有了吗？这些伟大的色彩和伟大的声音！

她的童年装满了自己的爱，她爱的那些精灵在她的文字里成为自己的秘密，“每一棵树、每一株草、每一朵花，在镜子中看到自己后都会努力使自己看起来更美丽一些”，她在修正自己的想法，这种思考的结果是使得她的内心盛大和开阔。我想理性对于童年是一种扼杀，但是高璨与之不同的是把自己的思和想建立在她对事和物的理解之上，她是直接的，活泼的，形象的。她的理性是建构在抽象和形象的基础上，我觉得这非常难得。

高璨的散文是靠语言去实践自己的想象的，她似乎对叙事毫无兴趣。对于她这样年龄的少年，我觉得她的写作是可靠的，因为语言的丰富性是和她这个年龄的形象思维联系在一起的。高璨的语言在陌生化和歧异化方面，诗歌的技术成为她散文必不可少的手段，更为可贵的是她的语言是属于心灵的发现。

所以，任何文学都是语言的展示，最终将通过语言打破固有的存在和偏见。这，是语言的全部意义所在。你通过语言说出自己，你不可能指出别人。

万物在大地生长的时候，她少年的心事也在长大，她对事物的看法也在变化，但我相信她文字属于诗歌的那颗敏感的心没有变化。诗使文学安居，诗人让大地安居，这本身就是一种诗意和诗意的表达。

梦跟颜色一样轻

——我编高璨的诗

杨志学

只要是不抱偏见的人，大概都会同意这样的观点：《诗刊》是一家“不薄名家爱新人”的刊物，她从不以名望和年龄取诗（她取诗的标准就是诗本身）。八十岁的老诗人若仍不时在《诗刊》露面，那叫诗坛常青树；而十岁孩子凭借自己的实力在《诗刊》绽放一簇簇诗花，那叫神童，是未来的诗星在闪耀。

《诗刊》创刊五十多年以来，她推出、展示的超级年轻诗人有多少，我没有统计。这里单说高璨。高璨何许人也？简单地说，她是西安的一个女孩子，生于1995年（现年14岁），2003年初开始发表作品（当时不足8岁），目前已结集出版的作品集有九部（其中诗集五部）。凭借自己的创作成绩，她11岁成为陕西省作家协会最年轻的会员。著名作家陈忠实、诗评家谢冕、诗人梁小斌以及儿童文学作家金波等人都曾热情撰文评论高璨，充分肯定了她天才的创造力，并对她的未来发展寄予厚望。

高璨2006年开始登上《诗刊》。在此之前她已经在《延安文学》《诗歌月刊》《星星》诗刊、《中国校园文学》等多家刊物发表过许多作品了。初登《诗刊》的高璨，是在《诗刊》2006年11月号下半月刊的“点击百家”栏目发表了《想飞的树》《红枫林》等五首诗。一个11岁的小女孩，第一次上《诗刊》，按说发表一首也不错了；高璨一下子发表了五首，确实令人注目。而更加令人惊奇的是一年多之后高璨第二次上《诗刊》，这次她是以一组诗走进了《诗刊》2008年1月号上半月刊最重要的栏目“青春方阵”。这组诗由于经我手编发，因此印象格外深，这是从高璨提供的足以编一本诗集的厚厚一摞诗稿中挑选出来的。这次共发表了七首诗：《镜子和狗》《捡梦》《春融化在绿色的舌头上》《看看那里的月亮开什么颜色的花》《蝴蝶的旅程》、《有人在轻抚寺院的门》《悄悄的秋》。发表时给这组诗加了个总题：《梦跟颜色一样轻》，这是从她的《捡梦》里找来的一句，是非常有灵气和灵性的一句诗，与小诗人的年龄、气质也非常契合，而且也能够很好地统摄所发表的七首诗。下面，我就主要结合这组诗，谈谈对高璨诗歌的认识。

这组诗的质量是比较整齐的。先看《蝴蝶的旅程》，诗只有短短几行：

我没有听见它飞翔的声音
也不知道它的终点
我询问花朵蝴蝶的旅程
花朵不语，在微风中轻摇
哦，蝴蝶一定去了另一朵花
它像行驶在花的铁轨上
一节会飞的车厢

这首诗既有童话般的意趣和境界，又有诗的语言节奏和结构空间。它符合一个孩子观察事物时的心理特征和想象特点，但又显出天才般的语言控制能力。这首诗的艺术逻辑非常清晰：围绕花朵写“蝴蝶的旅程”。第三行“询问”一词显出孩子的天真探索，第四行为了衬托“花朵不语”而写到“微风”“轻摇”。最妙的是结尾处“行驶在花的铁轨上／一节会飞的车厢”，连着用了两个喻象，诗趣盎然。全诗短小凝练，但具有自足的空间，境界开阔，内涵饱满，符合穆木天在《谭诗》中所提出的诗的统一性。这种统一性，据我的理解，应该是指作品的语言能够始终在诗的轨道上运行，而没有力不从心的游离与枝蔓。当然并非只有这首诗具有较好的统一性，实际上高璨大量的好诗都具有这种统一性的特质。

再看她的《捡梦》：

一只花翅膀的小蝶
在树梢间穿梭
在花朵中畅游
她在捡梦
捡遗忘在花蕊里的梦
捡遗忘在叶片下的梦

它把捡来的五彩梦
贴在翅膀上
它从不高飞
因为载着梦的重量?
但小蝶却悄悄告诉我
梦跟颜色一样轻

这首诗似乎可以看作上述《蝴蝶的旅程》的姊妹篇。刚才那首诗写“蝴蝶的旅程”，而《捡梦》则是写蝴蝶之“梦”。作者不写小蝴蝶做梦，而写其“捡梦”，仅此一点已可见诗人的高出一筹，而察看此诗的完整表达则更令人叹服。诗的第一行即点明这是“一只花翅膀的小蝶”，唯因是只“小蝶”才更见其“捡梦”的顽皮与逼真性，也与小诗人的童真趣味更相一致。写小蝶的飞行场域和状态用了两行：“在树梢间穿梭/在花朵中畅游”，仅此足矣。接下来写小蝶的“捡梦”也用了两行：“捡遗忘在花蕊里的梦/捡遗忘在叶片下的梦”，也显得非常有节制。

相比诗的第一节，诗的第二节显然更加重要（虽然诗的第一节必不可少）。作者想象小蝶把捡来的梦都贴在了翅膀上，并因此对小蝶“从不高飞”的原因做出了合乎情理的推测与判断：“因为载着梦的重量？”但就在我们似乎相信这样的推测与判断的时候，作者又来了个转折（不断的转折可加大诗的内涵与张力）：“小蝶却悄悄告诉我/梦跟颜色一样轻”，并在转折中结束了全诗。梦的色彩，梦的重量，都跟颜色一样，任你想象去吧。

我同意对于高璨诗歌的如下评判：“出自童心的诗美，却又不仅仅是童诗。”以上两首写蝴蝶的诗，完全可以证明这一点。但高璨诗歌的可贵和令人惊奇之处还远不止于此。何以见得呢？这就得说到她的更值得一说的诗《镜子和狗》。全诗如下：

导盲犬，在盲老人去世后
便被抛弃　街头独自流浪
有一天奄奄一息
看见一面镜子
里面有只
跟自己一样的狗
流浪

导盲犬上前舔了舔
感觉那只狗也在舔自己
两只狗轻摇尾巴
一起躺下
导盲犬挨着镜里的狗
感觉另一个心脏跳动
另一种体温存在
直到不知不觉

镜子很温暖
它的心第一次跳动
第一次有人对它这么亲密
导盲犬和镜子
睡在这个城市的一个角落

相比以上说到的两首诗，这首诗显然更超出了童诗的限定。但细读全诗，仍感到不失童诗的底色，因为有一颗善良博大的童心跳动在诗的字里行间。读这首诗，不知怎的，我头脑里总是涌现出安徒生的童话作品《卖火柴的小女孩》的情境。按说二者的差异是明显的，但我想二者的共同点在于都有一颗真诚而高贵的童心。这颗童心便成为统摄作品的灵魂，使人置身其境，深受感染。至于这首诗具体表达上的优异之处，倒显得有些次要了。如果说前边两首蝴蝶诗的特点在于清新优美、境界开阔的话，那么《镜子和狗》这首诗则显得深邃、深刻，有一种思想的震撼力。而思想又来自具体的情境。一个童诗人，她没有从思想出发，而是以自己敏感的心灵去感应和映现这个世界，使我们一颗颗成人的心也跟着一起跳动。这首诗处理人与动物间的关系，写出了一种普遍的人性。诗的感人，便源自人性的力量。

以上是我编读高璨诗歌过程中的一些感想和认识，不知道有没有说到点子上。最后，我再借旧体诗的形式，表达读高璨诗歌的一点感受：

梦跟颜色一样轻，
心与高天一般远。
诗童才情笔下涌，
世间万象任裁剪。

（作者系《诗刊》社编辑，文学博士）

树叶船
高璨 著
太白文艺出版社

少女高璨

孔明

我不认识高璨，却听说过她的高产。8岁的时候，仿佛得了神助，一只稚嫩的手拿起了一只神来的笔，把初识的方块汉字排列组合在洁白的纸上，读起来无韵，却上口，绝对是诗。乃父惊奇，呵护加鼓舞，使高璨的诗心如花朵，蓓蕾枝头花怒放，诗一首，又一首，都寄出去，被报刊杂志争相发表。花开四季，高璨越写越来神，字里行间常蹦出惊人之语。她用诗心写散文，用散文写童话，用童话般的想象吟诗作文。9岁时出版童话散文集《树叶船》，10岁时出版诗集《夏天躲在哪儿》、童话集《狡猾熊与笨狐狸》。11岁时，成为陕西省作家协会最小的会员。14岁生日未至，已有9部作品上了书架。

初，传闻入耳，我不以为然。就算是天才，也未必像传说那样神乎其神吧？正当妙龄，也正当学龄，学校给学生减负，越减越重，有多少时间供她下笔如有神呢？

春，柳刚发芽，朋友送我一摞书，都署名高璨。顺手拿一本诗集《梦跟颜色一样轻》，读一首，惊讶；读二首，惊叹；读三首，惊心动魄了。一本诗集读完，自己仿佛步入了梦一样的童话世界，忘记了自己人到中年，已过了诗一样的年华，与童话早已越来越格格不入了。又拿一本散文集《你来，你去》，读一篇，是禅；读两篇，不是禅；读三篇，还是禅！一本散文集读完，掩卷半日，不能释然；沉吟未久，便有话要说了。

老子说："专气致柔，能如婴儿乎？"高璨是孩子，觉悟天赋予，灵感心上生，天真烂漫，率性自然，隔着世故，无意雕饰，既无牵挂也无禅，想什么，就写什么，写出了文学的原生态。无论诗，还是文，静下心，就能读出味儿来；即使心浮躁，读进去，心就安静如水了。心头的尘埃被一股清风吹落，只剩下了天籁的回音和莲花的芬芳。与其说扑入眼帘的是一行行汉字，毋宁说跃然纸上的是原野沐浴了朝露的一朵朵蓓蕾初绽，是碧波充盈了自由的一片片蝌蚪嬉戏；是夜深人静后蛐蛐的一声声耳语，是空山新雨后牧笛的一阵阵泉鸣；是睡得香甜时心灵梦呓的自然倾吐，是玩得开心时天性释放的长袖轻舒。她的诗，她的文，仿佛五颜六色的水彩画，看似随意地涂抹，细细嚼，细细品，却有着一种天真在沉思，有着一种天问在盘桓，有着一种天趣在张扬。在她的文字里，落叶与蝴蝶一样美丽，秋黄与春红一样浪漫，暗夜与白昼一样透亮。“小虫行走在手上”，蚂蚁“绕着露珠照镜子”，而“风从不留下照片。”似乎稚嫩的文字里，似乎不是笔在行走，而是心在吟哦。读者如我，庆幸童心未泯，所以怦然心动中，有了一种回归童真的喜悦。童心滋生了诗心，诗心又长出了翅膀，诗就像鹰一样高飞，高璨不高产，就不是高璨了。

并非拥有高璨这样的年龄，就能写出高璨那样的文字；并非超越了高璨的年龄，就能写出高璨那样的文字。高璨就是高璨，她的才思分明拽着她成长，她的成长又分明在催促着她用文字去表达。她的阅历，她的天赋，她的悟性，她的与生俱来的多思多想，加上乐在其中的写作状态，成就了属于她的诗，她的文，她的童话。我因此欣慰，为高璨，更为这个时代。她的父亲说得好，高璨的文字一定是她这个年龄写出来的，即使她的文字超越了她的年龄，也是她成长的一个见证。她将来做什么并不重要，重要的是当下的她写出了当下的诗文。无须期待，无须等待，当下的诗文就是文学对高璨的青睐、注释和定格。据说她的兴趣不仅仅是写作，所以不必担心她会成为一个写作机器；据说她在年级学习中名次一直靠前，所以不必担心写作会成为她额外的包袱；据说她爱写作是因为写作好玩，所以更不必担心文学会束缚她的成长，甚至成为她锦绣前程的紧箍咒。当然，她能这样，应该感谢她有一个明智的父亲。

忽然想起了泰戈尔、纪伯仑和台湾的罗兰。天之骄子才有天之眷顾。我相信高璨是天之骄子。不必去聆听哪怕是所谓大师的教诲，也不必去理会哪怕是所谓善意的批评。14岁，9部作品集，已足够说明一切。路漫长，多歧途。眼里有朝霞，就能走向朝霞；心里有花朵，身后就有芳香。天道酬勤，也酬天赋。把砖磨成镜子是白日做梦，把文字变成金子却不是神话。这是预言，也是祝福。

2009年3月20日

（作者系编辑，陕西省作家协会理事）

瓷器的品质

周公度

在历史上的任何一个人文时代，我们都最爱赞美少年的天才。但自近代以来，天才的概念被喧闹夺去声色，似乎凡发声疾利的人皆为天所眷恋，因此，文字的魅力，也居然渐渐从内心走到了作者的面孔上来。当一个时代的文字，内心的营构让位于行为的演示，便再没有了可以反复阅读、始终倾心的沉静之作。直到高璨的出现。

高璨的文字在当代是一个异数。她文字中的纯粹气息，俨然与同时代的种种格格不入。她的文字氛围不是在当下，而是在萨冈时代的法兰西。她不是俯览这个世界，而是暖暖地观察，然后像星辰闪烁一样抒写。静谧、清凉的形象，素然、淡定的情致，但却与人春日花树的感觉。所以她的文笔细致、委婉，但绝不粘连，而是清晰、明亮，有如瓷器的光泽。

一个诗人，若具有了瓷器的品质，则意味着她对世间一切凡常事物的不凡择弃。对土的选择，对水的选择，当然还有对火——技艺的把握。而她，似乎并没有经过太多的磨炼，她出现在众人面前，仿佛深山之兰，名贵之气，自然在于市间。而且，她在完整、简洁又饱满地抒写敏感的内心之时，却又尤为可贵地，保留着对城市间诸多层面上的疏离品质。

一个作家审慎的魅力，总是令人羡慕不已。在我们忽略的地方，她发现流水一样的诗意，在我们惯常看到的草木云石之上，她体察到细微矜持的贵族之气。她对意象的捉取，对意蕴的再现，准确、质感又微妙，都是一个天才的可叹之处。有布帛一样的文字，丝绸一样的表达，才会有绸缎一样的富丽景色。而这，均源自她玉石一样温润的心。

但她最令我惊讶的还是她的叹息。她十三岁的文字中，时时有着对世间一切的婉叹。这难得的爱与善均寓于她的静中，将使她的未来璀璨无比。欧洲的作家评述19世纪末到20世纪70年代末，这一段时期的文艺时说，很幸运地看到在兰波的诗意之后，还有萨冈继续带给我们骄傲。对于高璨，在民国的冰心之后，我也有这样的希望。

2009年3月30日

谈高璨诗歌及诗歌的自然性

李少君

我一向对年轻一代诗人寄予厚望，但并非因为唯进化论，而是基于两点看法：一，新诗起点较低，并一直处于一个上升状态，到目前为止，除了几个小高潮如三四十年代的现代派、六七十年代的台湾诗歌、80年代的朦胧诗和第三代，还未出现公认的大高潮，因此，希望在于更年轻的诗人；第二，比起我们及前几代诗人，年轻一代诗人更少观念束缚与包袱，为潮流和追赶所焦虑，而是凭直觉与感悟写作，有感而发，心动而歌，具有一种难得的灵动活泼的自然性，这其实是诗歌的正道。最近，读到高璨的诗歌，更巩固了我的看法。

高璨是90后诗人，出生于1995年，如今还是西安交通大学附中初中二年级学生，但从她的创作经历来看，可谓早慧的天才，已经出版过好几部诗集。而从她的具体作品而言，让我深切感受到她已经具有相当成熟的也许自己还未意识到的朦胧的美学情趣与追求。

我个人觉得：高璨的诗歌里有一种自发产生的自然性。自然，可以说是中国古典诗歌里的最高价值。老子说：“人法地，地法天，天法道，道法自然”，在这里，“自然”是比“道”更高的价值。三国王弼称：“天地任自然，无为无造，万物自相治理”……古代中国遵循着这“道法自然”的传统，山水诗因此成为最主要的诗歌品种，人与自然处于一种和谐的亲密的相互参照与关系中。李白看见“星垂平野阔，月涌大江流”，陶渊明“采菊东篱下，悠然见南山”，王维体味着“明月松间照，清泉石上流”，苏东坡则“侣渔虾而友麋鹿”，诗人们在自然中流连，向自然学习，与自然为友，在自然中获得安慰温暖。自然也因此成为一种价值观，比如苏东坡说“月有阴晴圆缺，人有悲欢离合”，人们以自然为借鉴，因此取得了心理平衡，自然皆如此，有阴晴圆缺，何况人间，悲欢离合也就是正常的了。中国人对尘世生活因此看淡了，确实，与伟大的永恒的自然相比，人的那点小恩小怨、蝇头微利都是可以看开的，所以，诗歌也给中国人提供了超越性的精神解释和价值系统。

但是，当我读到高璨的诗歌《偶遇》，读到了这样的诗句：

小路旁开满一片淡紫色的花

阳光是永恒的陪伴

对于它们来说，幸福已经超载

我还是有些吃惊，她是怎样直抵诗歌的本质也是生活的本质的？怎么能够做到如此心境恬然并享受一切的？阳光给予花的幸福感，她也能体验出来，生活给予人的自足感就更不用说了。一个有如此心态的人，一生一定会是执着的，并且淡定自得的。而高璨如此年轻，似乎还未经历过生活的磨难，她如何能有此感悟，而且似乎深谙其道，并表达得如此诗意盎然？后来，我又释然了，也许，她不过是凭对生活的本能体验而已。确实，比起他们这一代人，我们脑子里太多观念立场，不知不觉中，我们丧失了对生活本身的正常的感受、感觉与感动，总是过于理智，充满怀疑，有时侯，当微妙细小的幸福和快乐如轻风出现时，我们还是放不开，不能彻底释怀，也许，我们经历的苦难太多，我们生活中的危机感和忧虑感太多，因此总是不敢相信幸福与快乐来得如此容易。所以，包括我们和前几代人的诗歌，也因为承载太多内容，显得干涩、枯燥、僵硬、不圆润，比如总是充满太多理念思辨，有时候甚至干脆以宣传口号入诗，像一些朦胧诗那样；或者过于粗糙，赤裸裸，比如像一些口语诗一样，没有一点委婉与含蓄，没有一点美感；也因此，新诗诞生九十多年来，屡被诟病，始终不能如古典诗歌一样，深入普通人的心灵深处。

正因为如此，我很喜欢读高璨的诗歌，比如这样的一些诗句："鸡追着风跑，夺回/一粒金黄的谷子""头顶飞过一群雁/学会了轻/一点声音也没有/仿佛雾从远处漫过来""深秋的傍晚/还有点暖意的风，也许明天/就会穿上霜的衣裳""金色的野菊花/沿着小路/弯弯曲曲/像给大地这件衣服/缝上一绺纽扣""我站在青草地/阳光悄无声息藏我背后/我转过身惊奇发现/握了握他的手/手顿时也变成金黄"……如此直接，如此直接呈现与表达，仔细品味之下，竟然觉得可谓美妙动人。只有一颗没有被熏染过的心灵，才会有如此新鲜的原初的感觉。当然，也许是高璨本身就年轻的缘故，她能将自己所有的感觉器官全部调动起来，全身心地去感受体会一切，然后毫无保留地表现出来。

我还注意到高璨的诗歌里有大量关于春天的描述，看看这些标题就知道，《春融化在绿色的舌头上》《落叶如蝴蝶躺在春天的手心》《春天想换个性格》《所有挚爱春天的云，都望向我的窗》，尽情地抒写着他对春天的敏感、春天的喜悦、春天的热爱，写得细致微妙，写得风生水起，当然，也许因为她自己正值青春年华，自然很容易的与春天的心境契合。

而这样的心境也正与中国新诗生长的情境相契合，中国的新诗，中国诗歌的现代性进程中，当前也正处于一个生机勃勃、生机盎然、向上生长的时期，可以说万紫千红争奇斗艳，尤其需要更多的这样年轻如高璨的诗人加入，需要更新鲜的直接的感受注入，这是一种自由、自发、自然的原创性写作的开始，我曾经将之命名为“草根性”，一种草根一样具有茁壮生命的创造力，这样的写作多了，中国诗歌的创造性就多了，中国新诗的春天也就到了。

当然，创造永远不会是无源之水，恰恰相反，创造是有源头的，我觉得，当代汉语诗歌要有所突破，一定要在直接经验与感受的基础上，超越以往的观念迷宫和各种对立约束，同时要有融合中国古典诗歌、西方现代诗歌及九十年新诗传统的雄心、抱负和能力，将三大传统消化吸收，化为内功，从而推出中国诗歌的新境界。

当然，高璨的路还很长，虽然起步不错，但诗无止境，她本身也还需要更多的学习与提升。不过令人安慰的是，从高璨这样年轻的诗人身上，我欣喜地看到，中国诗歌的这棵老树似乎又萌芽了新枝，并萌发着希望，就如高璨在一首诗歌里描述的：

一棵干枯的老树
永远站在春天的门口
将一枝藤条
递进春天的家

（作者系《天涯》杂志主编，海南省作协副主席，诗歌评论家）

她拥有花蕾初开的才华

黄礼孩

“这个世界上也许永远都不会出现时光的墓园，但这个世界上的一切墓园却都是它的。”当我读到这样的句子，我惊讶于它是出自一个小小女孩之手。高璨，一个20世纪90年代中期出生的女孩，到现在已出版了几本书，还作为最年轻的会员加入陕西作协，获得很多荣誉。周国平、贾平凹、于坚、曹文轩等名家给她写序题字，她拥有了别的同龄女孩所没有的。这是命运的眷顾，也是她年轻才华的闪现。她拥有花蕾初开的才华。

阅读高璨的诗歌，是一种蝴蝶追着梦跑的状态，就像风和童年的梦穿过身体。“我熄灭了灯/地上消失了一颗星/独自走在河畔/河水盛满星光/我的梦，在哪一颗星星上闪亮”（《我的梦，在哪一颗星星上闪亮》）。她写得自然，不造作，流露出的是少年的情思。高璨的诗歌来自大自然，大自然给她想象之美，给她一道道神秘又有趣的小风景。她写风、小虫、阳光的脚步、想飞的树、星星、月亮、太阳、云彩、雪等风物，一幅幅风景闪过，浮现出来的是那些亲切动人的面目。高璨是一个小小的画家，她在自然的调色板上，调出色彩斑斓的图景：“几笔雾一般的风/吹顺了柳枝/几条滑润的线条/勾画出暖暖的太阳……”她的诗歌让我们感受到活泼的心灵才是诗歌单纯的所在。在高璨的小小世界里，她的思索有了合乎哲理的味道：“风旅行过哪里/我不知道/风从不留下照片……”这些小感悟也许微不足道,却显示了她对自然于人生最初的认识。她的诗思超越了她的年龄。更令人惊喜的是，在少不更事的年龄，她天生拥有同情之心：“导盲犬上前舔了舔/感觉那只狗也在舔自己/两只狗轻摇尾巴/一起躺下/导盲犬挨着镜里的狗/感觉另一个心脏跳动/另一种体温存在……”(《镜子和狗》)。怜悯之心是一个诗人对世界的情怀，拥有这样的心灵，诗人才能看到世界苦难的一面。

高璨早在她小学四年级就开始接触现代诗，对现代诗的语感、形状、遣词造句有一些朦胧的感悟。最初的诗歌启蒙培养了她的兴趣，兴趣是学习的导师，也就是在她小小的年纪里，她就与诗歌秘密建立起对话的关系。从最初阅读儿童诗到阅读成人的诗歌，这中间的转变给她带来阅读的难度，虽然有些她不懂，却教会她去想更多的为什么。一年后，她开始写诗歌。初次练笔，是稚嫩的，不断的书写，不断的进入，她的世界就慢慢拓展开来。想象力的培养是高璨跨进诗歌门槛的首要工作。她写道："风，抢走了/太阳抱着的一片云/天空顿时明亮/但花知道，黑夜的门铃/已按在手上，合上小喇叭/像一株草静静站立"（《山中》）。对于少年诗歌，我们有时不自觉地轻视，但你越是深入，你就越是惊讶，你会觉得诗歌不一定都在大师那里，诗歌女神是公平的，那些打开了现实生活和幻想之间大门的人，他们可以是任何人，年幼的，年长的。同样是生于1995年的小朋友林可在他五岁之前就写出了这样的诗歌："星星和月亮/一对好朋友/在天上玩耍/突然/一只鸟扑过来/想把星星吃掉/星星好害怕/躲到月亮背后/月亮用月光/把鸟化成一片乌云/乌云被风吹散了/星星月亮真高兴"（《星星和月亮》）。小小年纪就能用文字把更小世界的奇思异想记录下来，这是90年代出生的小孩所给我带来的惊讶。在我还像他们那么小的时候，我一个字还不懂，而高璨已写出这样的诗歌："他瞧着手中的树叶/笑着说/这就是那些抚门的小手啊"。如此的想象力给我们带来自然界干净的叶子，也到来内心纯净的微笑。

随着高璨写作和阅读的推进，她对诗歌也有了自己的认知，她说："诗的语言拥有更多的是原本不存在的词语与意象，写出来后却可以让无数人产生共鸣的奇丽"。写作必须对写作本身有清醒的认识，你才能有所进步。诗歌是语言的艺术，高璨对语言的敏感有助她在写作时避免词语的无效性。一首好诗是有标准的，在高璨看来，她的标准是："一首好诗往往是没有轮廓的，即使有轮廓，它的内质所在也是众多色彩有条不紊地混杂在一起，使人想不到唯一的答案……一首好诗是没有结果的，文字结束但思绪依旧飘飞，结束文字但决不结束意境，而且留给人回味的空间往往要比一首诗长许多。"你不得不说，高璨是富有天资的，在她那么小的年纪，她对诗歌就有那么高的认知，这份早慧不是谁都可以拥有的。

写作需要生活的阅历，需要知识的储备，需要对人生和世界的思考力。但写作有时候又不需要更多的负累。写作是对事物的敏感，是对世界的感受力的跃动。写作也不分老小或先后，写作是心灵世界的呈现。从这一点上来说，高璨的诗歌写作就变成一个个案。像她这样小的诗人不可能很多，她是诗歌之神的眷顾。诗歌像风一样穿过身体，它吹着年少的高璨，把她的才情吹得飞扬。诗歌的天资是一种稀缺资源，愿高璨好好珍惜。我想，随着时光的流逝，时间将把一个更为优秀的高璨带到读者的面前。

（作者系青年诗人）

一盏亮着的小灯

——序高璨诗集《第二支闪电》

畅广元

有两件事让我记住了高璨的名字。去年的一天，作家陈忠实在电话里和我谈起陕西文学创作时，动情地用赞扬的语言介绍了高璨；今年的一个文学评选活动中，我认真地读了高璨的诗集《梦跟颜色一样轻》。已逾古稀之年的我，不能忘怀的诗篇倒是不少，但像高璨《梦跟颜色一样轻》的诗作能给我留下纯真、清秀和雅静深刻印象的还真不多，何况她还是一个入世不深的中学生！教了一辈子书的我，渴望她健康成长，说实话，这种期盼是极为殷切的。现在，我读完了她的新作《第二支闪电》，一个强烈的感受，是她在自己选择的道路上，迈出了成长的坚定步伐。由衷的喜悦伴随着祝贺的心愿，希望“这盏读诗的小灯/做着这个夜晚最美的梦”（《 一盏亮着的小灯》），能够更美、更久远！

年轻却不乏某些沉郁的高璨，渴望着“学会爱与柔软”（《流水桃花》），“学会安静”（《记忆》）。她发现“大山的眼神比我的平静”（《流水桃花》），“野花的心由悠闲编织/任何紧张的气息/都在心的跳动之外”（《山里》）。正是这平静、悠闲而又有着爱和温柔的心境和情趣，使她感受到“镜子内心惆怅/却依然情不自禁地爱上/每一个路过的人”（《镜子》）；使她审美地意识到“天空与地面，少了些交流/彼此默默对望/却无法开口（《夏日的寂静》）；使她懂得了“美丽常常易逝”，要“去看云的灵魂、蝴蝶的灵魂——那些永恒的存在美”，而“表面的内容/只是覆盖的尘埃/风吹，即散”（《美丽如眼中淌出的泪花》）。看那“湖中宁静的水/定然不擅于记忆岁月的新说/所倒映的，永远是/粉墙、黛瓦与湖边绿色的垂柳”（《记忆》），又是多么的本真！

朴实、认真的高璨，“挚爱春天”（《窗外的云都望向我》），追求“向上生长”。她赞美含羞草“毛茸茸地向上生长/敏感的天性/闪烁阳光的爱”（《含羞草》）；她欣赏“没有终点，花儿的奔跑永不停息”“不要赐予落花惆怅/它们只是花儿奔跑过的足迹”（《花季》）；她羡慕“溪流从不会因堆积的巨石/停止脚步”“溪流再纤细/也不会停止歌唱”（《溪流》）；总之，“长大，却似乎从未老去/很远的前方也没有白发苍苍的尽头”（《溪流》）！但她也重视价值，“天地间四处是人们的目光/他们都是纷纷的过客/只有飞机钟爱于/一次又一次到达”（《飞机从天空飞过》），“靠近太阳/并最终成为它本身”（《向往温暖的人》）。至于那些“大圆圈、小圆圈边缘飞速奔跑的/智慧生物”，她认定“它们远比小笼子里被迫转动的小仓鼠可悲！”“没有鞭子、没有指挥者/智慧生物们，自顾自地奔跑”（《我又看到大圆圈、小圆圈》）。对此，她毫不留情的予以嘲讽，连蜗牛都“不希望像那些/每时每刻奔跑者/失去了什么却浑然不知/直到生命只剩下一个终点”（《蜗牛》）。

意识到责任的高璨，力求认识自己。“云的幸福在于：永远不知道自己在哪里/永远不知道自己是谁/对或错或悲伤或喜悦/都可以不是自己的”，但是“仰望蓝天的/忧郁诗人眼中/看到云，却不知哪个是自己”；面对把云“沦陷在”“喜好汲吸雨滴的叶片、花瓣”的“晶莹的眼睛里”“骄傲的眼睛”“在怜爱花草的/忧郁诗人眼中/依然分不出自己”（《那些骄傲的云》）可就惨了。真正认识了自己的人是清醒的，她能从“风筝在天上/飞得那么高，那么远/可最后还要/安安静静地/回落地面/它们，始终都是/风与绳的游戏”（《风与绳的游戏》）中看到依附的可悲。摆脱了依附，“微弱的我可以打开窗/放飞它的孤独”（《夜的光》）；不像“所有人都不知情/不知道自己被雾拥有”（《迷雾》）。清醒了，就敢于如“尽情的夜风/幻化的晨光”（《野花》），“摸到纯粹的心/摸到当时的温柔或狂躁”（《风丢失了自己的容貌》），甚至“走在寒风中”“都保持银灰色的冷峻”“仅仅握着寒风/站在冬天，不说一语/在冬季的永恒中/将一直沉默地想”（《走在寒风中》）！再也不做“大玩具兔/一直莫名快乐着”（《两只玩具兔》），而是“固执地寻找/太阳的马车/在何处掠过”（《起风了，太阳的马车》）。

要“靠近太阳”的高璨，准备将自己锻炼得更加刚强。她称颂“仙人掌”：“满身的刺/是为了接受太阳最赤裸的馈赠/为了不被伤害”“沙漠的风如浪潮/掩埋行者的足迹/却无法使仙人掌倾倒/风在怒吼，仙人掌爱上刚强”（《仙人掌》）。一旦刚强转化为诗的智慧，她便感觉到“春天的故事太古老”（《春天的故事》），而诗是容不得单调和贫乏的，“听不见水流声的山只有一种乐器/看不见泉水的山只有一幅画”（《溪流》）。她开始认真地寻找、探索着属于自己的诗的位置，“蜘蛛不会留恋过去的网/它们的天才，是为了更好地生活”“蜘蛛坐了一辈子风的秋千/它们不认为卑微”，但“蜘蛛心语：这么大的空间/还有属于自己的城堡”（《蜘蛛》）。她琢磨着自己的诗创作之路：尽管万物“匆匆在变”“依然不让我看见全部/只是几个片段”（《片段》），但她却注意到“谁都没有为深夜储存记忆/多少个夜晚/只在那只小草虫的日记里/真实地发生过”（《小草虫的日记》）。她就要像小草虫那样记下“真实地发生过”的一切。

为此，“我更爱那些星星/明亮得可以排挤我的寂寞”（《夜的光》）；我将努力“走进它的世界/哪怕一分一秒”（《玩具熊》）；我“向往温暖”，但“不必学习膜拜的向日葵/那总是植物式的崇拜”（《向往温暖的人》）；再不能让人们看见“善良都被刺死/刺死善良者还颠覆了/人们思想中对善良的定义”。“弯的路是笔直的/黑色被强光折射成白色”（《我又看到大圆圈、小圆圈》）的这种“扭曲”一定要摈弃。我会烧掉“诗人纸折的月亮”，以便见到“最初的太阳”（《纸月亮》）。我还要对所有人说话，因为“我在山中看到的美/起飞前是花儿/起飞后是鸟儿/它们没有固定的名字/因为山里的每句话都是/对所有人说的”（《花、鸟、山路》）。她坚信“向着太阳的风/终究会最先发芽”（《向着太阳的风最先发芽》）。

“其实并不存在什么孤独”，存在的是“时光扭曲了”（《一只钟表》），还有那种不被人们理解的自由的丢失。我从高璨诸多诗境中体会到了她对尼采有着属于自己的理解。“黑衣人盼望一场暴雨的征兆/浓密的乌云/他是乌云中劈出的第一支闪电/他盼望着第二支”（《第二支闪电——读尼采》）。摆在读者面前的这本诗集就题名《第二支闪电》，其意味是深长的，也是颇具有勇气的。在《查拉图斯特拉如是说》中，尼采论述了精神的三种变形：当精神如骆驼状时，人总是俯首听命外在权威发出的“你应”的指令；一旦精神由骆驼变为一头狮子，狮子便要自做主宰地吼出“我要”；在精神最后由狮子变为一个“赤子”

时，精神就不再去“要”，终于达到了“我是”式的自我肯定。有学者认为，“庸人听命于‘你应’，英雄敢于说‘我要’，从心所欲的古希腊诸神所达到的境地则是无须宣吐‘我要’的‘我是’”。我想对高璨说，“骆驼—狮子—赤子”虽是尼采趋于“超人”价值取向上留下的自我超越的踪迹，我们可以各自有所理解，但能真正达到“赤子”是其所是的本真境界，还是要历经种种磨砺的。你脚下的文学之路还很长，如同溪流要在石头铺就的路上流淌一样，准备着迎接新的、更大的碰撞及其所带来的精神疼痛。这很可能是不可避免的，却也是你获取难得的精神财富的机遇。

我愿高璨“这盏亮着的小灯”愈来愈明亮。

2009年9月10日于西安

（作者系陕西师范大学教授，中国语言文学专业教学指导委员会委员，著名文艺评论家）

妙语出天然　清水出芙蓉

——高璨诗作印象

雷　达

《梦跟颜色一样轻》，是一本既沉着而又轻扬的诗集，收录了作者高璨的诗作百余首。读后，我压抑不住想写点什么的冲动。多年来，我关注小说创作，与诗渐行渐远，诗人梦早破灭了，不但没再写过一句诗，几乎也没写过一篇评诗歌的文字，这真是一种本性的异化，我早年可是个酷爱读诗的人。但诗的暗流似乎还在心底伏藏。真没想到，近日读高璨的诗，却被引领到了一种美妙、清新，时感意外的陌生境地之中，流连忘返，有大口吸纳新鲜空气的舒畅。

高璨是谁？一个陕西女孩，出生于1995年，现在应该才14岁，而集子里的不少诗作居然写于她的年龄是“个位数”的时候，不能不令人惊诧。我一向不赞成揠苗助长——反对捧杀茁壮的幼苗，此刻也不想给她加上“天才少年诗人”的桂冠，但我由衷地认为，高璨艺术天赋优异，且有较大发展空间。一种炫目的美丽既然已经显现，我们也没有必要视而不见。至于她今后能发展成什么，那自有多种可能性。

在总体感觉上，高璨的诗初步形成一种率真、纯净、隽永的风格，她用她那阳光的，开放的心胸，体味大千世界，吟味人间百态，于是，日落日出，春风秋雨，晚雾朝霞，飞鸟游鱼，大至山野都市，小至林花小草，尽收笔底；她用轻灵的、精妙的、富于想象力的诗句，写出了自己心底的震颤与悸动，毫无矫饰造作之感，倒有发人深思之处。有的诗甚至让我拍案称奇。比如，“草原上，我用一株草的寿命，度量了春与秋的距离”。再如，“窗外摇曳的满树叶子，把月光撕碎了，叶片上的几颗水珠，把撕碎的月光，还给了月亮”。这是怎样的奇思妙想，又是怎样的余味悠长。

《人间词话》云，词以境界为最上，有境界则自成高格，自有名句。我看境界者，乃诗人观察、体验、表现、抒发时的心灵之制高点的外化也，也即登山则情满于山，临海则意溢于海的立足点，是一种主客体遇合、融会、碰撞后的不可思议的瞬间沉醉状态，对写诗的人来说，至关重要。进入不了境界，便无诗思可言，硬要写，怕只剩下一点匠气罢了。高眼光，真性情，新词丽句，三者缺一不可。《人间词话》又云，昔人论诗词，有景语、情语之别，不知一切景语皆情语也。高璨的诗，虽还比较稚嫩——这很正常，无须苛求，但有一点却需肯定，她的诗是她用真诚的、天真无邪的眼光和心灵对“情化”了的“第二自然”的自由吟唱。真情出好诗，此言不谬。

境界要高，并不意味着登高一望，好诗自来，诗书满腹，佳句自出，古往今来，旅行家多的是，能诗者又有几人？写诗，创造性的思维，丰富而奇特的想象，也许最为重要。想象力若萎缩，即无诗可言。只有创造性的写作而非维持性的写作，才能避免大而空的叫喊或者硬而枯的说教，也才有可能写出人人心中皆有，个个笔下却无的诗篇。且看集子里的《树想》：“当树上所有的叶子落光/我们希望/这仅仅是一棵倒立的树/虽然叶子都长在一个层面；当所有叶子都被秋风带走/我们相信/树与叶子去旅行了/这里留下的仅仅是一栋空空的房……”作者写的是一棵落光了树叶的枯树，这个抒情对象对于写诗者来说，不算是什么“富矿”，似无丁点儿诗意可挖。然而，这首十六行的诗，层层递进，表面写一棵树的荣枯沧桑，其实，完全可以看成一则关于人的命运，人的悲欢，人的绝望境遇和希望重升的寓言。小小年纪能参悟于此，让人久难忘怀。

高璨的诗在细节的捕捉，语言的锤炼上也很下功夫。古人讲究炼字、炼句、炼意，所谓炼字不如炼句，炼句不如炼意；还讲究化实为虚，化显为隐，化平为奇，化理为形。这就是说，要通过一系列的“炼”与“化”，实现诗歌意蕴的最大化。且看这样的句子：“小河放慢了脚步/轻悠悠在山谷里游荡/它们拥有蓝天的色彩/让落叶体会遨游蓝天的惊讶”。再如：“山谷中的静/是听不见的/就像玫瑰色的晚霞/悄无声息地就写好了明天的日记”——

不用过多地举证了，随意撷出的几段，不难见出高璨的才情。奇妙的是，她举重若轻，并不见斧凿痕，硬写状，仿佛那些个词儿、字儿都是自个儿蹦哒出来的，特别是动词用得活泛，常使整个诗一下子照亮了、生辉了。在此，我真诚地祝愿小高璨在诗歌的高远天宇间尽情攀缘、飞升、吟哦、抒发，给我们献出更多的好诗来。我拭目以待。当然是在学好功课的前提下。

（作者系中国作协全委会委员,著名文艺评论家 ）

高璨，在童心与语言的临界点上

李震

高璨的诗其实几年前我就看过，但一直未能静下心来去阅读，自然也就无法写点什么了。其原因一是俗务缠身，再是出于对诗歌的敬意，在没有纯净的心境时读诗、谈诗，那一定是对诗的一种亵渎。直到最近，我有机会来到西半球的加拿大，自认为远离了俗世，芜杂的心境被那一片片燃烧的枫叶和碧蓝的安大略湖水净化到了可以读诗的程度，才打开了高璨最近的诗集《第二支闪电》。

或许是由于曾经已有很多朋友以激赏的口吻，向我介绍过高璨的诗是如何如何了得，特别是她作为一个1995年出生的孩子，能写出如此奇妙、真纯、富有想象力的诗歌，为世所罕见云云，导致我对高璨能写出这样的诗歌并没有感到多么吃惊，反倒认为，这样的诗歌只有高璨这样的孩子才能够写得出来。或者说，高璨的诗本来就是为成年诗人，特别是成年男性诗人望尘莫及的。

为什么呢？理由似乎很简单，诗本来就源自童心。

这种观点早在明代的思想家李贽那里就被提出来了。李贽的童心说认为，“天下之至文，未有不出于童心焉者也。”又言“夫童心者，真心也…… 夫童心者，绝假纯真，最初一念之本心也。”高璨以其年龄，当属童心未泯之时，自然有出“天下至文”的可能性。这也是她在诗歌的王国里，优于成年诗人的根本所在。成年人何以离诗越来越远，何以看到高璨的诗歌会感到惊奇，恐怕是因为童心尽失之故。至于成年人为何会到达童心尽失的地步，李贽说得很清楚：

盖方其始也，有闻见从耳目而入，而以为主于其内，而童心失。其长也，有道理从闻见而入，而以为主于其内，而童心失。其久也，道理闻见，日以益多，则所知所觉，日以益广，于是焉又知美名之可好也，而务欲以扬之，而童心失。知不美之名之可丑也，而务欲以掩之，而童心失。夫道理闻见，皆自多读书识义理而来也。

由此可以看出，一个人越是广闻博见、知书达理，就越是写不出诗来了。反过来说，高璨所以能诗，正是由于她的阅历之浅，还未及知书达理，或者说，她还没有被俗世间的各种理性所束缚，得以与风、与雾、与花鸟草虫、与春秋冬夏四季轮回去对话，深入感知和体悟自然界之各种微妙的细节。

我如此认识高璨的诗歌，当然是有问题的。

首先，如果按照李贽所言，那么老杜的“读万卷书，行万里路”不成废话了吗？而且那些历代饱读诗书的大诗人们，难道就不是诗人了吗？阅历、读书到底和写诗是什么关系呢？我以为，李贽之所以强调童心，并不是号召儿童去写诗的，也不是反对读圣贤之书，而是针对那些为“闻见”“道理”“义理”所困的成年人的童心尽失，希望成年人在滚滚红尘、功名利禄中保留自己的一份童心。在这个意义上说，诗歌的发生正好在童心与义理之间、情和理之间，广泛的阅历和阅读与心智的纯粹之间。高璨虽是一个只有十四岁的少女，但在表现出十足的童稚之心的同时，还在诗中传达出她尽管有限但也算丰富的阅历和义理，譬如她也写“三味书屋”“百草园”，写历代诗人笔下反复出现的西湖，写尼采。由此，我似乎可以得出这样的结论：高璨的诗歌之所以既表现得真纯而富有想象力，又表现出某些成年诗人都难以抵达的语言功力和理趣，是由于她正好处在“童心”与“义理”的最佳临界点上，使她得以打通心智中的各种障碍和语言维度，直接抵达了人与自然、物与我和谐融通的状态。

第二个问题在于，有那么多和高璨同样年龄、同样学历的孩子，又为什么不能像高璨一样写出如此美妙的诗歌呢？这个问题可能是李贽没有问过的。今天我通过高璨的诗歌提出这个问题，恐怕只能更加说明李贽的童心说主要是针对成年人而言的。至于本来就处在童心阶段的孩子，我以为儿童的心理和一部分女性心理与诗歌的心理特征在本质上是完全同构的，其原因正如李贽所说，是由他们没有受到义理和交流语言的分割，而出于一个物我同一、本质和表象同一的状态（如早期神话和诗歌语言），但为什么历史上儿童诗人和女性诗人总是凤毛麟角呢？历史上大诗人为什么还总是以那些为义理所困的成年男性呢？这个问题恐怕最终要归咎于诗歌的发生机制。我认为诗歌作为一种艺术，一方面，它属于一个真纯而感性的原始状态，这种状态往往表现为一种人类在被文化之前、世界被语言命名之前的样子，因为那时候人和自然是一体的；另一方面它所赖以存在的，或者说它不得不动用的，又是人类文化中最文化的部分——语言。而且还要通过这些语言所编码出来的思维程式去言说，这些思维程式本身就是按照文化的逻辑，并且参合了各种文化意义而形成的。如此看来，诗歌的发生机制本来就是出于某种矛盾，或者更确切地说，是出自某种矛盾的临界点，如童心与义理、感性与理性、文化与非文化、语言与前语言的临界点。这样，我便可以得出另外一个结论：这么多的儿童不能像高璨一样写出如此美妙的诗歌的原因，不在于童心的有无，而在于大部分的儿童还不能像高璨那样着力去学习和领悟可以言说自己童心的语言、文化和义理。至于我要进一步追问，为什么只有高璨这样的极少数孩子，可以将自己置于童心与义理、感性与理性、文化与非文化、语言与非语言的临界点上呢？

这个问题恐怕只有去问上帝了。

（作者系陕西省文艺评论家协会副主席，陕西师范大学新闻与传播学院院长、教授、博士生导师）

诗歌随心灵自然显现

——高璨诗集《第二支闪电》读后

王　琪

高璨的又一本诗集《第二支闪电》正式出版了，还是那么不经意，她的诗歌就无形浸润于岁末年初的某个深冬，让人体味到久久不息的清新之气。像点亮的一盏小灯，照耀着我惶惑不安的心，给人以豁然明朗之感。为此，我试图通过回忆，从20多年前发现自己当初写诗的样子。那时我正读初中，对诗歌充满好奇，但对它没有任何认识可言，还处在一段非常朦胧的时期。而高璨不同，少年早慧与勤奋，使她尚在初中阶段就显示出一定的文学才华，可谓成绩非凡。在众多的同龄少年中，她显然是出类拔萃的一个。

诗歌活动中，见过几次高璨，她生性腼腆，稳重，言语不多，落落大方。我宁愿不去想象，高璨的诗歌是在怎样繁重的学业之下，一首接一首地完成。跟着梦想成长的她，让我们看到的是一幅幅五彩斑斓的美丽画面，是一首首充满童真童趣的动人歌谣。她以一颗晶莹而纯净似水的心，让我得以一边捧读她播撒下的行行诗句，一边回过头来收割并分享着自己那个早已远去的诗意年龄。年仅14岁，她携着心灵长出的翅膀，却已飞得很高很远。天真与烂漫在她的眼里，永远都可能变幻成这个世界的绚丽多姿，从而捐弃掉同龄人特别是同龄女孩司空见惯的忧伤。所以她的诗歌，逐渐摆脱了同龄人的一般写法，从而更接近成人化写作。

在年轻而高远的天空下，高璨的诗歌从意境到结构到语言，是比较明晰的。它或许偶尔晦涩，却不阴暗；或许低调，但不消沉。她的喜好、哀乐，对大自然的感悟与生命的认识，均来自生活本身。难得的是，高璨对语言的执着敏感，与丰富的想象力，使她的独创意识渐渐增强。会写诗，不一定能写出好诗。能写出好诗，对诗歌的认识不一定深刻。即使从诗多年的成年诗歌写作者，这样的情形也比比皆是。阳光有爱，星云流泪，树叶藏梦，还有腊梅花开，风的方向，等等。她一系列极富感染力的篇章，无不缩短着我们向往的距离与着迷程度。童年是歌，少年是诗，随手拈来的，经过高璨的手里，几乎都会成为笔下美好的文字。我以为，高璨是快乐的，幸福的。她的诗行，很少有重重的叹息。她在诗歌中流露出的迷茫，反过来，也恰为她生活中的迷茫修正了方向。我们说，她的无拘无束，轻松活泼，正是阳光下成长的高璨的真实面目。我看到，她几乎是春天里踏着欢歌，顺着溪流，一路去采摘蘑菇的那个小姑娘。虽然她生活与学习中也遇到烦恼，因为阴云密布而愁眉不展，但她必定会以“第二支闪电”的速度，驱开阴霾，继续前行。我要说，通过诗歌表现出来的高璨，是出色的。她本人的品性与诗歌的品质同时完备。

如果能静下心品读高璨的诗歌，会发现，她的风格是一贯沉稳的，像经过历练一样，这与高璨这样的年龄多少有些不相符。在许多所谓的著名诗评家、成年诗人大谈“经验主义”之时，高璨为我们开启了一个根本无须装点、亦真亦幻的诗歌空间。她的美感是用一条自然天成的诗歌途径展开来的，排除了造作的可能和与诗无关的一切芜杂，从而显得明亮、干净、纯真和高尚。她更多的对于生活的细心观察与审美角度，都在文字里烙下了青春时期深深的足印。我喜欢她写的“阳光落在阳光上/风吹在风上/路走在路上”的感觉，类似“周围也是永远的枯枝和陌路/对于冬，每个永恒的时刻/都保持银灰色的冷峻……”以及“等待茉莉花开/和等待水仙花一样简单/看时光爬上花茎的期待/叩醒花朵”等等蕴涵哲思意味的诗句。她更多的把目光投向了四季、风景，向大自然深情鞠躬，把生活中美好的一面，用诗歌的方式亲切而自然地带给我们。我不能引用过多的诗句去妄加评判高璨的诗作，曲解或故作高深的指指点点，是对作者的不尊重，对诗歌的不尊重，从进一步的阅读中去认识和发现则更合理。

《第二支闪电》是高璨和她诗歌成长期结出的一枚果子。她还是个相当年轻的诗歌写作者，愿把更多的期待留给她的今后，等待她摘取累累硕果。

（作者系青年诗人）

从高处掠过的翅膀

谭延桐

高璨的这些文字一打开，我便顿然看到了一副从高处掠过的翅膀，这副驮着文学辉光在翩舞的翅膀裹挟起了一阵不小的喜悦的风——是的，只是通过《麻雀》和《常恨夏归无觅处》这两篇，高璨就已经带给了我一阵喜悦的风。这喜悦是具体的，因为高璨的翅膀很具体，飞翔的姿势很具体，飞翔的高度很具体，留给我的声音就更是具体。

才初三啊，这让我讶然。高璨的心力、思力和文力已经远远摆脱了一个学子很容易误入的定势思维、套版反应和惯性轨迹，从而攥紧了生命性、心灵性、精神性、超越性和文学性。这不容易。就凭这个“不容易”，当下的高璨就可以和许多熬出来的作家比拼了。这样比拼下去，高璨是不可能不渐行渐远从而把远方的远方揽在自己的生命世界的。

我的话并非妄言，看看高璨的慧心和慧力自然也就知道了：“我一直都认为，那些会飞的鸟儿离天空越远，离最初的自己也就越远”“麻雀不易被驯服，他们很顽强、很倔强，所以他们的幸福感也很牢靠”“这一年开始衰老了，正如那些植物的衰老”“钟表偷偷在篱笆外开花了，撒了一地寂静，墙上的寂寞谁来打理”“很小的时候我就相信，钟表是有感情的，它们对于时光一样束手无策”“我希望他珍重，实际上他将这句话留给了我”……很显然，这里边渗透了托尔斯泰、爱默生和梭罗式的情怀。有可感的思想，也有可触的情怀，更有可喜的文采，我就不能不说，这是一些如琥珀一样外射晶光、内含生气的好文字。高璨的文本的质地、文本的色泽、文本的品相、文本的意味、文本的昭示，我们自是不用去置疑。

一位好作家的资质，高璨显然是具备了。这资质，更多的来自她对司空见惯的事物敏锐的洞察和有力的把握。麻雀飞来了多寻常啊，夏天过去了多寻常啊，然而她却写出了不寻常的含义。这就是发现，一位好作家绝对离不开新奇的眼睛和发现的目光。这也便应验了禅学中所说的“行卧起坐皆为道场，劈柴担水皆为妙道”。“他们对自由的渴望更有力量”“在天空翱翔的感觉，预留着空白”“夏天也就俯下身和它交谈”“只不过我还一直坐在时光的手心摇摇晃晃”“这个风的目光日渐犀利的季节”……使我想起了一个“妙”字。妙在文字的神态，更妙在思考的延伸：“天性又有什么高低贵贱之分”“贪欲只是人类的名词”……我欣赏这样的思考。进入思考圣殿的文字，无疑都是一些充实而且有光辉的好文字。

我看好高璨。现在她是一名颇具实力的校园作家，将来必是一位甚有影响的著名作家。且拭目以待。

悄悄的秋

Quiet Autumn

高璨。

配乐诗朗诵

柔软的存在
——解读高璨的诗歌世界

高 虹

高璨的诗把我们引进了她的内心世界，身临其境中我们不得不惊叹这个世界的澄明、善良和安宁，这个世界美好得让我们不忍离去，美好得让我们不忍带进一丝俗世的气息，生怕它的一呼一息亵渎了这份罕有的纯粹，生怕一举手一投足就触痛了这颗异常敏锐的心灵。高璨随心之所欲地把方块字一个个排列起来，呈现在我们面前的就成了她几年以来不懈的诗作，人们冠以她各种称号，然而这些同样来自俗世的赞誉并不足以描述其中的玄机。如果我们赞叹，那么我们最该惊叹的就是这个世界上居然有一颗如此清澈、如此温情而又有着无限梦幻、洞察世界的心灵，这颗心勇敢地毫无保留地把自己呈现给外界的人，不带有一丝遮拦一丝畏惧。

在高璨的诗歌中，风，花，雪，月，草，树，虫，鸟是主人，高璨愿意给它们一次生的机会，让它们感受一次生的旅行。它们有喜乐哀伤，有人的情感，却没有人的积习与顽劣。诗人过滤掉人世的尘埃黑暗，把她能感受到的最美好的情感、品质和瞬间都赋予了本无生命的事物，用她极富想象却又依然质朴的语言构建了一个自己的世界。这是一个更好的世界。这里没有我们所熟知的规范，也没有我们所谓的逻辑和理性，引导并弥漫于这个世界的是一种温情和观照。在这里最微小的事物也有它的尊严、喜乐和哀愁。《仙人掌》一诗描写了一株开花的仙人掌，“从来纹丝不动/不言一语，不歌唱/古板着，活着/有一天，他开花了/像是从上衣口袋拿出的小花/羞涩、鲜艳地开着/凝聚所有温柔”。仙人掌其貌不扬，寂寞顽强，它用全部的力量孕育出一朵小花，却羞于展现它的娇艳。高璨很柔软，她的心没有蒙尘亦没有长茧，所以她能体会到仙人掌的羞涩，并把她所有的善意都给了这株仙人掌，因而“广袤的沙漠，好像增添了笑靥”。

高璨的诗里没有“人”，间或有“人”出现，那也只是她诗歌舞台上的布景而已。对于俗世里的人，尚且年少的高璨还没有找到一个妥当的定位，但她潜意识里已经感觉到对于她笔下花鸟鱼虫的世界，“人”是一个不和谐音，不适合出现，更不能是主体，她果断地把“人”剔除出她的诗歌。而偶然一晃就过的

"人"随即变成一个画面，融化进高璨创作的种种场景之中。如《清晨》中所写："街道苏醒在车辆的穿行中/人们开始来来往往/路旁店铺昨夜辉煌的灯光/此时还黯淡/像一排惺忪的大眼睛……最清醒的一定是河水中/那个弯腰捞东西的人/我不知道他在捞什么/河水的凉与波浪清醒着//第二天同样的清晨/我见到同样清醒的河/却再未见那捞东西的人"。在这里，定格的、恒常的是那条河，是房屋店铺，是一个接一个虽然不同但却永不停息的清晨；偶然的、无常的却是"人"，那个捞东西的人来了又走了，在这幅场景里不留下一丝痕迹，像一个飘入画面的风筝，随风而过，又飘出了视线。在这个世界里人不是主宰，人终于让位给被人凌驾的万物，在高璨眼中这些万物有生更有情，它们凝聚的是人类情感被过滤以后留下的善意、温柔和美好。

高璨的诗里有"我"，"我"的行为反映出"我"与这个世界的关系。"我"是这个世界的见证者，"我"的出现即是观照这个世界，"我"始终在与这个世界对话。《野花》中写道："我希望我的目光如云/掠过它们轻而柔软/身体像一片云/从野花们的头顶飘过/迎着每一朵花儿的笑脸//我更希望野花是星星的眼睛/彻夜不眠/我是尽情的夜风/幻化为晨光"。"我"平等地参与到这个世界，"我"带给这个世界的是"轻"和"柔软"，"我"要幻化为晨光来安抚照亮这个世界。《流水桃花》中，"大山的眼神比我的平静/心也比我的生长了更多小碎花的爱/而我如同桃花漂在水面/漂在大山的心里/学会爱与柔软"，在高璨的笔下我们常常遇到“柔软”两字，这个“柔软”一语道破了她的心境，高璨把柔情给了她笔下的世界，她要柔软再柔软，唯恐伤到一棵草一朵云。“我”纯净如水，对诗中的世界充满无限爱意。高璨创造的世界里没有世人习以为常的行为准则和世态炎凉，“爱与柔软”才是这里万物奉行的逻辑。这里没有冲突，只有圆融。

对于“人”的世界，高璨看到了它的荒谬与无奈，偶然她也会感叹一下，《我又看到大圆圈、小圆圈》写道:“我看见了什么？/大圆圈、小圆圈边缘飞速奔跑的/智慧生物/它们远比小笼子里被迫转动的小仓鼠可悲！/我看见了什么？/没有鞭子，没有指挥者/智慧生物们，自顾自地奔跑//跑得那么累、那么值得敬佩……善良都被刺死/刺死善良者还颠覆了/人们思想中对善良的定义”，对于这样的世界，“我曾感到头晕目眩/但这伟大的适应力使我习惯”，所以诗人要按照自己的逻辑创造出一个连小碎花都有尊严的新世界，那才是我们已经失落或是从未获得过的本真世界，没有赤子之心如高璨者，不会体悟到沦丧这个世界后无法愈合的伤痛。

对于时间，高璨有一种超越她年龄的敏感。时间作为命题，跟人类一样古老，面对时间，可以说“逝者如斯夫”“前无古人，后无来者”“青山依旧在，几度夕阳红”，但无论怎样形容，言辞中仍然有挥之不去的淡淡的哀愁。对时间提问，往往就是哲思的开始。在《老钟表》当中，“钟表店里/一只坏了的钟表/被拆掉银色的齿轮/桌上零乱地躺着/好像那些操劳一生的人/终于有了一个喘息的机会/却已经触摸到了自己的终点……一堆钟表的零件/散落桌上/似乎一地时光破碎的骨头/让窗外的我/看见了时光竟然也有憔悴/老去的时刻”。诗人感慨人生的苦短，终于可以喘息却已经到达终点，面对这种不可抗拒，诗人还是想抗拒，于是她只有让时光老去，衰老的时光步履迟缓，所以掠过之时可以多一丝仁慈少一份冷酷。高璨没有停止过对时间的关注，《美丽如眼中淌出的泪花》里问道：“美丽常常易逝/就像眼中淌出的泪花，易涣散//它们如泪花，没有牵动的流在心里/美丽啊/你为什么易逝？”高璨一方面质问岁月为何摧毁美丽，另一方面又在对时间的思考上逐渐做出了自己的回答，《旋转的齿轮》中说：“白天吞噬黑夜/黑夜熄灭白日，谁曾经赢过？/风逝、水过、云散/万物都在延伸自己的路/往事的影儿修长/自然规律之轮静静旋转……岁月轻吻莲花，她绽放/为之欢喜，她凋零/为之悲伤//万物皆为旋转的齿轮/不去想不再旋转的那一天”。在这里，不去想那以后的一天，成为诗人对待时光的新态度，高璨在此的回答增添了一份成熟男性的豁达，她懂得了时光即在此时此刻的绽放与凋零之中，心中没有往昔没有未来，不去在意时光的来来往往即是对它的超越，甚至没有一丝怅惘。

在高璨解决了时间问题之后，我们就会明白她诗歌里种种充满禅意的境界，那是对当下、现世的肯定。《有人在轻抚寺院的门》刻画了一个片刻，“有人在轻抚寺院的门/轻轻地，还是被静/听见了，僧人缓缓推开门/门前一棵巨大的梧桐/已经送来秋天/抚门的人呢？/僧人捡起脚下的一片叶/悄悄撒下一把金黄的米粒”。这里没有感慨只有临在，僧人、院门、梧桐、树叶、米粒被编织在一幅画面当中，不用问它们有何意义，我们感受到的是它们确确实实的存在，有色彩有质感，无须被赋予其他内容，它们的“在”就是目的本身。《猫头鹰》一诗中写道：“白天，它在阴凉的树枝上/双翅合拢，闭目养神/我喜欢它此时胖胖的体态/喜欢它睁一只闭一只眼的神态/比任何一只飞翔的/或不会飞的鸟儿更像一位智者……它和月亮是从不交谈的老邻居/因为它的夜晚缺乏浪漫/只知道快速掠过、捕捉//但我呆呆望着的/是此刻的它/阳光下安然做梦的它”。猫头鹰闲下来暖暖地做梦，它想什么或者没想什么都不重要，没有之前也没有之后，这一刹那即是永恒。

发现了当前的片刻，高璨在她的世界里也就找到了欢快的前提，她甚至走得更远，悟到了“无我”即是快乐。在《那些骄傲的云》中，“我看见那些骄傲的云/飘了一阵就不是原来的自己/它们在仰望蓝天/忧郁诗人眼中/看到云，却不知道哪个是自己”，云不知道哪个是自己，没有了自我认同也就没有了“我执”。高璨得出结论，“云的幸福在于：/永远不知道自己在哪里/永远不知道自己是谁/对或错或悲伤或喜悦/都可以不是自己的”，连“我”都不存在，又何谓对错，何谓悲喜，所以云可以浪迹天涯，只是轻而柔软地存在着，这是“人”无法获得的快乐。《空虚》中的“风在月的宁静下/轻叩无人的门/无声应答，烛火在屋内/照不出所有孤独的影儿/风在门外/于空气中刻下来过的足迹”，不必知道究竟是为了什么，风和烛火就在此时此刻。

高璨渗透禅意的世界观显然是继承了中国的古典精神，在她自己的世界里，没有冲突，没有戏剧性的激荡与决绝，甚至连消亡都变得温柔而有情，就像一朵小花在春光中悄悄凋零，仍然沐浴着光的温暖。在她的眼中，没有悲剧也没有喜剧，一切都是灵动的存在，自然且怡然。个体的存在即已圆满自足，与天地相通，无求于外，更无需向神索问存在的理由，因此生机盎然、其乐融融。这与西方现代文学构成了鲜明的反差，上帝的秩序和神性世界在被颠覆打破之后，人们认识到人的恶与生存世界的荒诞、无常，却无法解释其根源，知道人并不为上帝按照自己的模样所创造，因而质疑自身存在的意义。卡夫卡从始至终都在描写人生状态的荒诞，人无法逃出这种荒诞，所以只有绝望。高璨生长在中国的土地，她懂得超凡淡远的意境，她胸怀柔情，把目光投向天地万物和其与自身的关系之上，纵使人的世界让她无奈，她也会在略去了人的自然和万物当中体悟到存在的智慧与喜悦。

高璨在创作时一定没有既成的概念，甚至她还不曾仔细梳理过头脑中的思维，她写下的，是心中的种种画面，她捕捉一丝光线的跳跃，听到小碎花绽开的清脆，看见月的淡，触及风的心，体会泪花砸出的涟漪溶化伤心的故事 —— 是为诗，是为天成。

（高虹，毕业于德国柏林自由大学日耳曼文学专业，获日耳曼文学硕士学位，长期在德国国家电台任文化记者。发表多篇德语短篇小说，用德语翻译的《中国后朦胧诗》在德国出版）

读《老钟表》

秦巴子

在今天这样一个电子的时代里，已经很难看到那种机械的老钟表了，如果偶尔得见，它或者是在家里被遗忘的一个角落，或者是在刻板守时的老外公的床头，或者是在收藏者的博物架上吧。总之，老钟表已经脱离开了我们的日常生活，而老钟表这个词，相应地也就和过往的岁月、和逝去的时光、和旧日子联系在一起，由此而生的诗意，也大多脱不了这个想象。在这个电子的时代，谁会去注意一只老钟表呢？一个少女，一个与老钟表隔着年代的写诗的少女注意到了，这显然是个意外与偶然。

一堆钟表的零件

洒落桌上

似乎一地时光破碎的骨头

那是在钟表店里，很可能是个小小的钟表店吧，有人送去修的一只老钟表，而那送修的人，也必是一个上了年纪的老人吧。老钟表和旧日子，本就有一种诗意的对位，而能因为珍爱才不舍得老钟表停摆的人，也当是一个像老钟表一样操劳了一生的人才对。他希望老钟表能够继续运行，就像一个饱经沧桑的老人的感叹与希望，但却挡不住岁月的无情。继续走，或者想象飞，期望与无奈之间，有着太多的人生意味。

表壳依旧完好无损

但它不忍看见洒落一旁的内心

不忍看见这些的不只是老钟表，不只是老钟表的主人，更有一个旁观者。一个冷静善思的心怀悲悯的少女，在窗外——同时也是在旧日子和老人之外。

窗外的我

看见了时光竟然也有憔悴

老去的时刻

通常我不太关注少儿诗歌，也不关注成年人写给少儿的诗歌，原因很简单，一般来说，它们是轻浅的，像小学教材一样。虽然我可能答小学的考试卷也未必得到高分，但我仍然不喜欢读小学教材，尤其是当我以自己也许偏颇的经验，认为读它会让我变得愚钝的时候，我更加不会去关注类似的文学作品。而这首《老钟表》却让我眼前一亮，甚至一惊，它出自十一岁的少女之手，却是如此的老道与成熟。在诗意与技术上，《老钟表》看上去绝无少儿的稚嫩，当然也并不轻浅，相反，它甚至很有人生的沉重感，而诗句的锐利和意象的险峻也可点可圈。这令我对作者感到好奇，缘诗而追问，于是，我知道了这个叫高璨的少女诗人。

（作者系诗人，作家）

诗在梦里开花

——读高璨诗作随想

张同吾

读高璨的诗让我惊喜，与其说她的作品让我感受到什么是聪颖早慧，莫如是让我感悟到什么是诗人禀赋和诗人气质。当今诗坛诗歌作品铺天盖地，有太多的人喜爱诗歌创作诗歌，他们感知到诗歌作为精英文化独有的魅力，以诗的形式抒发感情抚慰心灵，这无疑值得赞许。然而其中有大量平泛之作和平庸之作，有太多对景象、物象和心象平板的描绘，有太多对生活现象浅显的评议，有太多类型化的抒情，缺乏人的真性灵、真意趣，缺乏想象的飞腾和认识的超越，缺乏新鲜的审美发现和新鲜的价值判断。他们也许并不缺乏生活体验和驾驭语言的功力，大约因为缺乏诗人禀赋和诗人气质，他们是勤奋的写诗的人，并非真正意义的诗人，就难以进入五彩缤纷、美轮美奂的诗歌世界。高璨是个小姑娘，今年将要踏入十五岁的门槛，她的诗集《梦跟颜色一样轻》《第二支闪电》，收入了她从十岁到十四岁的作品（除此之外她还有童话集、散文集多种），她用清纯的眼瞳凝视天空和大地、小花和小草、小桥和小溪、阳光和月光、早霞和晚霞、鸟鸣和虫语，还有夏阳冬雪，还有春风秋雨，在她眼中都焕发着勃勃生机，她与它们对话，它们就是她自己。她的诗就是与大自然相拥相融时所迸发的心灵火花，照亮了山川景物，也照亮了自己。

高璨尚未进入严峻的人生旅程，没有蒙受世事烟尘的污染，也没有深厚的文化积淀和深刻的人生体验，她只是以清纯的笔致描绘世界的清纯，浸润着她清纯的爱意。假如仅仅是描绘，不管怎样的玲珑秀美，未必具有诗的情质，高璨的不同凡响之处，首先在于她的感觉灵动而细密，是一种典型的诗化感觉。她能感到“小河上的冰/心变软了/阳光最先知道的/因为小鱼的笑声/湮没了阳光说的悄悄话”（《被时光的皮鞋踏过》）；她看到天空嚼着白云，虽没有牙齿却慢慢咀嚼，“随风飘下/冬天飘下的，是雪”（《大地系上金色的纽扣》），古人说“一叶知秋”，只是一种尽人皆有的直感，而她眼中飘落的秋叶，却是黄色的蝴蝶，“一只只从枝头飞下/温暖了整个冬天”（《落叶如蝴蝶在春天的手心》）。她能听到“散发阳光香味的鸟鸣”（《这座寻不见我影子的城市还在下雨吗》）；她能想到“月亮也有家/住在云朵的背后”“偶尔掠过银河/那么多的星星/一个个闪烁的梦/漂浮在城市上空”（《我的梦，在哪一颗星星上闪亮》）。这些神奇的想象，不只表现出可贵的童心和童趣，而且表现出心灵的温润和情思的甜美。

高璨的不同凡响之处，更在于她不断有新颖独特的审美发现，她驾驭着想像的翅膀，在已知和未知的广阔天空中飞翔，随时都有灵感的光环，像明月一弯，像星光一闪，像清泉一滴，像昙花一现。令我惊叹不已的是，这种思索与发现，早已超越了她的年龄和认知的局限。她的时光刚刚开始，却感到时光易逝了，“我是一棵长满枝桠的小树/其中的一枝上/坐着我的童年”，可是”童年，就在捕捉一朵/飘过树桠的云时/无声跌落”尽管有“那么多云飘过/那么多枝桠重新长出/可我永远找不到/飘过我童年树桠的那朵云”（《飘过童年的云》）。她能知道《时光有一把无形的刀》，世间一切在刀的雕塑中老去，时光坐在水车上面“水车老了，它承载了太多/岁月的重量”，她甚至“用一株草的寿命/度量了春与秋的距离/那是风，无法跨越的长度/草原，却已度过了多少个春秋？”（《那是风，无法跨越的长度》）；毫不夸张地说，这已是从具体到抽象的升华了！她看到“桃花在春天睁开眼睛/在春天死去/开放时没有欢呼/凋零时也无叹息/她的开落/不会惊动一丝月光的弦/犹如与世隔绝的一场梦”（《宛若桃花》）。是谁宛若桃花呢？这近乎关于恬淡人生的哲学思考了！诗是才情的迸发，又是智慧的结晶，只有诗人才能《听见奇异果在歌唱》，“它唱太阳，唱童话，唱天堂与地狱”“我和我的奇异果/面向太阳，走进童话般的生活里/天堂，还是地狱/也仅仅是人类的心态而已”！如此强烈的自重意识，如此超越尘俗的坦荡情怀，如此深邃的哲理思辨，属于清风明月的少女，是罕见的奇迹!

高璨的语言轻盈自然，而意象营造又有鲜明的跳跃感，“古徽州的建筑，岁月中沉睡/被天空记住/守着湖，与湖中莲的开落”（《记忆》），“将蛐蛐的歌、风的絮语、蝉的悄悄话/统统装进篮子/在一棵大树下/等待树的影子来找自己”（《带一个篮子去原野》），意象富有弹性，语言富有弹性，就摆脱了题旨的确指性，而开拓了诗意空间。

我与高璨尚未谋面，从她的诗中已感觉到她清雅而悠然、卓然而璨然，如果说梦是审美追求、是人生祈愿，那么她的诗已在梦中开花了，开放得鲜丽而灿烂。但是，高璨的人生之路和创作之路都刚刚开始，未来还十分长远。诗对诗人的选择和淘汰严峻无情，要不断追求，不断拓展，不断递嬗，不断有新境界，不断有新发现。一位优秀的诗人，就不仅要有爱心、童心和诗化感觉与诗化人生，而且需要有开阔的精神视野、深厚的文化积淀，黎巴嫩诗人纪伯伦说：“在学者和诗人之间伸展着一片绿野，如果学者穿过去，他就成为圣贤；如果诗人穿过去，他就成为先知”。也许这是人们难以抵达的境界，然而，我对高璨却是这样祝福，这样期待。

庚寅正月初二北京

（作者系中国作家协会研究员，中国诗歌学会秘书长，国际华文诗人笔会秘书长）

高璨的诗

王家新

去年初冬我去西安参加一个诗歌活动时，好几位当地诗人和评论家曾向我谈起西安的一位小诗人高璨，说这位还在上初三的女孩怎么了不起，后来在一个人声喧嚷的场合，我也曾见过这个小诗人一面。不过，这一切在那时我并不曾怎么留意。因为我一直固执地认为诗歌是经验的产物，是时间和岁月的结晶，诗歌也是一条远远超出了人们所能想象的远路和艰途。因此，几乎任何“小天才”现象都很难进入我的视野。路还长着呐。

如果追溯起来，我这种诗观和文学态度，很可能受到里尔克的影响，以下是我早年一读到就永远记住了的里尔克的一段话。“啊，说到诗：是不会有什么成绩的，如果写得太早了。我们应该一生之久，尽可能那样久地去等待，采集真意与精华，最后或许能够写出十行好诗。因为诗并不像一般人所说的是情感（情感人们早就很够了）——诗是经验。为了一首诗我们必须观看……必须能够回想……如果回忆很多，我们必须能够忘记，要有很大的忍耐力等着它们回来。等到它们成为我们身内的血，我们的目光和姿态，无名的和我们自己再也不能区分，那才能以实现，在一个很稀有的时刻有一行诗的第一个字在它们的中心形成，脱颖而出”。（《布里格随笔》，冯至译）

正因此，我对一个人过早成名总是持一种疑虑的态度（说实话，我对我自己的“少作”就感到脸红，虽然它们中有的已被选入中学课本什么的）。在这之前，我也接触过一些少年作家，也总想从中看出几缕“天才的闪光”，但总是被那种奶声奶气所打住。也有真正有天分的，比如北京一位大学教授儿子的诗，我看了就甚为惊讶。但问题是，他现在早已“移情别恋”，不再写诗了。那种神秘的诗性说消失就消失了——也许是永远消失了。

但是，高璨不一样。当我打开她的两本诗集《梦跟颜色一样轻》（2008）《第二支闪电》（2009），我的一些疑虑消失了，不仅如此，它们还给我带来了欣喜和惊异。从高璨的诗中，我不仅感到了一个少女诗人特有的清新和可爱，也感到了一颗诗心的早熟和早慧，不仅感到了她这个年纪很难达到的对语言、对诗歌形式和技艺的几近自如的掌控，也感到了一种正在生成和生长的诗歌感受力，如她在前几年写的诗《飘过童年的云》：

那么多云飘过

那么多枝桠重新长出

可我永远找不到

飘过我童年树桠的那朵云

那时她还是一个“童话诗人”，诗句透明而又耐看，透出对生命永恒的追忆。到了《第二支闪电》中的近作《秋天的格调》，竟有些沧桑感了：

叶子开始落的时候谁都不知道

燕子走之前也未与我告别

秋天的沉默

就是一群青苔

无言地爬上青砖

这正显示了一个年轻诗人成长的痕迹。《飞机从天空飞过》，也摆脱了那种孩子气的单纯幻想，显示了令人称奇的对人世万象的观照和把握，“他们都是纷纷的过客/只有飞机钟爱于/一次又一次到达”，小高璨已开始跳出她的童话世界，像个小哲人一样观察人生了！

出人意料的还有《蝈蝈》。“蝈蝈”往往为童年之伴（现在则变为“喜羊羊”或别的什么了），为“童话诗”（其实它们大多不过是“仿童话诗”甚或“伪童话诗”）永恒的歌咏对象，但高璨这首诗不一样，“它们的歌声很远，夏天很远/它们在我的窗台，夏天就在屋里”，写到后来，竟出现了这样的诗句：

对于唱歌
合唱，或者独唱
都由自己决定

这才是真正的个性显露，或者说，是对生命内里的深入，是自我意识的觉悟。到了《第二支闪电：读尼采》，我更惊异了，这还是一个初中的女孩子能写出的诗吗？诗中那种对人世平庸、虚荣的嘲讽，以及诗最后的“黑衣人盼望一场暴雨的征兆……/他是乌云中劈出的第一支闪电/他盼望着第二支”，都已远远超出了一只“小船”的“负重量”。小高璨已开始由抒情与幻想进入到一个更为严肃的生命与存在的领域了。

这使我想起了英国诗人布莱克的“天真之歌”与“经验之歌”之说。一种过人的敏感和早熟，使小高璨提早由“天真之歌”转向了与她的年龄还有些不相称的“经验之歌”。而这，或许正是希望所在。我想，如果不能完成这样的转变，“童话写作”或任何“天真之歌”就会变得难以为继。正因此，我对高璨这样的诗歌新人有了某种属于诗的期望。就在去年初冬，在西安，我曾和几个诗人朋友一起在一个雪天登上古乐游原眺望。想到那次登临，想到那片飞雪迷蒙、文脉深蕴的土地，我的目光再次落在小高璨这样的诗句上：

一棵干枯的老树
永远站在春天的门口
将一枝藤条
递进春天的家

这样的诗句，不仅写出了大自然的魅力，也完全可以用来提示一个民族生生不息的诗的创造力。的确，小高璨的诗，就是这样一枝小小的、清新可喜的藤条，被递进了我们这个语言的家园中。我们这个家园，看似很繁华，其实已很有些荒败了。

不过，作为一个已在诗歌的路上跋涉了多年的“诗歌前辈”，我对高璨仍有话要说，那就是希望她一方面仍要多读书，另一方面还要注意摆脱掉那些她所受到的文学影响，尤其是所谓“美文学”的影响。这里，仍是诗人里尔克的一句话：“只有当个人穿过所有教育习俗并超越一切肤浅的感受，深入到他的最内部的音色当中时，他才能与艺术建立一种亲密的内在关系：成为艺术家。”

我真希望这样的话能成为高璨以及像她这样的文学青年的座右铭。高璨无疑有她自己的感受力和初具的艺术个性，但我感到它们有时仍被淹没在过于美丽的辞藻和“情调”中了（比如《秋天的格调》中的那个“格调”，就“未能免俗”）。她也无疑有着很好的诗歌训练，但现在摆在她面前的问题是：要有勇气把诗写得不像诗，要敢于打破人们对诗歌的期待和那些审美观念，以真正呈现出她的艺术个性和生命的质感。

也可以说，高璨已写出了她这个年纪所能写出的“完美”的诗，但下一步就得“埋葬”这种“完美”，不然人生和艺术就不会走向成熟。许多诗人在他们的创作生涯中都走过这个历程。因为诗也好，思想也好，都不仅是对经验的发掘，它们还是“经验的成长”！

也只有这样，在时间的考验中，一个人才能使他/她自己真正地献身诗歌，并属于诗歌。

那就让我们对高璨以及像她这样的年轻诗人期待着。

2010年2月21日北京

（作者系诗人、学者，中国人民大学文学院教授）

成长，一个少年诗人的新高度

——评高璨诗集《第二支闪电》

李 星

三年前，笔者在为11岁高璨诗歌集《一朵野菊花又开了》所写的评论文章中说："以洛阳诗会为转折点（也即进入11岁），小高璨自觉自己已由梦幻童年，进入现实童年，尽管这种转化是如此地与年龄不相称，但你却不得不承认，这是发生在小高璨心理和诗歌中的不可争辩的事实。"注意到了一个天赋独秉的儿童诗人的同一本诗集中由于年龄和心理的变化，所产生的创作的变化。也正是在这篇文章中，笔者也曾表示了自己的担心：

“一个具有如此美好心灵，超常的艺术天分的孩子，家长和成人世界该怎样呵护她，才不至于让这颗稚嫩的诗苗免受伤害；更为重要的是，她将怎样面对自己无法避免的成长，面对复杂的现实世界？这不只是高璨自己诗的前途问题，比它更为重要的是，她将成为怎样的一个人？”三年半过去，我又读到了14岁左右高璨的又一部诗歌集《第二支闪电》，就像是回答笔者的担心一样，她交出了自己的一个答卷，不仅是给笔者，也是给有着同样担心的读者的。从11岁到14岁，从童年进入少年，对一般孩子来说可能很平常，但对高璨这个聪敏、早慧、富有一颗天籁般的诗心的孩子来说，却是决不可轻忽的，三年多的时间风雨，足可以让她童真般的诗心荡然无存，也可以让她在诗歌的道路上走得更为自觉。令笔者高兴的是，《第二支闪电》给出的答案，确定无疑的是后者。随着年龄和心理的成长，她的诗歌天赋不仅没有丝毫的减损和滑落，反倒在向来朴素天然、清新优美，极富禅心机趣的基础上，表现了诗歌意识的成熟，表现出依然超越生理年龄的对外在世界观察和感知范围的扩大，思考的深入。前文提到的梦幻童年的影响犹存，但更多了些对自己存在和社会人生的思考及反思，诗歌世界也在更为真实和丰富的同时，显露出对现实世界和社会人生的思考与质疑。

首先是个人生命意识与诗歌意识的逐步觉醒。不能说以往高璨的诗歌中没有“我”，但却都是孩子意识中比较懵懂的自然、混沌的“我”，少有涉及我与他人、我与社会人生的关系。

而在《第二支闪电》中，“我”——个人生命意识、存在意识，以及我与客观世界和别人的关系却越来越清晰自觉。如首篇《镜子》，前三节的镜子是没有生命的客观物理存在，但是到后两节诗人就将自己的人格意识映象在它身上，赋予它以人的情感，内心的孤独与惆怅：同自己的众多伙伴一样，它无表达情感的权力，虽有一双会看的眼睛，但却无选择的自由。不能说《镜子》是诗人的自况，但面对物却能从它的物理属性的所指到人格属性的能指，赋予它以生命情感，却是诗人对“物”“我”两界的跨越和诗意整合。这种分析能力与人格觉醒在她以前的诗中是罕见的。同样，在《细细的雨》中，把细细的雨当作好多“柔软地飘下来”的“毛茸茸心思”，是童年高璨诗中常有的意象，但尾句“有谁能记住它们呢？/除了那些旧旧的老屋檐”，就是诗人有感而发的孤独体验了。《窗外的云都望向我》开篇“握着笔/看阳光从午后的窗玻璃泻下/无法用笔挑着那光/一笔笔刻在本子上”，出现的就是一个感觉着语言文字限制的诗人形象；《山里》勾画的是一副悠闲、宁静的山村景象，然而“我喜欢那些鸡的模样与神态/同情它们的命运/生命距离终点太近”却使一个热爱生命，并无奈“宿命”法则之严酷的诗人跃然纸上；《花季》中所描绘的花的世界多么美丽啊，使诗人乐以忘返，然而她却很快意识到多么美丽的花儿终究是要凋谢的，但诗人最终却以达观的态度，释然了好花不常在：“没有终点，花儿的奔路永不停息”“我们只需站在那里/等，再一次听见歌声/——由远，及近”……如果说以往诗中的玩偶和自然物象，在诗人心中是一种与自己无差别的生命存在的话，那么在《第二支闪电》中，诗人则常常在自觉意识到它们的自然或物的属性的同时，赋予它们以人格意识，借以表达诗人自己的人生情感和生命自觉。“他者”的“物”已经被“对象化”为一种“我者”的本质力量。

诗人人格的觉醒和诗歌创造的自觉意识，更表现在《诗的芽》《带一个篮子去原野》《开花的季节》《我是一个完全闲下来的人》等诗中：“她的记忆中/只有太阳、月亮和一群游动的星星/永远记不清云的形状”“它记住的那些/成为诗的芽”（《诗的芽》）；“带一个篮子去原野”“篮子里蛐蛐的歌、风的絮语、蝉的悄悄话/蹦蹦跳跳、踩着舞步牵着梦逃跑了”“我的篮子空了/幸福却抱着自己的大尾巴/微笑着睡在里面”（《带一个篮子去原野》）；“在这个季节/它们都在开自己的花儿/我在拟定纷纷的比喻和新鲜的爱”（《开花的季节》）；“我的脑中/罗列单纯的景物越多/悠闲也越多”“我不像那些/没有完全闲下来的温柔诗人……”（《我是一个完全闲下来的人》）传达的就是诗人对自己诗歌的艺术定位以及自己的创作姿态、创造的欢乐了。读了它们，人们很容易联系到许多成年诗人，成名诗人经常会以诗的方式所做的“诗歌宣言”。高璨也在试图分析及确证自己诗的内容及其特征。

其次，同年龄的成长和心智的成长相一致，高璨具有了自己对生活和世界、社会现象和人生的独立思考。她的诗也由清丽、自然、透明、简单、纯真走向丰富、复杂、广阔、深刻，试图质疑以往人们，包括诗人自己对世界物象的单向的认识和结论，发现事物和世界所包含的规律和哲理。如《片段》中对自己生命和诗中曾经多次关注的月亮，有了新的认识：“月亮，从天空的这边升到天空的那边/我的目光，只见过其中几个片段”“那时关注的，现在已不再关注/忘记了它们匆匆在变”；如赋予《蜘蛛》中的蜘蛛以卑微中的尊严，弱小丑陋中的强大与潇洒：“蜘蛛不会留恋过去的网/它们的天才，是为了更好地生活/蜘蛛坐了一辈子的秋千/它们不认为卑微/因为它们认识的昆虫/谁还能光明正大地标榜自己的地盘？/偶尔，成为晚宴罢了”。而《小草虫的日记》感悟的则是在人们意识之外的世界及时光与生命的存在：“谁都没有为深夜储存记忆/多少个夜晚/只在那只小草虫的日记里/真实地发生过”；《迷雾》不只写了雾，更在思考在雾的怀抱中人的迷茫，而雾只是一个“明智的绝望者”；《月光洒在夜空》写的已不只是月光的柔情与清丽，而是世人窗里、空酒杯中孤独与伤的生长，“大地的伤，望月的伤”；《两只玩具兔》质疑的是在人们编写的故事中它们永恒不变的“莫名的快乐”；《旋转的齿轮》呈现的则是时间、生命，万事、万物变化的永恒：“万物皆为旋转的齿轮/不去想不再旋转的那一天”，表现了小诗人诗歌艺术中思想与智慧的光芒。

如果说以上罗列的更多是高璨对自然物理的新思考和新认识的话，那么《过三味书屋百草园》《猫》《蜗牛》《尘》《我又看到大圆圈、小圆圈》《第二支闪电：读尼采》等则直指社会和人们生活方式的种种误区和虚妄。它们是名人故居之为商业化的旅游景区带给诗人的失望；是忘却了生命意义的无休止的“让猫为鼠而活”“为任务而奔波”人生迷误；是只知终点而不知享受过程的兔子似的“奔跑者”的迷惘；是将自己消失在喧闹和舞蹈中，即使在宁静时也“想不起自己”的人生。而最能标志她的诗歌已经具有思想批判眼光的则是《第二支闪电：读尼采》和《我又看到大圆圈、小圆圈》两首诗。后者直指人类社会和思维中如大圆圈、小圆圈般周而复始，毫无创意的重复；正是重重的陈旧观念使人们由“头晕目眩”而逐渐适应的对真相的“扭曲”：“善良都被刺死/刺死善良者还颠覆了/人们思想中对善良的定义”“弯的是笔直的/黑色被强光折射为白色/扭曲！扭曲！”作为“智慧生物”的人，活得“比小笼子里被迫转动的小仓鼠悲哀！”正因为有着如此的愤激，所以才有对尼采那种摧毁旧秩序、旧观念的“超人”哲学的首肯：“黑衣人盼望一场暴雨的征兆/浓密的乌云/他是乌云中劈出的第一支闪电/他盼望着第二支”（《第二支闪电》）。“黑衣人”在诗中是作者观念中尼采的形象，而“超人”哲学是他对启蒙时代以来以理性主义、基督教和人道主义为核心价值的西方文明的彻底否定，确实堪称为人类思想史上的一支闪电；“他盼望第二支”中的他，是尼采，也可能就是高璨——诗人自己。如此的世界感觉和尖锐的呼喊，如果出自思想家、哲学家之口，人们会毫不奇怪，但出自一个14岁诗人之口，却可能引起人们种种的质疑，是“少年不知愁滋味，为赋新诗强说愁”的话语姿态？是一时的冲动，还是底蕴深厚的独识新见？但从将自己这本新作命名为“第二支闪电”的坚决来看，她是要让人们记住并关注她诗歌中新的思想者的姿态。即使它们出自一个成长期中少年诗人阶段性的叛逆，也是有意义的，它渴望并期待的必定是一种新思想、新生活、新秩序。

第三，则是《第二支闪电》所表现出的高璨诗歌境界的扩大和风格的“返虚入浑，积健为雄”（司空图语）。这表现在思想穿透力的增强，也表现在意象的由单一方向的延伸到多重想象的叠加、交织，乃至相反意象的冲撞，还有就是自然和社会现象的扩大和完整。虽然此前诗人已完成了由单纯的心灵世界印象，向较为复杂的现实世界的发现转变，但诗人与世界的关系仍然比较单一，呈现的是欣赏、赞美、好奇的简单关系，现在则是畅怀的拥抱，热烈的把握，具有穿透力的冷峻思考，判断的坚决与犹疑，艺术表现的多样。如前面已论及的《镜子》《蜘蛛》《片段》《两只玩具兔》等等。但更能证明论者观点的却是以往容易写得单纯、透明、美丽、优雅的表现自然风光和游记类作品。如她以往秋的诗歌多是以落叶、大雁、秋雨、山菊花、晴空一个主意象来呈现，而在《渐秋》中却是一连排列了十个可以标识秋的意象，极尽了秋的美丽和多种特征，而篇首的“夏日如水流远去/除了秋天没有新的起点”，在大白话中却颇见思想的沉积与诗的哲思；篇尾的“它用一场雨，把自己浇了出来/像春天呼唤小花儿那样”，表现出尽在把握中的从容与淡定，而“雨浇”和“春天小花”的复合意象，则旁逸别出，颇具新意。少年新奇的眼光被一种见惯不怪的哲人眼光所代替。而同样写秋景的《秋浅》中，无论是云朵还是风、小草、小花、叶子、秋雨都以繁复、纷纭的多变景象装点着多样的秋色，给人以蒙太奇式的秋的丰富。而在《夜的光》中人们看到的则是物我交融的诗人心中的星空：“我听见笑声，从遥远处传来/落在水面，波光粼粼”，星是不会笑的，但它们的闪烁却似可理解为笑，“波光粼粼”则让水面见证了夜的宏大与喧哗：“明亮的可以排挤我的寂寞/微弱的我可以打开窗/放飞它的孤独”，则表现了与喧闹星空相对应的窗中人的寂寞与孤独，真是一首十分个性化、心灵化的星空颂。《雨在风中舞蹈，风在雨中唱歌》将一场街巷中司空见惯的暴雨写得那样生动、豪华、壮丽、多层次，让读者如身临其境。而篇尾一节既让人形象地感受到雨后的街景，又让人想到人世中种种繁华过后的萧条与寂寞。这又是一首多么情景交融、大气磅礴、豪华壮丽的暴雨颂。送别是古今诗人写过无数的人间情景，但高璨的《告别》却选择了火车出发后站台上亲人瞬间的视觉和内心感受，极尽了母亲送别外出儿女时的忧伤和牵挂：“即使火车远离站台视线/铁轨也真实地颤动在/站台的心里”“那些奔波的儿女/走的路，错综复杂地盘旋/颤动在/母亲心里”，以铁轨的颤动比喻母亲心中的颤动，以站台替代上面的人，实在贴切而奇妙，让人间的别离显示出让读者可以具体感知的尖锐。空虚、孤独是一种让人难以名状的心灵状态，《空虚》却将它们形象在月光和烛光中，又用如“逝去的灵魂在通道中的尖叫”的感觉和想象，使其变得犀利而恐怖。与《告别》《空虚》这些比较抽象的心灵状态相对应的是在一些游记诗中捕捉人文古迹、自然风光特点，营造氛围的能力。《记忆》中的古徽州像一幅宁静而明丽的水彩画，《西湖夜色》则是一帧帧光影交织、情景扑朔迷离的影像剪接，紧紧扣住了游船观景者的视角，静中有动，黑中有亮，朦胧而神奇。《过三味书屋、百草园》在现场人流如织地喧闹中，艰难地打捞着鲁迅当年的生活遗迹，含蓄而冷静地表现了自己的失望——不是古迹，而是心灵缺失的现场。一个十四岁诗人能够有如此的独立见解和冷峻心态，实在令人吃惊。

笔者毫不怀疑，无论是从诗歌的思想、艺术和它们所呈现的诗人的人格心灵上，高璨的境界都在提升和扩大。她的成熟不是已走进一种为人们所习惯了的成人诗歌模式，而是她与自己年龄、心智的成长相对称的飞行高度。我们期待她诗歌和文学的又一个新高度、新风景。

2010年3月4日草毕

宛若桃花，或自然的水粉画

——读高璨的诗

张清华

一

读到这样一个少年的诗歌你不能不感到吃惊，她那些细腻而又神奇的想象，让我陷入了遥远的回忆。每个人都有童年，但不是所有的童年都能够留下诗篇；每个人都曾有成长的经验与记忆，但不是所有的成长都能够这样温暖和美丽，并有机会被一一记录下来。高璨，这个迄今为止只有十五岁的女孩，其诗歌写作的历史大概已不止五六年，所写下的诗集也已有厚厚的几本。在她的一本《梦跟颜色一样轻》的诗选中，我看到其中最早的一首《水粉画》所标的时间是2005年4月，那时她还不过是个十岁的孩子，但这首诗显然已经有了足够的意味，已显现了某种天然的处理才能：

我坐在石阶上

欣赏自然先生的水粉画……

她把阳光、柳枝、花朵、小鱼，一个孩子眼中最直观和最有代表性的生命形式，做了生动和得体的汇集——使它们变成了“自然先生”的一幅画。这里面，孩子的思维在被充分展开的同时，也被赋予了诗意与和谐的整体性，斑驳，错落，新鲜，迷离，宛如浓淡相宜的水粉涂成。这便是一首诗歌的真正开端了，它让我相信，她的诗句不只是一些儿童式的漂浮着的“词语或想象的蒙太奇”，而是具有确切思维指向的、并且产生着某种深度的意义群。

我在编选2008年的一本诗歌年选的时候，曾经专门辟出了一个“90后诗歌特辑”，其中就选了高璨的一首《宛若桃花》。不知何故，这首诗依稀给我一种感觉，仿佛《诗经》中的“桃之夭夭，其华灼灼”的景象，它的语言有一种很强的“返回”感，一种虽然童稚和现代、但又古朴而原始的感觉。“宛若桃花/在阳光微笑的地方/用岁月轻轻留下印记/所有的美，所有的愁/所有的彷徨与徘徊/都在一瞬间凝固……”这是一个孩子对桃花的观察，也是古往今来中国人的根深蒂固的一种经验，百感交集的一刻。人面桃花，闪电般的生命，灿烂美丽，但终究脆弱。一个儿童当然不可能有意识地堆砌那些成人化的想象，过分感伤衰败的经验内容，但是，她确有使语言和诗意获得古老根基的本能。

因此，我在那本年选的序言中曾说，高璨和这些90后的诗歌作者似乎“具有能够在细节处、在瞬间使诗意进入到世界内部的天分和敏感”。此刻还要再加上一句，他们也具有能够使自己尚存纯稚的诗句通向成人的经验与诗歌世界的能力。即便是在修辞上，他们也比之前任何同龄的一代都显得更加早熟，更少童话式的花花草草，更少自然表象的简单描摹，而是直接借助自然物象去书写他们的内心经验本身。这当然不是说他们缺乏“童心”，相反，他们的童心因为更少装饰和更多真实而显得本真和丰富。因为“为顾城所感受过的那种自然的神秘与温馨、世界的完整与自在，如今已被急剧变幻的纷杂破碎的世界所替代。所以他们一出手便如此的尖锐、迷乱、深沉和早熟。”

这样的一种状况，显然使90后一代的写作更早地接近于诗，而不是传统意义上的“诗体童话”。但另一方面，每一种童年写作也都具有一种保护其世界不“过早地受到侵犯”的顽强与坚韧。高璨也不例外，我注意到，她的诗歌中也有一种特殊的“温暖和健康”的品质，这是令我感到颇为惊奇和欣慰的。因为通常说来年轻人的写作中，比较具有“叛逆性”和“颓废气质”的一类才往往更有深度，更容易被关注，也更“像”诗歌，但是在高璨的诗中，我看到了一种奇妙的统一：她的诗歌不但忧伤，而且温暖；不但健康，而且美丽。这就殊为难得。

二

要用一些说法概括高璨诗歌也许并不难，她的写作总体上可以看作是一种“成长的情感记录”。然而，和往常我们所见的教化性的写作不同，与某些在成人的写作概念影响下的“儿歌”也不一样，它们是发自内心的、虽然属于孩子但却也是“专业性”的诗歌写作，因为它们是包含着童真的观察、生命的体味、自我的确认和真实的成长之痛的个人历史的全息记录，不是在外力规定和扭曲下的某种调调。这一点是弥足珍贵的。但这也促使我思考，何以会有这样一种不同？是什么构成了它们与通常“儿歌”的不同？

这显然是复杂得多的问题。前文中我说到她“忧伤和温暖、健康而美丽”的二重属性，我想这仍是问题的关键所在，某种意义上，“儿歌”或“童话”都只有“健康”，因为它是教化的产物，但诗歌却有着独有的内质，那就是忧伤——我当然不想带给孩子这样的“不良暗示”，但既然是在诗歌而不是儿歌的范畴中谈到高璨，这一点恐难以完全回避，何况她又是有着可以自我修正、自我调节的健康而美丽的情感能力的一位，因此，我以为可以谈及这个问题。

诗歌无疑是起源于忧伤，在萨福的诗篇里，我们就看到了这样一种古老的情愫，她呼唤着离自己远去的童年和少女时光，写下了让人恍惚又心惊的句子。不过严谨点说，忧伤并非全部，而只是诗歌的原动力之一，因为它是对生命的认知和体悟的起点，但它同时又是生命中一种美丽的经历。因此孔子又说“哀而不伤”，这是他对人的情感向度和诗歌精神的一种界定和诠释。当然就诗歌的哲学和终极本质来说，它甚至是“绝望”的，但这是对于成人而言，对于童年则未免矫情。生命和对生命的认知是一个必然的过程，“未知生，焉知死”，这也是孔子所强调的中和之美的哲学基础。对于豆蔻年华的写作来说，它的美丽就应该像桃花的美丽，率真、天然、清逸、鲜活，真实而又有如幻觉，有淡淡的哀伤但更充满灿烂的生机，虽然弱小但却有如雪的铺天盖地。

因此我想谈谈高璨诗中的忧伤，这是那些成长记录中最感人的部分。如果说，她的写作有一种绵绵不绝的动力的话，也许这是其中最常见的冲动：“锁住忧伤的过往/那里的记忆，惨白的/没有一丝血色/滴泪的山崖，冬天，结冰了//索性，让冬天再冷一些/让一个人的悲痛，更深一些/谁触到了忧伤的最底部/是一种超然……”每个孩子都在成长的经历之中，但是否具有对时间的敏感和内心化的体味，是诗歌能否产生的分野。在这首《锁住忧伤的过往》中，我们看见一个小小年纪便在凭吊自己逝去时光的“愁苦的人”的形象。这和历史上一切吟咏者所面对的处境是一样的，自然乃是自我的镜像，对外在世界的认知和描述，便是对自我不断的体味与确认。“泪眼问花花不语，乱红飞过秋千去”，或者“山气日夕佳，飞鸟相与还”，都是过分成人式的处理，无论是“有我”还是“无我”，都带有成年的刻意和夸饰，而在高璨那里，她是带了孩子的纯真和本能去处理的，因此，我们便看到了一种“懂事”的、然而也非常令人疼惜的处理，她记录下世界和季节的物是人非的变动，但却在内心与它们达成了美丽的和解。

这便是“成长的秘密”了，这是一个获得和丧失同在的过程，高璨正是敏感于这些经历，才不断地记录下这些让人怦然心动的时刻。而她的让人疼惜的“懂事”之处在于，她从不经意放大这些隐秘的内心较量，而是“独自承受”和消化了这一切，这又反过来增加了她的诗歌中纯稚和感人的情愫。比如《飘过童年的云》，应该是她十一岁时写下的一首，她注视着天上的白云，追忆已然悄悄流逝的童年：“我是一棵长满枝桠的小树/其中的一枝上/坐着我的童年//就是那么一瞬间/就是那样不小心/童年，就在捕捉一朵/飘过枝桠的云时/无声跌落/离开，就再也没有回来//那么多云飘过/那么多枝桠重新长出/可我永远找不到/飘过我童年树桠的那朵云”。这种孩子式的惆怅让我读后良久无语。照理，十一岁也仍然是个孩子，但诗歌却促使她早熟，有了这样多思多虑的心。

三

读高璨很容易让人想起少年顾城的一些诗，比如她的《一盏灯》，难免让人想起那首《我们去寻找一盏灯》，这是“意识的黑夜”，虽然有贫乏与优裕之别的童年，但每个人都会经历着相似的精神之夜。在顾城的诗中，那盏灯穿越了房间、黑夜、荒芜的小站和黑暗的原野，最后来到了黎明的海滨：“你说/它就在大海旁边/像金橘那么美丽/所有喜欢它的孩子/都将在早晨长大”。无独有偶，高璨的诗中也有着相近的结尾：“灯光走着，想着/全然没有发现已冲破黑夜/成了黎明中的/一缕彩霞”。黑暗的尽头是黎明，他们不约而同地设置了这样的结尾，但是顾城的黎明还仅是在幻觉和叙述之中，而高璨的黎明则几乎是豁然到来的现实。其中性格的明朗和阴郁之分也许是显在的，但依稀可见的变化才是令人欣喜的，我甚至在其中看到了“汉语的生长”——高璨的诗中展现了更为复杂的诗歌意象，她不是在“象征”和“隐喻”的意义上写灯与黑暗，而是直接展开了意义和形象本身的内部景致：

灯光在奔跑，它轻松挑开
无数黑夜的手掌
向前飞跃，寻找一个黑夜的出口
虽是夜晚，阳光仍燃烧在
灯的心中
它知道，太阳真正升起来时
自己的光芒即将暗淡
但是万物都有了光明

我必须说，这是激荡人心的描写。诗人臧棣说过大意是这样的一句话：好的诗歌不是对经验的叙述，而是对它的内部的直接展开。高璨的诗歌几乎已经做到了这一点，尽管她的句子和想象仍然是孩子式的，但从写法上这首诗是老练的，或者说是天然地独具高格的。

很显然，意义的内化与获得，同孩子式的想象方式之间在这里产生了奇妙的统一。通常"儿歌"的教化意义是附加上去的，而诗歌的意义却是在叙述或想象中自然出现或升华出来的。在这方面，《镜子和狗》是一个典范。叙述一只狗的遭遇，符合儿童的观察视角和思维特点，但这只狗的命运中所产生的诗意却是令人震撼和悲悯的。这是一颗敏感之心对于一个生命处境的发现：一只导盲犬在它的主人死后便成了一个流浪儿，它也许已习惯了这样的孤独，但有一天它看到了一面镜子——这镜子也许就是作者，一个可以理解和映照另一个生命的心灵——它终于因为看见了自己的镜像而获得了温暖，也真正知道了孤独："导盲犬上前舔了舔/感觉那只狗也在舔自己/两只狗轻摇尾巴/一起躺下/导盲犬挨着镜子里的狗/感觉另一颗心脏跳动……/导盲犬和镜子/睡在这个城市的一个角落"。

这是一首多么令人感动的诗！一个幼小的孩童，从这样一个细节中看见了生命与它的镜像之间的关系，看见了生命的某种本质，也看见了爱、悲悯、推己及人，以及命运和对命运的承受本身。某种意义上，这里诗人既是那面镜子，也是这个镜像本身，它同时获得了“本体”和“他者”的双重体验，这是了不得的体验和发现，是真正的诗歌之“镜”和生命之“境”的双重书写。

很显然，就思想方式来说，对于生命处境的发现就是对诗歌的发现，或者反过来，对于诗意的寻找也就是对于生命处境的体味，就这点而言，高璨是值得称道的。这使她获得了写作的真正源泉和动力，让她随时随地可以找到灵感与诗意，而不会有让人感到“为赋新词强说愁”的造作。比如《辽阔的草地，孤独的树》，她从两种物象中找到了生命与自然的某种悖反，“如此辽阔的草地/却不允许一棵树的自由走动……”还有《蝴蝶躺在夏天的书页里》所写到的一种存续和结束的关系，那也是对童年和逝去时光的一个感慨和凭吊：“蝴蝶望着群群大雁/那些火热而短暂的追随者……”它最终“飞进了一本夏天的书页”里，成为时光的凭证，也结束了它那无忧无虑的飞翔。

四

上述话题也许过于沉重了，毕竟高璨的诗歌也还是孩童的诗歌，她的想象方式也充满了童趣，她写乡村的傍晚，“鸡追着风跑，夺回一粒金黄的谷子”“斜阳在那口大鱼缸边趴着，看一只火红的鱼，吞一粒灰色的小石子”（《深秋，乡村的傍晚》），写萤火虫在黑夜里出没，它“油灯般被黑夜提在手中，风一吹，灭了，一会儿又重新燃起”，这情境终于激发了海浪的意兴，它也“要擦出一粒火种，点燃一不小心熄灭的太阳”（《海浪要擦出一粒火种》）。这既是童心与童趣的自然联想，也使诗句蕴含了若隐若现的意义所在，使他的诗歌时常充满启迪性的思考，比如另一首《小溪，大海深邃的目光》，便从奔流的溪水那里看到了它的延伸部分，它无垠的归宿与源泉，使境界顿显辽阔与深远：“当太阳升起的时候/我看到的并非一条恬雅的小溪/而是来自遥远/大海的一个深邃的目光”。总之，儿童的意趣和诗思的提升在她这里总是能够兼顾，并且很好地结合在一起。

我自然无须谈论“诗艺”的问题，因为对于孩子来说，天然和纯真便是一切，技术和技艺层面的东西反而会损害诗歌的质地，但她在文字上超越年龄的敏感与创造力的确是值得称道的，这很了不起。我同意诗集中所附的诗人黄海的看法：“高璨对语言的感受有自己独特的敏感，它细碎、干净、柔软，还有淡淡的伤感，这是诗的忧郁……这才是难得的。”他主张用“中性词”来评价高璨的诗歌，而不是用“少年天才”一类赞美和溢美性的语言来谈论她，我以为是对的。所谓中性词，在我看来，一是要从“诗歌”的一般意义而不只是“儿童诗歌”的范畴来谈论她，另一方面则是要用分析和发现去理解她的诗，而不只是给予她某些赞美与鼓励，因为既然选择了诗歌和语言的遥迢之路，我们就应该相信这个孩子的信念与能力，应该从更高和更严格的意义上去要求她，谈论她，这才是公平的。

因此我犹豫良久后还是写下了这篇文字，我相信真正谈论诗歌本身的文字不会捧杀或棒杀一个写作者，哪怕是一个年纪尚幼的写作者，我们需要的是与它的作者平等和平静地讨论诗歌，而不是试图指引或者告诫。因为那属于诗歌的崎岖而迷人的道路不是由谁指引的，而是由生命和文字自己去经历和走出的。这一切也正如高璨的诗中所描述的那小溪与大海之间的关系，它理应奔向浩瀚无垠的大海，别无选择。但这个过程也并非遥不可及，因为小溪本也是大海的一部分，或者就是那大海“深邃目光”的化身或一闪念。我相信，对于语言的理解就是对生命的理解，那小溪不会回头，她会朝着那永恒的大海，一直向前。

2010年4月3日北京清河居

（作者系北京师范大学文学院教授，博士生导师）

读高璨诗歌

洛夫

高璨的诗的确非同凡响。她的诗充满纯真与灵气，每句诗都像一个飞翔的小精灵，可爱得叫人心疼。我还发现她的诗艺在不断精进，最新的一集《第二支闪电》就比《梦跟颜色一样轻》成熟多了。如“一群鸽子飞过头顶 / 我听见天空被揉碎的声音”（《秋天的格调》），即使一般成年诗人也写不出这样源自心灵感应的诗句来。她比我还早慧，她九岁就写诗了，我到十五岁才开笔，比起她来，那时我思想成熟，但对事物的感受力和扑捉意象的能力则远不如她，这显然是拜时代进步所赐。我少年时代读到的文学书籍十分有限，而且读的大多是茅盾、巴金等富于意识形态、抹杀性灵的东西，而高璨的文学背景比我们好多了，资源丰富，使她可以飞快成长。假若她是生活在文革时代，才华再高也会被扼杀。

很高兴得知，已有很多国内诗人与学者在为她鼓掌，这对当今那些口水诗四喷的诗坛不啻一声棒喝，让那些搅浑诗坛的大人们惊觉到什么叫“诗”。高璨的出现，换来普遍的关注与赞赏，足证今日社会还是需要好诗的。

2010年5月5日于温哥华雪楼

少女的玄学：诗性智慧

——读高璨的诗集《第二支闪电》

朱　鸿

高璨是西安交通大学附属中学的学生，有诗集数册行世，石击层浪，涟漪皱出。我对高璨的诗并不隙生，不过读江苏文艺出版社发行的新书《第二只闪电》仍耐我思。

诗与哲是联系的，也许哲非诗，然而诗常含哲，尤其是好诗，必有其哲，因为诗言志。一般认为，哲便是玄学，非深奥博雅之士无以为之。高璨1995年生，今年才十五岁，属于花季少女，然而少女自有玄学。她的诗显然透露出一种悠长的况味。我愿选诗三首进行讨论。

镜子,是它的一只眼睛
人们喜欢在这只眼睛里审视自己
因为镜子没有将自己的情感
流露在眼睛里
人们镜中看见的依然是心中的自己

镜子睁开眼睛就不再合上
碎了，就散碎地望着世界

没有人爱镜子
所有人都爱自己
也没有人会像纳西索斯
因贪恋自己的美貌落入小河
陷入镜子的心里

镜子孤独的时候
在心中闭上眼睛
想着自己那么多伙伴
想流泪还需用等到雨天

镜子是它的一只眼睛

镜子内心惆怅

却依然情不自禁地爱上

每一个路过的人

——《镜子》

以镜子为材的诗，西方有，东方也有，古有，今也有。高璨所表达的意思似乎明晰，又似乎朦胧。镜子仅是她的题，她发挥的大约是一种对世界的比较复杂的体会。人无不是爱自己的，遗憾总是轻视他人的寂寞和孤独。但寂寞和孤独的人却仍有可能爱着所有教会自己的人，若镜子爱着照它的人，甚至这样的人是只爱自己。高璨借镜子作出了她的精神向度的判断，同情着，也赞颂着。少女经历不深，不过有其境界，且显出了道。

月亮，从天空这边升到天空那边

我的目光，只见过其中几个片段

红的、黄的、绿的叶子

凋零地上一样的好看

或在风的胶片中，一样的凄凉

夹在书中的银杏叶已多年未见

却再无心思

于遍地落叶里找最可爱的一片

时光在萧瑟寒风中夸张地挥舞一只手臂

让我看见迅速转动的轮盘

另一只手，定格在温馨的小时候

那时关注的，现在已不再关注

忘记了它们匆匆在变

月亮，从天空这边升到天空那边

依然不让我看见全部

只是几个片段

——《片段》

这首诗涉及有限和无限的问题。只见过月亮的几个片段：其一是指，人不能在一生之中始终看到月亮，人偶尔才看到月亮，既使人想在一生之中始终看到月亮也不可能，因为月亮有现有隐，其隐不由人，隐了便怎么也看不到。其二是指，人的一生无论长短，它也是有限的，但月亮却是比人永恒的存在，以有限的一生对永恒的存在，当然属于片段。那么月亮是什么？月亮也不过是题而已，高璨只是借月亮表达自己的所想。有限与无限，当然属于玄学了。

空荡荡的桥梁下，有一个走动的人
黑衣，手中握着金色的拐杖

人们将赞赏的目光别在小丑的钢丝上
将憎恶的话语钉在阳光抽回的手上
浮世中的人类
不断将鞋上的灰尘，印在干净的土地上

黑衣人在浮世通往彼岸的桥下，说：
“超人”
人们大笑，如笑一头站在红色皮球上的狮
声音稍作变化，说：
“超人”
人们奇异地笑
如笑一个试图将雨伞挂在月牙尖钩上的人
声音有所变化，说：
“超人”
人们的笑骤然凝固，凋谢，转身离去
如逃出噩梦的门
凋谢的笑在地上堆积，如脏的雪水

黑衣人盼望一场暴雨的征兆
浓密的乌云
他是乌云中劈出的第一支闪电
他盼望着第二支

——《第二支闪电——读尼采》

高璨的诗素有恬静，冲淡，温厚的风度，然而此诗情感强烈，力度膨大。这些都以黑衣人的意象呈现出来。我在斯并不是要分析其意象。显然，此诗是读尼采之所得。显然，尼采是一个重要的精神现象。显然，尼采是一个世界思想史上的重要的难免有其争议的哲学家。我猜度的是：在高璨的诗中，黑衣人是尼采吗？黑衣人是第一支闪电，那么黑衣人所盼望的第二支闪电是谁呢？是超人吗？闪电是暴雨的征兆，一旦第二支闪电出现了，随之出现的暴雨是怎样的暴雨呢？诗人有时候是思想家，有时候也是预言家。高璨的诗，停留在对第二支闪电的盼望之中，不过这也够人费其考量了。若以为这只是一个孩子的诗，不必在意，那么很可能是所谓的长者错了。

意大利哲学家维柯有诗性智慧之论，认为人的一种感觉力，想象力，属于诗性智慧，它是一种感觉到的想象出的玄学，这种玄学就是诗。少女高璨固然达不到涉世之深，猎书之广，其推理与思辨仍存有广阔的发展空间，然而她的感觉力和想象力属于天赋，也许大大高于衮衮长者，甚至学者。长者与学者以经验与理性见长，可以为哲，作其玄学，进行创造，不过少女之诗何尝不是一种创造呢？高璨的诗不是以语言直接表现对世界的认识，她是借意象表现对世界的认识，自有其思想的敏锐与深刻。我以为这便是高璨的玄学。

实际上，依我的统计，在她的新书之中，有玄学况味，有诗性智慧的作品，不止其三，相反，是高璨非常重要的一类作品，足有二十余首诗。从高璨生命体验和直觉感悟而出的这些诗，兼具了思想价值与审美价值。

2010年9月2日于窖门堡

此刻，昙花盛开

成峰法师

禅，对于一个佛教徒来说，那是一种生活的态度与方式。禅，对于一般百姓来说，可以演绎出诸多不同的解释。禅，不是什么。禅，又是什么。

禅，不是什么？禅，不是说不清也道不明的神秘、神奇与神经；禅，不是书本上记载的几则公案和话头；禅，不是在T恤上印个禅字，吆喝几句禅偈的附庸风雅；禅，不是忽悠了你之后却令你无可奈何的伪劣广告。

禅，是什么。禅，是对生命规律拥有好奇与探索的人生态度；禅，是随时了知当下的身心感受；禅，是面对一切境界保持不迎不拒的超然；禅，是独处时的最佳伙伴；禅，是人际交往中的润滑剂。

禅，常常被认为不落文字，否则如同以手指月，望者会误将手指当作月亮而与其失之交臂。禅，又必须借助于语言文字，否则学习者如入五里云雾，不着边际，即所谓不离文字的道理。

说了这么多，别以为我对禅很熟悉，其实也只是学了几天，隔靴搔痒罢了。高璨同学写了一些诗，邀我写几句话，我很欢喜，也乐于随喜。她一个十多岁的孩子，可是对生活的观察却如此深入、细致，描述出来的意境给人启迪。

对于诗歌，我也是个门外汉。虽说也写过几句，终究不过是表达点一时的心情而已。读高璨的诗，可从中发现一些与禅理相关的东西，那便是——专注于此刻，安住于当下。

《悄悄的秋》中这样写道："一个扫院子的人/在风中扫着/扫着不尽的落叶//头顶飞过一群雁/学会了轻/一点声音也没有/仿佛雾从远方漫了过来//扫院的人仍关注/地面的黄叶/甚至没有发现/秋的到来"。

读完这首诗，在脑海中会留下一幅深刻的图画。此时，我忆起唐僧皎然有一首诗"秋风落叶满空山，古寺残灯石壁间。丛丛花草萧萧竹，几处柴门闭寂寥。"

一个人能够安心扫地，不留念过去，也不担心未来，心，在此时。心，在此地。平安，吉祥便成了他的朋友。

在《生活在一瞬间、一瞬间》中，生命被深刻透视："昙花在深夜，开了/他没有表用来看清一个小时/究竟在生命中占去多少/而是捕捉每一个瞬间，一缕风或一丝月光的移动/这样，昙花的生命很长//昙花，不理解成语/他只是生活在一瞬间、一瞬间/做一朵快乐的花。”

人生，只在一念之间。一期一会的生命，经过的每一个当下，都是我们遭遇到的唯一，无法复制与再现。我们无法决定生命的长度，但我们可以决定生命的宽度与深度；我们无法左右别人的尺度，但我们可以改变自己的态度。

快乐，不向外求；自由，并不遥远。

当我们低下头，昙花正在盛开。

（成峰法师，字菩云，江苏南京人。受母亲影响，年幼遭遇佛法，后皈依三宝。而立之年，礼本地狮子岭圆公上人祝发，旋求学于苏州戒幢佛学研究所。2004年，预科毕业。现在苏州西园寺。）

做一朵快乐的花

——高璨诗集《出尘之美》序

熊召政

高璨，读高中二年级。未读诗稿，先看扉页上的介绍，心中就犯嘀咕，一个十几岁的女孩子，在诗歌的写作上，应该处于蹒跚学步的阶段。但是，当我翻阅诗稿，读到以下的句子：

没有一朵花

在绽放时，喊出自己的名字

没有一只鸟
在起飞时，唱出它自己的名字
我在山中看到的美
起飞前是花儿
起飞后是鸟儿
——《花鸟山路》

我不免惊讶，如此新颖别致的诗句，竟出自一个小姑娘之手。这样的小诗，放在任何一本当代诗选中，都算得上上乘之作。它引起了我阅读的兴趣。于是将选入《出尘之美》中的95首短诗仔细通读了一遍，便产生了点评与借题发挥的冲动。

孔子用“学而知之”与“生而知之”作为人的智力的判别标准。学而知之谓之人才，生而知之谓之天才。在古往今来的诗人中，天才不在少数。我一向认为，没有天赋，纵然饱读诗书，也无法成为优秀的诗人。这乃是因为，诗是借助情感来表述心灵的活动。过分理智的人，即囿于逻辑的藩篱而不敢天马行空的人，写出来的诗大都不见妙谛。回到心灵的本真，就等于回到了无拘无束的生命的本性。在这一点上，诗与禅庶几近之。最好的诗虽然含蕴了哲理，但却不可理喻；它通达了禅意，因而充满了奇思妙想，展现活泼的生机。

高璨的诗，大都表现了以上所说的特点：

昙花，不理解成语

他只是生活在一瞬间、一瞬间

做一朵快乐的花

——《生活在一瞬间、一瞬间》

月亮如纸糊的月亮

背后只有一小撮火苗映照的纸月亮

不用烤火的人将它掷入火中

自己就燃烧了

那是最初的太阳

——《纸月亮》

而我如桃花漂在水面

漂在大山的心里

学会爱与柔软

——《桃花流水》

月亮走进小河

鱼儿做着梦

搭上了月亮船

——《海浪要擦出一粒火种》

从这随手拈来的几段诗句中，就可以看出高璨一直生活在浪漫与天真的童话中。人们常说怀春的少女总是最可爱的。此一时期的烦恼，无关生计，无关坎坷；此一时期的憧憬，也无关名利，无关荣辱。高璨既有着少女们共同的那一种浓得化不开的情感，又有着自己独特的内心世界，她的生命完全融化在诗歌里。

高璨的诗歌接近于童话。人们常用“多愁善感”四个字形容才女。但高璨的诗中看不到多愁，善感却随处可见。如果现在就说她是天才的诗人，那肯定是溢美之词，小高璨也担当不起。但说她有诗歌的天赋，则绝非夸饰。她的经历与学历都很短暂，这使得她的诗歌充满了稚气。在稚气与天真中表现诗歌的灿烂，会给人带来格外的美感。在《出尘之美》中，像《上弦月》《有人在轻抚寺院的门》《偶遇》《金色漫过草地》《所有的蝴蝶都像花儿一样飞》《其实蜗牛可以爬得更快一些》《花的小嘴唇》《鸟儿的身影》《静止》《水的流动是一种习惯》等等篇章，都可以看作是高璨诗歌的代表作。它们清新、婉约，是调皮的少女故作深思状的产物。

高璨太单纯了，因此她的诗中充满了渴望而绝无纷争。这是人一生中最美妙的时光。但有时候，高璨的诗中也偶尔透露另外的信息：

坐着车，在围满野花的路上
晚霞让天醉了

没有拦下一个漫长的错误

——《路上》

我的脑海中

罗列单纯的自然景物越多

悠闲也越多

——《我是一个完全闲下来的人》

从这两节诗中可以看出，高璨钟情于自然。这种倾向表明她向往灿烂而又宁静的生活。与同龄人相比，高璨显得更为敏感。不过，我倒希望她做一朵快乐的花，用特有的芳香装饰自己的春天。

2011年12月3日于闲庐

（作者系诗人、作家，湖北省作协副主席）

物我相融的天然诗篇

李利安

我平时以研读佛经禅语为业，很少读现代诗，更谈不上诗词的鉴赏，尽管曾在大学的公开讲座中妄谈当代网络文学，也曾被人将自己的劣诗镌刻在大唐芙蓉园御宴宫的西大门和南大门上，更曾经多次在北大、清华、复旦等大学的国学班上频频用古代诗词传递传统的东方智慧，但总体来说，我在诗词方面实在是一个外行。不过，我始终认为，意境悠远、情趣深邃的文字，肯定是能够为天下有心人所感悟的。读罢高璨的诗选，我唏嘘良久。没想到在这个节奏紧张、生活物化、自我膨胀的社会，还有这么一个闲逸的女子，写出如此典雅动人的诗句来。

几乎每一个人都见过春花、秋月、夏风、冬雪，同样，几乎每一个人都听过蝉鸣、鸟叫、雨声、弦音。可是，物终归是物，我终归是我，我不在物的世界，物也不懂我的内心。然而，在高璨的眼睛里，物已不是呆滞的物，我已不是孤独的我，我闯入了物的世界，物也融进了我的灵魂。高璨的每一首诗，都在性情的洋溢中，浸润着灵动的景物，缓缓出场，像小溪流淌着对自然的柔情，也像天鹅舒展着对天地的明察，更像隐士散发着对人性的反思。

“墙上的挂钟说出困意/但它依旧走着/像一个不是我的人/却在冬天与我想着同样的事/那些暖暖的/想起就想起/想忘记就可以忘记的/懒懒的冬天的事”（《这个冬天懒懒的事》）。带有困意的挂钟依然忠实地履行职责，这不像闲散超脱的我。然而，忠实记载每时每刻的挂钟又与无视每时每刻的我经历着同样的事情——那些虽萦绕在心头却又没有烦扰到我的有关光阴流逝与生命流转的事情。这里，我与挂钟这两个截然相反的存在已经分不清彼此，物的刻板与我的灵动在时间的流逝中实现了统一，而我的内心却在这种形神统一中绽放着那份悠然自得与超然自在，一种挣脱时空之后的精神境界悠悠地延续在生命的深处。

在自然中寻求生命的本质，在生命中体验灵魂的清净，这是中国道佛两家彼此呼应的神圣追求。道家所追求的道，原本是玄之又玄的，所谓一阴一阳谓之道，所谓道生一，一生二，二生三，三生万物，所谓寂兮寥兮，独立而不改，周行而不殆，可以为天地母。可是道家也说，道通天下，道在身中，人法地，地法天，天法道，道法自然。可见，道终归还是一种潜藏在生活之中并顺应自然的常真状态。天地虽不语，却通过万物来说话。四时的变化，人事的兴衰，都受一种无形力量的制约。只有遵循这种规律行事，才能达到天人合一的最高境界。中国古代的禅僧，喜欢在山林中悟道。因为，不管是高山还是流水，不管是白云还是红叶，都充满了禅意。只要你跳出俗世的烦扰，让心摆脱外境的束缚，在一片纯净之中，激活身体内部的灵性之光，智慧的火焰就会升腾，在烦恼燃尽的时候，宇宙的奥秘与人生的真理就像天使一样带着微笑，来到你的面前。高璨的诗平淡中蕴藏着天然，天然中洋溢着人性的光辉，中国传统文化中佛道两家的智慧在这里均得到充分而深沉的张扬。

无论是佛还是道，作为一种精神财富，总是在人类的各个生活领域发挥着支撑与引导的作用。在高璨的诗中，光阴、爱情、希望、死亡、坚强、梦想……这些人类关心的永恒话题总是或隐或显地成为流动的主题。她以极其细腻的笔触，表达了自己对各种问题的独特感想与体悟。真是一个温婉的女子！我想，不管是下着细雨的早晨，还是洒着阳光的午后；不管是忧烦降临，还是愉悦之时，只要我们拿起这本诗选，泡一杯绿茶，坐在阳台上，靠在床头间，抑或是在另外一种自得之处，缓缓品读，细细体味，那带着天香的语句，那存有几分调皮的诗情，那丝丝浪漫的画意，簇拥着她甜蜜的微笑，将静静地流进你的心田，滋养你的生命。因为，这是一首有关自然、有关人性、有关灵魂的清丽之歌。愿你伴着这首歌，在思想的遨游中，高瞩见璀璨，俯听闻妙言。悟得弦外音，坐卧常安然。

2011年12月9日于心苑

（作者系西北大学教授，博士生导师）

略论高璨诗歌中的生命与自然的哲思

谭五昌

无论从何种层面来看，童年经验对于一位诗人而言都具有极端的重要意义。在中外文学史上，那些优秀、杰出乃至伟大的诗人，自始至终必然都怀有一颗赤子之心，某种意义上，正是那种童真的想象力、感悟力与理解力，帮助这些对文学史具有影响的诗人们写出了最具天才光芒的动人诗篇。

而“90后诗人” 高璨（在此姑且套用许多人对她的称呼）却拥有了这种先天优势，从8岁起，这位少年诗人就把她在纯真年代所经历过的一个个有意味的瞬间谱写成了一首首纯净而灵动的诗篇。在高璨的诗中，我们可以感受到这个世界的纯净与美妙，我们也常常被带入到作者用幻想建构起来的童话境界而陶醉其中。然而，在那些纯净的诗句与童真的想象之外，少年诗人还在用她的笔抒写着她对于生命、对于自然的诗意思考。与成年人相比，也许这些思考并不显得非常深刻与成熟，但它却拨开了成年世界里被复杂经验蒙上的厚厚尘土，让生命与自然的本真面目水落石出于我们面前，呈现出直抵事物本质的早熟智慧。

在高璨的诗歌词典中，“时光”是一个具有巨大磁场效应的词语，它聚集起少年诗人关于生命与自然的感悟。通过“时光”，诗人开始进入生命本体的感悟。或者说，从触摸到时间的那一刻起，作为抽象词语的“生命”便一下子变得具体可感了。

生命是被时光所主宰的，生命在时光里逐渐地凋落、枯萎。高璨以早慧诗人的眼光如此书写一棵在时光里轮回的柳树的生命形态：

夏赞美那株柳树
如一帘碧绿的瀑布
秋怜惜那棵柳树
正在枯黄凋零
冬更是对光光的柳枝疑惑不解

“时光”这把主宰生命的刻刀，可以轻而易举地改变生命的面貌。高璨这样写道："时光有一把无形的刀/悄无声息地雕刻一切/所有改变了模样"。以刀作比喻，足见少年诗人眼里"时光"的残酷无情，其对生命本质的领悟无疑具有哲人般的智慧。

生命被时间所掌控，驱使着日月不停地往前赶，却失去了奔跑的自由。高璨还进一步思考着时间对于人类生命不可抗拒的强大规约性，比如，她的笔下这样描叙秒针：

当初人们制造它
就是为了让它准确无误地跟踪岁月的脚步
秒针究竟拥有了
其他人不曾有的自由
跟随岁月游遍大江南北
还是，不曾拥有一丝自由
仅仅在心中默默跟随时光而已

在此，"生命永恒"的神话却被"时间"轻而易举地捅破。年轻的诗人认识到，生命不是永恒不磨损的，而是必然要随着时间消逝不见的。她只能在诗中无限哀婉地质问：

为何美丽，也没有得到
永恒的权力
满地残留红的花瓣与雨水
还可以拼凑出
昨日的繁盛

作者通过败柳、残花来叹息生命与美的凋零，更因此而生发出质疑，一切的生命真的存在过吗？她在诗中自问：“但时光那沉重而又迅疾的皮鞋/踏过这一切/又有什么可以存留”。一切终将逝去，生命与时间一样都不留下痕迹，同许多哲学家一样，少年诗人高璨对生命存在的意义予以了形而上层面的质疑。

更让人钦佩的是，高璨还在其诗歌文本中探讨了时光流逝与人类命运的宿命关系。一般说来，生命无论怎样孜孜不倦的追求、奋斗，都逃不出命运这个小小的圆心。人类一直试图打破宿命。年轻的诗人高璨却体会到了以“速度”来打败“时光”，赢得生命自由这一悖论。诗人这样表达这种无可奈何的情绪：“时间像草原上的草/我抓得住/却阻止不住它的衰老、枯黄”。时间流逝，生命变得越来越疲惫不堪，越来越接近消亡。就像钟表店里的钟，一生都在旋转、奔走，追寻着时光，从不停息，当它走得累了，想停下来休息，获得喘息之时，却也是生命即将停止之时。这是怎样一场无望的追逐，以至于最后只有无言的结局。请看高璨在钟表店中如何书写她的精准观察与联想：

钟表店里
一只坏了的钟表
被拆掉银色的齿轮
桌上零乱地躺着
好像那些操劳一生的人
终于有了一个喘息的机会
却已经触摸到了自己的终点

少年诗人一再地以“秒针”“一只坏了的钟表”来比喻人类对时光的追赶，事实上，她已经感悟到了这种生命与时光的同构性。因为钟表是被创造出来象征时光流逝的，它所代表的就是时间。正如人的生命，生命就是时光的串联，有生命才有时光，所以生命的节奏与时光的节奏一致，一旦生命结束了，个体意义上的“时光”也就失去意义了。正如她在另外一首诗中写到的，人总是“提着时光的漏斗/四处寻找遗失时光的经历”，并更进一步说道：“当人在角落哭泣时光全部逝去/花儿说，人类时常会忘记/泪水只会存在于活着的时光里”。人的哭泣就是时光存在的证据，而人却往往不自知。却总以为时光在我们前面，于是要拼命地追赶，一直追赶到最后，筋疲力尽了，只留下一声无奈的叹息。

时光飞速流逝与时光本身的无情也成为高璨的思考对象，在诗中她这样祈求时间：“我不知道，时光的鞋/已经磨坏了多少双？/你能否停在路旁，看看野花/不要走得太急/让大家都有喘息的时机 ”。然而，真的是时光走得太急了吗？时光不正是依附于生命才获得存在价值的吗？所以诗人不禁质疑：“是谁，和时光串通好/不仅仅让世界万物被时光主宰/还要时时高声提醒着/速度、消逝/对这个没有一刻停息下来的世界”。 无疑，诗句里提到的“与时光串通”的合谋者，正是人类自己，正是生命本身。是人让自己被主宰，又用“速度”来进一步奴役人类生命。

可以说，少年诗人高璨已经参悟了生命的本质，那就是不可逆转的时间性。诗人在诗中进一步写道：

一堆钟表的零件
洒落桌上
似乎一地时光破碎的骨头
让窗外的我
看见了时光竟然也有憔悴
老去的时刻

那“钟表的零件”就是“时光破碎的骨头”，在这里，生命就是时光，时光就是生命。时光原本是以生命为载体的，就像影子依附于身体，人要追着时间的影子跑，自然人追得越快，时间走得也越快，一直追到你停下的时候，时间也就停下了。这一场迷藏一样的追逐游戏，本来就是人类自己捉弄自己。

我们难以探知，少年诗人高璨是因何开始思考“时光与生命”这一极富哲学意味的命题的，但她的思考方式、过程与结果却具有浓郁的哲思色彩，呈现出早熟天才般的生命智慧。除此之外，她还明显把哲思的触角延伸到自然身上，换言之，自然也是其智慧内涵与思想气质不可或缺的组成部分。

中国古代诗人面对自然万物时，经常会发出时光飞逝、生命衰落的吟唱。高璨在抒写时光流逝的时候，也常常引入并呈现自然意象，无论是从春到冬慢慢枯萎的柳树，还是满地残留的花瓣，都成为高璨的诗思对象。然而高璨由时光流逝产生的对于生命的感悟，从一开始就包含了“自然的生命”在内的“生命”。

在时光中，少年诗人看见自然生命的衰落，就像看见了自己生命的衰落，如其诗句所言：“雨季，我静静站在庭院/雨点，将我当成一株桃花打落 ”。

在高璨的生命与自然观里，生命应代表整个自然界的生命，而人类也是自然的一个组成部分。高璨曾如此独白：“我本属于大自然中的风或是月或是一颗露珠或是一缕阳光，感谢上帝让我成为一个人”。因此，高璨的诗歌中充满了对自然生命的热爱、欣赏与同情，在她看来，“花儿”并不仅仅是因为人的比拟才有生命的，而是它本身就是有生命才被人用来比拟的，甚至于有时候“花儿”比人更懂得生命的珍贵与时光的意义，人虽然有比“花儿”更多的寿命，却不一定能领悟生命的真谛。高璨将“花儿”与人进行了对比：

当人在角落哭泣时光全部逝去
花儿说，人类时常会忘记
泪水只会存在于活着的时光里

花儿不奢求更多的露水
更长的生命
也许就短短的一季，又回到生命的根部
想，还有多少愿变成花儿的人类
在用活的生命祭奠

由此可见，人有比花儿更长的生命却不知充分利用生命的价值与意义，往往将生命用在徒劳地追寻与自我消磨之中。相形之下，高璨的《镜子》在呈现镜子与人的关系上真是睿智非凡，兹引全诗如下：

镜子，是它的一只眼睛
人们喜欢在这只眼睛里审视自己
因为镜子没有将自己的情感
流露在眼睛里
人们镜中看见的依然是心中的自己

镜子睁开眼睛就不再合上
碎了，就散碎地望着世界

没有人爱镜子
所有人都爱自己
也没有人会像纳西索斯
因贪恋自己的美貌落入小河
陷入镜子的心里

镜子孤独的时候
在心中闭上眼睛
想着自己的那么多伙伴

都这样活着

想流泪还需要等到雨天

镜子是它的一只眼睛

镜子内心惆怅

却依然情不自禁地爱上

每一个路过的人

对于事物如此通透的认知与感悟体现了少年诗人高璨天才性的思想发现能力。是的，她最终通过诗歌的方式发现了生命与时光的奥秘，也发现万物的生生灭灭，都是一种自然规律，如其诗中所写：

白天吞噬黑夜

黑夜熄灭白日，谁曾经赢过？

风逝、水过、云散

万物都在延伸自己的路

往事的影修长

自然规律之轮静静旋转

万物都有自己的路要走，对于承载时光的生命，人会因之生而喜，因之灭而悲，然而面对生命的自然生灭，人试图做的努力必然是微小而有限的，人应该一切顺其自然，顺应自然规律，顺应生死大道。

从以上对高璨诗歌的简要分析来看，我们可以指认高璨虽然年少，但其诗歌却有远远超出其年龄的成熟之处，她能在诗歌中以自我生命成长和自然万物的生灭为参照，在一系列诗作中艺术化地表达自己对生命、自然与时光的哲思，给读者以诸多深刻、美妙的思想启发，从此角度与层面着眼，我个人认为，高璨实际已步入成熟的诗人行列，而不能依照其年龄把她看作“未成年诗人”甚至“儿童诗人”，如若这样，那绝对是对于高璨诗歌才华与诗歌地位的完全低估。尽管就诗歌文本本身而论，高璨的部分诗作目前确尚存有年少诗人不可避免的一些青涩之处，但年少的高璨在其诗歌写作中能够对于生命与自然生发出颇为精妙、灵动、深刻的哲思，为她的诗歌文本增添其他同龄诗人很难具备的精神厚度与思想深度，由此让我本人对于高璨的艺术天赋抱有极大的认同感，并对高璨诗歌创作广阔的发展前景抱有极高的期望，这便属于情理之中的事情了。

2011年12月14日于北京京师园

（作者系文学博士，诗歌评论家，北京师范大学中国当代新诗研究中心主任）

出尘之美

吴言生

佛教的创始人悉达多王子在菩提树下觉悟成佛时，感叹说："一切众生，具有如来智慧德相。但以妄想执着，而不证得。"每个人都是佛，都是如来——如其本来，不受尘染，都具备佛的智慧、德行、相状。但是，为什么没有成佛，却成了芸芸众生？这是因为有了妄想、执着，被世俗的欲望、尘埃蒙蔽了，从此沦落凡尘，流浪苦海。

缘此，禅学的修炼，就是去除尘染的过程。其实，不独禅学如此，中国传统文化中的儒家、道家莫不如此。道家说："神仙本是凡人做，只为凡人志不坚。"每个人在本性上都可以做神仙，知足快乐就是神仙，但是为什么做不了神仙？这是因为在受到名利权色的诱惑时，心志不坚定，被尘埃污染了，俗气太重，所以做不成神仙了。儒家《大学》的开篇说：“大学之道，在明明德。”每个人的德性都是光明的，为什么还要去“明”它，让它重新光明起来呢？这里面有一个潜台词，就是本来光明的德性，因为世尘的污染，变得不光明了。所以要“明明德”，让本来光明后来受到尘染变得不光明的德性重新光明起来，这样你才能成为“大人”，成为圣人、贤人，道德上光明圆满的人。可见，中国传统文化修炼的最高境界，就是去除尘染、回归本性的出尘之美。

展读高璨君的诗歌，从里面惊喜地发现的，也正是这一份出尘之美。这本诗集的作者正当豆蔻华年，没有像一般的孩子那样，迷恋在外面的世界五光十色的繁华喧嚣之中，而是把更多的兴趣、关注、性情，放到了宁静的、纯洁、童真的内心世界。品读这些诗篇，在在处处可以感受到出尘之美。

一曰合一之美。

禅的精髓是合一，化去小我，与大自然融为一体。唐代寒山子禅诗说：“微风吹幽松，近听声愈好。”对天籁之音，必须近听，才能发现其中的美妙。什么是近？不是空间的近，而是心灵的近。只有摒落尘缘，把自己化成那株松树，才能感受到微风拂过每一寸肌肤的幽趣。只有用“是一株松树的松树”在感受着微风，才能有天人合一、物我一如的感受。作者就是这样把自己化成了一株松，一只鸟，一尾蝶，一片叶，一缕霞。作者感受着微风的足迹：“风的鞋上一定粘过世界各地的泥土/风的眼睛一定目睹过许多珍奇”（《风到过哪里》）；走进了小虫的世界，“和小虫有了一次亲切的交流”（《小虫行走在我手上》）；认清了季节的面容：“一切来去得不知不觉 / 我刚认出夏的模样/一朵野菊花/悄悄地，在我身旁开了”（《一朵野菊花又开了》）。在这个童真纯净的世界里，梦想的蝴蝶翩翩起舞：“她没有名片/没有固定的住址/只驮着自己的美丽/踩着轻盈飘舞”（《蝴蝶的旅程》），没有目的性，没有功利性，一切都是如此的纯真，如此的静美。

二曰慈悲之美。

禅的精髓是慈悲，无缘大慈，同体大悲。“为月忧云，为书忧蠹，为花忧风雨，为才子佳人忧命薄，真是菩萨心肠。”（明张潮《幽梦影》）作者希望美好的东西永远定格，永远没有摧残和夭折，时时流露出对他者的痛苦感同身受的悲天悯人的情怀。起风时，她为夭折的黄叶的命运而嗟叹，同情它的坎坷、单薄、凋残（《起风时》），那只蜷缩在城市角落的被遗弃的导盲犬（《镜子和狗》），那个希望拆掉高高的院墙让黑沉沉的世界渗进阳光的盲童（《高高的院墙》），那群被无情地屠宰的小羊（《路上》），无不在作者的心湖一石激起千层浪。反之，如果具备了这颗慈悲心，季节便不再肃杀，人世便不再凄寒。秋天僧人听到“有人在轻抚寺院的门”，开门一看，原来是梧桐树叶飘到了门前。僧人带着微笑，撒下了一把把金黄的米，因为他知道，这些抚门的小手，原来是树上麻雀的指使（《有人在轻抚寺院的门》），所以给这些小生灵们留下一份爱心。在这里我们看到的是佛性的光华温暖了人间。

三曰当下之美。

禅的精髓是活在当下。从来好物不坚牢，彩云易散琉璃脆。美好的东西总是如昙花转瞬即逝。如何在短暂的生命中体会永恒，是禅学探讨的重要问题。僧人问大龙禅师："什么是坚固法身？"大龙禅师说："山花开似锦，涧水湛如蓝。"僧人问的"坚固法身"，就是指我们永恒的生命。现象界的事物如昙花般易逝，人生永恒的价值究竟在哪里？大龙禅师回答说，你看，山上的花，美得像锦缎似的，开了落，落了开，永远有生机；涧中的水，美得像翡翠似的，不停流逝，流了去，去了来，水量不会少。生命永恒的意义，恰恰就存在于当下的每一个瞬间，就存在于无常迁灭的事物之中啊！活在当下，珍惜当下，每一个当下的本身，就会成为永恒。如此，无常便不再是念念迁灭，不再是悲怆凄然，而具有了永恒之美。作者所注重体验的，便是这份当下的瞬间之美："月，总在深夜探望/如昙花，总在深夜闪亮/一瞬的芬芳与美"（《月，总在深夜》）。正是有着对瞬间即永恒的感悟，作者观察无常迁灭的事物时，便独具了慧眼："桃花在春天睁开眼睛/在春天死去/开放时没有欢呼/凋零时也无叹息"（《宛若桃花》）。在这里，我们可以感受到诗佛王维"涧户寂无人，纷纷开且落"的淡定与超然。也正是因为有了这份淡定与超然，原本萧瑟凋零的落叶，也被涂上了一层健康明快的暖色：

“感谢秋天的落叶/这些黄色的蝴蝶/一只只从枝头飞下/温暖了整个冬天”（《落叶如蝴蝶躺在春天的手心》）。

四曰闲淡之美。

禅的精髓是闲淡，闲适淡定，静观万象。宋代无门慧开禅诗说：“春有百花秋有月，夏有凉风冬有雪。若无闲事挂心头，便是人间好时节。”只要将“闲事”，也就是贪嗔痴三毒所支配的生命的种种尘染从心头清除掉，那么，春花秋月夏风冬雪，无一不是人生的良辰美景。在这个世界上缺少的不是美，而是欣赏美的眼睛，欣赏美的心情。确实，“在这繁忙的人世间 / 尘埃也不曾落定 / 谁会有闲暇，思念什么 / 谁会有一截烛光的时间 / 去对月长吟？”（《一种叫思念的温暖》）只有“一个完全闲下来的人”才可以从容地静观万物，而各种景色的容貌也会总是不同（《我是一个完全闲下来的人》）。在闲淡的眼光中，当秋天的火柴点燃了枫林，跳动的火苗在树上晃动格外耀眼的时候，小蚂蚁、鸟儿、鱼儿纷纷衔一片红叶回家，收获着这绚烂的秋景（《红枫林》）；在浓密的树荫下，阳光碎玉般撒落一地，却无人捡拾，因为人们只看眼前的路，反而是一只棕色的小雀，走进了这片灿烂中（《树荫下》）。作者呼吁：在这个躁动喧嚣的世界里，我们不妨学习蜗牛，停下匆匆遽遽的脚步，珍爱路边的风景，多多欣赏叶儿的翠绿，花儿的甜蜜，而不要像那些每时每刻都在奔跑着的人，失去了什么却浑然不知，直到生命只剩下一个终点（《其实蜗牛可以爬得更快一些》）。

每个人都生活在现实世界，生活在万丈红尘之中。在尘出尘，便是生命的一分清醒与自觉。哲人海德格尔说：“人，诗意地栖居在大地上。”这是人生修炼的终极境界，更是佛教所致力修炼的出尘之美。在娑婆世界保持莲花般的清净不染，是人类几千年来一直在努力不懈的修炼。在红尘中修炼合一之美、慈悲之美、当下之美、闲淡之美，是一份莫大的功德与成就。

在欣赏高燦同学的才情、禅意之余，我仍不免有一丝担心。因为一个人在“成长”的过程中，往往不可避免地要沾上很多灰尘。“留下我，看着那些不知 / 红了多少次的桃花 / 再一次红了”（《等待，梦中的回忆》）。随着年龄的增长，这份清纯和美丽还能保留下来吗？“我就是这样一朵花儿 / 被一颗未命名的大果子感动”（《幸福》）。这份童真的感动还会一如既往吗？“就是那么一瞬间 / 就是那样不小心 / 童年，就在捕捉一朵 / 飘过树丫的云时 / 无声跌落 / 离开，就再也没有回来”（《飘过童年的云》）。我很希望那朵飘过树丫的云，在作者的记忆中能永远保留一份纯真和美丽。

我们祝福并期待着。

2012年元旦于山水禅

（作者系陕西师范大学佛教研究所所长，博士生导师，《中国禅学》主编）

青春诗作

——我本是风

〔德国〕西蒙

并不是所有的中国孩子都希望在钢琴比赛或者是国际学生评估测试中一举夺魁，彰显霸气。也有一些孩子，他们更愿意潜入一只被抛弃的导盲犬的情感世界，跟它一起感同身受，“导盲犬……看见一面镜子，里面有只，跟自己一样的狗，流浪，导盲犬上前舔了舔，感觉那只狗也在舔自己……导盲犬挨着镜子里的狗，感觉另一个心脏跳动，另一种体温存在，直到不知不觉，镜子很温暖”。

高璨写下这些诗句的时候，是11岁，现今她15岁，已经在不同出版社出版了九本书，其中五本是诗集，四本是散文童话集。这些书原本是儿童读物，但现在的读者群却主要成了成年人。在2010年出版的《文学的高璨》一书中，很多中国的文学家盛赞高璨，不仅因为她代表了文学的希望，也更因为在这个越来越能预测的生存环境中，却有一个女孩有着如此卓越的想象力。诗人于坚称她为“梦的保管者”，世界花园蒙受危机，她却坚守着一种“天真的想象力”。

高璨是个高个女孩，穿着一件宽松的毛衣外套，从她的口中听不到声势浩大的字眼。她没有谈文学，她更愿意讲她养过的小动物，高璨端坐在椅子上，讲她很小的时候父母在西安的家里养过的三只蚂蚱，以后家里又陆续来了其他的小动物：小鸟、金鱼，一只狗和一只兔子。他们还养过一只孔雀，是一个在动物园工作的叔叔送给他们的。那只孔雀是由母鸡孵育出来的，它出世以后就只跟着人在一起。她七八岁的时候在家里写作业，阳台上的那只孔雀就站在一袋大米上面晒着太阳。高璨讲得简单准确，却又那么不经意，正如她的诗歌一样，她的诗几乎全都潜入到动植物的内心世界。高璨戴着眼镜，用一种特有的内敛的温和望着世界，就好像在她和外界的纷繁之间还有一层膜，这层膜只属于她自己，似乎却也没有把她和世界隔开。

高璨的父亲对女儿的才能感到惊讶，这并不是说，从事文学在中国不会让父母感到骄傲，这样的前例已经有很多，当今中国几位成功的作家如韩寒、郭敬明都是从十几岁就开始写书。而湖北少年作家蒋方舟的事例更是让人瞠目，她九岁时发表了第一部小说，因为她的妈妈一直向她灌输，不写书的孩子都会被警察叔叔会抓走。写作也可以像这样始于恐惧。高璨的情况正好相反，高璨的父亲虽然在出版行业工作，但他跟其他的父母不一样，并没有在女儿上学以前教她识字，也没有督促她写作，七岁时学校鼓励孩子写日记，高璨就记录了她心爱的动物。

高璨的父亲这才意识到，女儿写下的句子并不寻常，于是就采用了一种特殊的方法支持女儿，他鼓励孩子写片段、写短文，哪怕这些文字只含有一种情绪、一个思想。他保护孩子在写作中免受那种完整的、程式化的影响，因为他亲身经历过，知道那些东西只会扼杀孩子的活力和创造性。在字里行间他发现了新颖、鲜活，对此大加赞扬，并不在意某些表达是否合乎逻辑，是否有错误。他认为诗意恰恰就产生于这样的空白之处。他给女儿找了很多书来看，《安徒生童话》《格林童话》，后来又给她看他自己摘抄的诗歌。

父亲对女儿引以为傲，但他强调要让孩子自由发展。高璨以后要做什么，他并不知道，也不想去操纵。学校教育孩子要按照固定的格式写作文，要出现指定的句式，文章的结尾要有一个道德的升华。高璨的父亲认为这样的教育只会让孩子变得麻木和虚假。深谙这些规则的学生会在考试中杜撰一些比如父母早丧这样的悲惨故事，以博得老师同情，赚取好的分数。

高璨的父亲并不在意当下正在热议的问题，即到底是中国式的教育还是西方的教育更能给孩子带来成功，也就是说应该给孩子灌输什么才能让他们更有能力。他关注的则是，孩子内心有什么，怎么才能对此施以保护。

而高璨的诗歌也正是以此为题。它们好像是在讲自然，不管是想学飞的风，还是那个不再感到孤单的村庄，因为风给它带来了日出劳作的声音。她的诗总是在讲内心的生活，它不需要外界物化的呼应，只需内在耐心而又善意的参与。在高璨友善、温和的目光中，一切都有生命，观察的“我”和被观察的“外界”之间没有界线。在一篇散文中她写道：“我本是风，是月亮，是露珠，或者是一丝阳光”。有人说这些文字富有禅意，高璨的诗有一种令人惊讶的当下感，它们显然并不需要什么理论来支持。

有一次，高璨化身为一个破旧的老钟表，它的零件被拆下，铺满了修表人的桌子。“一堆钟表的零件，散落桌上，似乎一地时光破碎的骨头，让窗外的我，看到了时光竟然也有憔悴，老去的时刻”。消逝的主题通常饱含伤感，但在这里，流逝直指时间，时间也会苍老，从而免于伤感。这位年少诗人的特别之处也许正在于，把孩子们能感受到的即刻的快乐用成年人的语言表达出来。因此，哲学家周国平祝愿她能“给非文学的日常生活留出更多的时间”。

（本文发表于2011年5月11日德国《法兰克福汇报》，高虹翻译）

春深，长满枝桠的小树亭亭如盖

——读高璨的诗有感

潘小娴

严格说来，阅读过高璨的诗后，我更坚定了自己的想法：无法真正走进儿童及少年心灵世界的成年人，是否有资格评价孩子笔下的意向世界？

答案是否定的，成长的过程是心灵不可避免的蒙尘过程，不断异化的成年人能做的，只能是欣赏，除了欣赏，就是宽容。

高璨的诗歌作品从数量上看，远远高过一个所谓的成年诗人，在我们成年诗人皓首穷经地推敲一个个字眼时，小诗人的作品却从笔间迸出；在我们尽可能地语出惊人，拉开作品与庸常文字的距离时，小高璨却俯下身子，向周遭的一切探过身去……

于是，高璨的诗中，最多出现的是一个孩子眼中所看、脑中所想的一切，千万不要小看了它们，且不说这个小孩子业已成长为一个少年，单单从她早期的诗歌中，所涉的物象意象已经丰富得堪称光怪陆离。

花、草、动物、流动的云彩、风、春、夜……所有大自然中的一切，在小作者眼中都不分等级和种类，一一有着自我的情感和运动轨迹，忠实于感官和心灵感受的高璨所做的，便是用文字记录下来，呈现在大家面前。于是，一本本作品集便成为“众神”的狂欢和盛宴，书中所涉的一切都有灵魂，一切都在高歌或低唱，树会流泪，烟囱中冒出的不再是烟，大自然变成了擅画的老师，一切万物，都具有强劲的生命力。

一个小小女孩，沉溺于看到和想到的一切，这就是小高璨的写作状态，这个状态造就了高璨诗歌风格中的内敛、柔静。

是啊，一个小姑娘的诗中，怎么会有狂飙猛进，自然的一切都是云开云散、舒卷自如的，无论是成人所特意指出的禅意还是那些评论家所总结的诗意，其实都只有一个共属，那就是自然。

说来令人啼笔皆非，当成年人在碰壁之后，我们要返璞归真，在这个有慧心的孩子看来，将是多么大的一个怪圈？

有很多与生俱来的东西，我们不能漠视，以“我”观物，我手写我心，人人都会这样说，但如果真真正正地做到了这一点，写出的作品将在思想性上不输于任何一部以理性见长的

“巨作”。

事实上，高璨后期的作品中最常见到的不再是花草云雨等具象的事物，理性的思维和抽象的事物所占的比重越来越大，成长的痛苦在这个少女的心中类似他人的一一掠过，但令人欣慰的是，高璨并没有改变行文习惯，没有用成人方式解读她所遭遇的一切，这确乎是一件值得大书特书的事。

一切文学形式最高的准则便是个性，所有非惯常化的表达都让人充满敬意，当这个用生活和文字践行着“性灵”的小姑娘用个性的方式书写成长中的一切时，那些横空出世的文字让我们在惊奇的同时，收获了一种异工业文明的感动，哪怕很多解释还很稚嫩，可又有何不可呢？要知道，我们面对的是文学，是诗歌。

后生可畏，后生可敬。

（作者系广东诗人，作家）

高璨
只将诗说给
爱他的人
TO:
17岁
MY POEM FOR LOVE
青春的序曲
成长的期待
翩然而至的梦
未来出版社

归于静的写作

何西来

读到90后作家高璨同学的散文集《只将诗说给爱他的人》，产生了共鸣，印象很不错，被里面安静、沉稳的写作特质所打动。

我很欣赏高璨同学散文里面的这些话，《王者》："太阳是一个生活的条件，但没有哪一位智者、哪一位理想者，会将太阳当作一个理由，生活的理由。太阳也没有开口告诉他的怜爱者们，他应当成为一个理由，因为他的伟大的傲慢，站在太阳旁边，投射在地面上的影子举起一只手指放在唇上，告诉他沉默的珍贵与意义。""他与他自己的傲慢为伴，非同一般地使狂风震悚、使浪潮退缩、使满地的鲜花因热烈而燃烧的——风景。"

《我的狗狗们》：“这么多年，最历尽千辛万苦得到的一只狗，是一只奶白色的拉布拉多，背上有少许的奶油黄色，格外英俊的狗——他叫‘维尼’，这个名字常常在我心中空荡荡地响着，我却无力回应。”

一种和她的年龄不相称的深邃跃然纸上。

从作者的写作策略来看，《只将诗说给爱他的人》有显线和隐线两种情感痕迹，也可以叫作明线和暗线，明线是作者眼里看到的景物以及世界，暗线是作者内心以及思想深处的回应，确也是渐次展开的，可以说一开始是轻缓的，像流水一样，而最后却是有力的靠近你，起到一种对比、参照和丰富叙述的作用。这是很需要费一番心思的。在高璨这个年龄来说，因而也是成功的。正是在这两条线索的对比、参照和交叉互动中，作者的风貌才情，渐次明晰了起来。

如果说高璨的散文《王者》，更偏重于理性的穿透与剖析的话，那么她的另一篇散文《属于冬天里的沉思》，则是记叙冬天的期待、静默和复苏的萌芽，文章以细腻的笔触，让人难忘的细节，满含淡淡的优雅的深情，在主人公的童心和爱心上，对冬天的描摹做了艺术的展开，既写出了年轻作家的天真、乐观，又写出了她的执著与坚强。“冬天并不是与生俱来让人们突然意识到空虚，然后开始重新思索这一切的，前三季的铺垫，再加上冬天原本的安静，就真的如同在巨大的反差中才会认识一个事物。时空上的落差让人们一不小心不知道该站在哪里，还是太虚的原因，思想上的空虚，对于个人来说，是一种罪过。”这样的精神境界尤其让人感动。这篇文章，称之为记叙散文，都无不可。但我宁可把它放到高璨散文的总体中去看待，视之为散文笔调的诗歌。

她是真诚地对待自己的写作的，她把她的生命都对象化到她的写作中去了。集子里的文字，就是她生命存在的方式，从中能够看出她的心路历程。正如她的散文《自然》中所说的：“有时我妄想着成为自然本身，那些自然本身，那些被称为大自然的事物都有福了……”

她谦虚地称自己为大自然中的一片绿叶。而高璨这一片绿叶，从她的诗文中所表达的色彩斑斓之绚丽，都远远不与他叶雷同，都是生命大合唱里的一个与众不同的音符，这也正是她这本书的价值和意义。

我以为，在她身上表现出来的这种掩盖不住的才情和对文字的先天感觉与创造，无论对个人，还是对文学创作，看到这样年轻有为的身影和文字，对我们这个正在重新崛起的民族，都是弥足珍贵的。

我想，高璨被媒体誉为“中国最年轻最不可忽视的天才诗人”并不为过。

2012年11月7日于北京

（作者系中国社会科学院研究员，当代著名文艺理论家、文学批评家）

守住心灵

贾平凹

年轻的高璨写得一手好文章。她的文字是一个纯真少年的心性和口气，既轻快，又清新，有才情和诗意。我读过她一些诗歌和其他文字，有很好的印象。她带给我一些感触和记忆，在她这代人中，她把生活和心灵写得那么洋气，是跟我们守着的生活是不一样的。我的写作是记录了民间那些纯粹的东西，是属于我的自己的灵魂，那些记忆藏着自己和逝去年代许多鲜为人知的事情。高璨写的是她感受的现实，斑斓的、多彩的自己，她守住心灵用文字温暖世界，她的梦想就成了自己的生活。

有关写作的事，我想是没有固定的模式的，突然间有一个想法，然后就琢磨琢磨这个想法，但又往往琢磨不透。写东西时作者往往是不清晰的，朦朦胧胧的，像有月光的晚上，只知道脑袋里白花花的一条河往前流。往前流，但具体地咋流我说不清楚了。读高璨的文字，我的感受也是这样的。这也许是作家写作最好的状态吧。

年代在变化，写作者的气味也在变化中，语言是最能表达作者的情绪的。鲁迅先生就是这样的语言大师：窗外有两棵树，一棵是枣树，一棵还是枣树。高璨有自己的语言天赋，我的体会是要多学习分析古今中外大师们的语言，有意识地训练培养对语言的感觉。行万里路，读万卷书，说的就是这个道理。写作时要找到语言的节奏感、音乐感，甚至听别人的一句话，思索一番，也可以悟出不少道理来。我们都要向生活学习，走出自己的路，方显得独特。有一次，有人问我：你对高璨的写作现象有什么看法。我说，写得好嘛。她在文学写作中有自己的天赋，已经在路上大步向前，将来是会吃这碗饭的，不需要我再多说什么。

她写了不少的作品，我在自己主编的《少年美文》就编过她许多文章，她的才思飞扬，已经有了很好的开端，我希望她能写出更大的文章，永葆天分和活力，心存敬畏地写下去，成就大我，并小心翼翼做自己的生活，一定能成参天大树的。

2012年11月6日于上书房

用心灵耕耘梦想

——谈高璨的创作

梁鸿鹰

这真是一个了不起的女孩，小小的年纪便写了那么多，而且，无论是文字品质，还是表现出来的灵性，我看都在一般的年轻写作者之上，欣喜的是她一直保持着自己的定力，没有成为时尚的奴仆，没有被商业化的炒作、包装所苦，她静静地开放在自己所耕耘的领地里，以自己文字的茁壮、结实作为最明显的标记，她的足迹，也有幼稚，也有曲折，但她成长在自己那些属于心灵的文字中，不断地幸会自己，不断与自己结缘，这让我们不禁为她由衷高兴。

年轻就是梦想、就是梦想的高飞，在高璨那些让人惊异的文字里，我首先读到的是梦想。梦想这两个字不单属于她所属的年龄，更属于那敏感的心灵。在13岁的时候，高璨就领悟到了写作和梦想的关系，她说："我的笔已经学会飞翔，学会在诗的海洋里遨游，而我依然朦朦胧胧记着它学步时的身影，诗是灵感告诉我的，灵感是它的梦告诉它的，而灵感的梦是这大自然的诗意阳光的诗意风的诗意水的诗意告诉它的。"（《自然所赐予我的——诗》）她认为，梦跟颜色一样轻，但是她有时又有些疑惑——我的梦，到底是在哪一颗星星上闪亮？风的梦又在哪里？她在心跳的千种梦境中编织着属于自己的未来，她要在成长中让幻想和现实握手。

孩子的写作往往是从记事开始的，今天做了什么，遇到了谁，想到了什么，记下来，或者交给老师当作文，这就是写作的开端，但读了高璨的作品，我才发现，孩子的写作可以不从记什么开始，可以从梦想开始，从内心出发，并不设想有读者的存在，只是追随自己的心灵与梦想，感知四季，认识自然，于是，不但在触摸万物中放飞了梦想，更重要的是由自己的物质存在，引向了对事物形而上的探究，只不过这些探究始终有意境、有意象、有幻想的陪伴。

因为，既然你有着敏感的心灵，那就谁也不能够阻止你去感知世间的一切，谁也不会阻止你无视自然赐予我们的一切，在高璨看来，"善良的人们会常常因自然而感动。生命本身给予人的力量和脚下的路的质量要远大于和好于只靠脑子编造出来的。"

做一个有出息的写作者，断然不能忽视、拒绝和漠然对待世界的赐予，打开自己的视野，让感官接受洗礼，才有助于精神世界的丰富。于是我们看到她吟诵："树叶议论风讲的故事/风说，夜空下的大海/正不息地摩擦海滩/海浪要擦出一粒火种/点燃一不小心熄灭的太阳 "（《海浪要擦出一粒火种》）。这真是一个11岁的小女孩写出的文字吗？确确实实是的。她的诗有着国外空灵的意境，比方她在《天空说》的开始吟道："高举着的黄叶的手/不是秋的旗帜/是天空的雀斑/天空是一位美人/她说自己不曾老去/也不将老去"。年复一年的四季成为她书写的重要对象。

她的文字世界里，有着对春夏秋冬丰沛的感受，她用文字走进春天似的花园，如春天一般存在，她捕捉着夏的丰沛，常恨夏归无觅处，梦里与秋相遇，感知秋之宁静，冬天似乎与她最有缘，她写起来就不肯松手，她专门把自己的一本诗集命名为《这个冬天懒懒的事》，她写过冷冬、雪落，她沉醉于属于冬天的沉思，这不，她在冷冬中看到了时光的流逝，悟出了自己应有的人生姿态："无论我走得快还是慢，都不会超过时间的步伐，或者落在时间身后。许多人努力追求的都是时间的细碎化，他们想要用相同的时间做更多的事情，说要增加时间的宽度，实际上时间的驰道不会拓宽，没有太多的马车需要并排行驶。我喜欢慢悠悠的，在一些时间里做好自然的事情。"（《冷冬》）而类似这种不刻意追赶，不专门硬努的想法经常流露在她的作品里，她说："一个拥有自己的人才可以拥有自己所拥有的天空，那些只会让肉体去互相追逐的人是不幸的，它们永远都只是追逐者，追逐到日升日落，追逐到生命尽头，还要将‘追逐’作为墓志铭。”（《速度》）将自己的生活归于慢，归于安宁、平淡，这是定力的另一种表现。

与此类似的是，她还有一种让理想和梦想引领自己的决心，她坦言，就在大多数孩子提前设计自己、规划自己、目标化自己的时候，她思考着另外的可能，“我喜欢没有方向的路，若有谁搭建了通向太阳的梯子我将很乐意攀爬，太阳不是一个方向，它是一个理想。我曾经观察过植物的生长路线，就像一条长长的虚线通向太阳的位置，但植物们没有足够长的臂膀，它们拥抱不了太阳，只能用眼神爱它。”（《忘记目的地的旅行》）是的，我们文化中的功利主义思想根深蒂固，我们不少人每做一件事情都要从目的论上进行一番考察，衡量其值不值，不是从给人生以满足的角度来认识，不是看是否对丰富人的心灵有益处，小小的高璨愿意反其道而行之，她在《陶醉》一文里说：“永远在自身寻找明媚的出路，在自己的脑海中宣布永恒的静好。”这很让人欣喜。

十几岁的年龄，难道就已经有了往事了吗？我们经常在高璨的文字里看到她对“岁月”的感叹，有对时光、年华、命运之类的感悟，是不是无病呻吟呢？我们发现，她对自己从来多是以审视的目光检视的，“偶然间翻到过去的照片，回想起曾经的种种期待，现在早已成为现实，却不知是欢欣还是悲伤，好像突然间失去了许多，这么多的日子都是我亲自走过来的，为什么好像开端就在回头的地方？”（《对了，错了，碎了》）在她看来：“往事不是人，是场景，一幕幕沉淀在记忆中，不奢求用一场梦唤醒，只是那些遗忘了的，也许是真的消失了的。”（《质疑》）她觉得要在岁月中持续不断地学习克服自己的同时，重要的还是要领悟生活，尽自己的可能拥有生活。这样的女孩，这样的勤劳写作者，我们大家都该将真诚的祝福献给她。

（作者系文艺报社总编辑，中国作家协会主席团委员）

写给十八岁的世界和你
四五六七日的雪
高璨 著
陕西师范大学出版总社 | 湖南大学出版社

一颗天然诗人的心灵

——序《四五六七日的雪》

姜广辉

高璨，高挑的个儿，19岁的人生已经很璀璨了。她从9岁开始出版第一部诗集，到现在已经出版了14部书。古人说“著作等身”，现在是她的著作在同她的年龄赛跑，每一年出版一部以上的著作。

这不，她又要出版一部新诗集了。前几天，她提出了要我为她的新诗集写一篇序言。高璨在岳麓书院读历史学本科，岳麓书院规定，每位本科生都须有教授专门指导。我是高璨的导师，当然不能拒绝高璨的请求。

可是，我将高璨的新诗集拿过来阅读，发现很多新诗读不懂。我对她说："你的诗我读不懂啊！"高璨回答我："老师，没那么复杂。"

我说的是实话，高璨的有些诗，我真的读不懂。我年轻的时候，喜欢读些古典诗词，后来从事中国思想史专业研究，古典诗词也不读了。近些年因为调到《地理杂志》所称"中国最具诗情画意的高校"——湖南大学来工作，天天生活在岳麓山的美景中，于是诗兴大发，开始作诗填词，并讲授古典诗词课，同几十位师生相互唱和，出版了一部集35位师生作品的《麓山雅集》。在这个过程中，我也和同学一起阅读和欣赏古典诗词，而许许多多古典诗词也不是一看就懂。

诗词，就其本性而言，即使不是朦胧诗，不用蒙太奇、意识流等手法，也往往不是很直观的。一次同湖南省委宣传部副部长孔和平交谈（他年轻时候就是一位优秀的诗人），他说："写诗，就是绕着弯子说话。"旨哉斯言！

最近，我把高璨引见给孔和平同志，孔和平同志十分欣赏高璨的天分和成就，要她不断提高自己，鼓励她将来拿诺贝尔文学奖。

高璨走过的路，是一位天才儿童走过来的路，她用那颗童心去感知在她眼中的奇幻世界，并把这种感知用美丽的语言说出来。这是许多儿童所做不到的。儿童都天生好奇，他们几乎都在用童心去感知世界，所以他们会缠着父母问这问那，有数不清的

"为什么"，而父母便用理性的、经验的知识回答他们，甚至有人为儿童编写了《十万个为什么？》帮助儿童，也帮助父母们找到正确的答案。于是，在儿童的心中，一个个充满幻丽色彩的世界就变成了冷冰冰的理性的、知识的世界。与此不同的是，高璨始终在用一种童心去感知世界，世界在她眼中永远是那么奇妙。她的父母欣赏她的感知，似乎没有用他们的理性知识去改变她。她写出自己的感知，一行一行字句，没有标点，没有韵脚，当然更没有格律，一种不像是诗的诗。但这份童真，天然就是诗，或者说诗的灵魂其实就是童真。高璨一直保持这种童真，她也就天然具有了诗人的心灵。这或许是当代许多第一流的文人欣赏她的原因。

我虽说"看不懂"高璨这部新诗集，但其中有些句子真的写得很美、很隽永，我甚至有时会惊诧于她特别的想象力，如：

桥走过河流　爱上便留下了
……
地铁灯光打亮隧道
人们色彩混杂奔我而去
——《蒙太奇日记》

你从遥远的地方来
却可以那么轻

风的语言你没有学会
鸟儿的也没有
水面上你是冰的小舟
划着六扇的桨
……
舞者众多　你们都纷纷落
为天空卸妆为大地盛装
——《残雪》

古城总得有些不同
比如可以在庄严厚重的城门洞里卖菜
只怕回首误入大唐明清
比如可以在世纪前瞭望军情的空隙望见灯红酒绿
只怕当风声为霍霍乱箭
——《城墙》

一本书页页翻阅是人生
随意翻阅是梦境
……
我的书里会不会飞出三只脚的鸟
我的梦会不会告诉我剧终的内容
——《表象外衣》

只有夜空

使夜没有空

——《山夜》

等待迎娶的白衣新娘们

踮脚昂首站在枝头

没有绿叶的婚车上

她们的笑靥就是歌

——《玉兰花》

一个人他坐在海边看夜空黑

一片海她躺在地上看月光白

与其说是裙摆　是翅膀　是马蹄踏雪

不如说是深沉的倾诉啊

潮水从风的远方跑来

将听不懂的故事推至那人脚边

再　抽回去

用潮水作衣白浪作裳

定胜过丝绸的柔软　冰凉

胜过丝绸与微风的暧昧

——《海洋》

我突然想起蝴蝶

这暖暖倾下的阳光

仿佛由它们的翅膀构成

——《冬的光》

无须多举例，这样的诗句，在新诗集中还有不少。我不想解释它们。大家读了都会有所体会。能有体会就已足够。

我虽然是高璨的指导教授，却不想主动教她什么，怕干扰了她既有的成长路数。我同高璨约定：当你想学什么的时候，我再教你。有一次她拿着我新出版的《易经讲演录》，要求我教她《易经》，我给她讲了学习《易经》的要领，大约只用了一个半小时，她就掌握了学《易》的方法。在她的新诗集中也便融入了学《易》的感悟：

五爻的君王也常磨难呢

占卜者的手

解经者的舌

哲学家的眼

易经却从来都是它自己

任凭来者言语

天机不可泄露

——《魔术》

她也听过我讲《诗经》的课，之后，也将感悟写到《魔术》一诗中：

诗经说完了秘密

荇菜水中游

心上人就只在心上走

——《魔术》

高璨的诗，都像是一种心灵的独白，表现一种意识的自我或者说自我的意识，一种未受世俗污染的童真之心。古人写诗，忌“人间烟火气”，即“尘俗气”。黄山谷称赞苏轼《卜算子》说：“语意高妙，似非吃烟火食人语，非胸中有万卷书、笔下无一点尘俗气，孰能至此？”“不食人间烟火”，在古代曾是一种很高的诗词境界。

高璨在成长，如今正要步入成年，这样的诗风是否一直要持续下去呢？是否要面临一种转型呢？

我一直认为，无论做学问或写诗，都有一种不断提高境界的过程，如九层之台，拾级而上，步步提高。高璨写诗也会面临进一步提高或转型的过程，这种提高或转型会现出怎样的形式？这里，我只是提两点简单的希望：一、希望多从传统中吸取营养；二、希望今后的作品能向雅俗共赏的方向发展。是为序。

2014年5月9日于千年学府岳麓书院

（作者系中国社会科学院研究生院博导，湖南大学岳麓书院教授）

关于诗的一切

梁鸿鹰

高璨的诗歌和散文，一向以宁静、从容和充满灵性的面貌出现在我们面前，这本诗集《四五六七日的雪》更是以一种精神符号的姿态走向她的诗性写作。

诗歌永远是神秘的。因为，我们的灵魂永远隐藏在诗歌背后。正如她在《给》当中的诗句：“你根本不知道要多少吨蜂蜜/才可以染出你心里那一大片田/仅仅是一片麦田/仅仅是　你所有色彩中的一支/我便迷路了　简短无故而甜美/你画　画如酒香//你养着颜色/像云养着河　像太阳养着花儿/像大牧场上迟缓的风车养着吱吱呀呀的老水车……”仿佛我们朝北细听，就能听见这个诗一样的女孩，吟唱出蓝莹莹的水面。

此时，我们已经可以看到一个在众声喧哗中悠远徘徊的诗人形象。而要保持这种诗人经验就需要文学思想。这正是这本诗集让我们觉得触动心怀的另一个特点。

高璨的诗歌，大致产生于对世俗生活的警觉中。比如《风》当中的诗句：“风一无所有/忘了询问路人的名字/风的味道/随波逐流在事的味道/陈年老事//皮肤是灰/咳嗽几声　尘埃美了光束……”

在岁月的过程中，无数条路都可以把我们引向世俗生活，而在高璨的诗里，却能感知到另一种气息和直觉。那正是诗歌带给我们的魅力。

诗歌终究要和人类的心灵对话。无疑，年轻的高璨娴熟地掌握了这条路径。她在不经意中将我们的思绪带入她的诗歌当中：“你知道吗/昨夜色彩来袭　却在这片草地上/迷路//你知道吗/我家的草儿绿绿的学会了飞/她说因为她看见窗外落满绿色羽毛//风你知道吗/你说只看见我悄悄走过后/各色花儿就在春的流水上泛舟/我正从这河上走过”（《春上》）。在诗歌写作过程中，支配她的力量，并不仅仅是她的文学信念和表现的激情，而是另外多于诗歌的东西，我们在高璨的诗歌当中，欣喜地看到了这种诗歌以外的东西。

在庞大复杂的现代世界中，人类其实是渺小的。就像人类需要绿色和氧气一样，我们需要诗歌和优美。那么，和诗人、和诗歌，谈谈美好的事物，教我们认识人生之美、之深邃，成了我们的必由之路。

由此可见，人类之间的共同之处其实远远超过差异，因此，我们的时代，永远需要像高璨这样年轻、青春、隽永、恒定的诗人和诗歌，永远需要像高璨这样在人生中发现美和一切的诗人和她无处不在的诗歌。

美在诗歌中，更在我们的生活中，对此我们必须坚信。别挡住我们的阳光。高璨的诗有时便是这样，帮我们拨开雾霾，看见空气和阳光。正如春天一般的存在。

关于诗的一切，惊异、神性、哲辩、思绪，以及青春少女的美好情致，在高璨的《四五六七日的雪》里，我们都能看见。

Gao Can
Die Sprache ist eine
Verschwörung der Massen
Aphorismen
Aus dem Chinesischen von
Gao Hong
语言
众人的密谋
高璨 著
高虹 译
西北大学出版社

『贵族的开端』

——读高璨《语言，众人的密谋》有感

沈 奇

1

认识高璨十年有余，从她上小学四年级到现在读大学三年级，年年看着她长高，看着她长聪明长智慧长才华长美丽，再不断从她智慧而美丽且天生朗逸的微笑中，接过她新出版的书，读，读十年有余。

这期间，得高璨信任，还为她的一本诗集和一本散文集写过

评论，从阅读感受和学理层面，充分肯定这位“小诗人”的天才位格，相信她有着不可估量的未来。

如今，“小诗人”长成青年学人，治学与写作双修并进中，自然而然生成积累另一些文字，示于我先看看。说老实话，此前两次为小高璨撰文作评，多少有些居高临下而轻车熟路之心境与语境使然，此次则不同，愚长高璨四十多岁的老书生，面对“九零后”的这部读孔子《论语》、读老子《道德经》、读尼采《查拉图斯特拉说》的系列“札记”，不由生出些肃然的惊叹来，而后诚诚恳恳先做了一回读者，再而后，于不知该如何说来中，试着勉强说说。

2

读书做笔记，即时记录感想与思考，是一切读书人和为学者，也理应包括作家和诗人的日常功课。这功课一则积累知识，扩展学养，为自我的修行增华加富，一则借由与经典之作之灵魂的对晤而丰富精神，调理思想，为后学的言说别开界面。是以至少近现代以来，以“读书心得”为文为论，乃至由此建构体系独成格局者，已成学界文坛之盛。

如此“读得”之盛，到了早晨八九点钟的高璨这里，轻直透脱为独一份的悄然而得：看似惯常“读书札记”，一小段一小段体例相近的清亮文字，可慢慢深入读进去了，却由不得叹服这一抹晨光的简净而高华，朗逸而丰赡——这些一小段一小段的文字，是札记也是散文，是散文也是诗歌，是学问也是文学。由文生文，而文生情，而情生文，而文生思之诗或诗之思；言之有物，有情有理；物外有言，有韵有致。骨脉相适，秀炼无懈笔；水流花开，浑然如天成。清流一溪，石头是石头，水是水；石头是思之得，水是诗之得；思之“石头”来自心得，诗之“水流”来自语感，且都独一份的清实而澄明。

——一时读得激动，跳出这些套话判语瞎比喻，其实都不如高璨自己说得好：“我们读书，这书中的思想就走到我们的脑子里，你让他们都住下了，那么你的脑子就成了社会；你挽留了一部分精华的基因，让另一部分成为过客，才是贵族的开端。”（《消化一切》）

是的，“贵族的开端”！这开始充满自信——

早晨八九点钟的年轻诗人、青年学人，读老子、读孔子、读尼采，大多有如踮起脚跟抬望眼读远方，不免吃力的，然而在二十岁的高璨这里，却有一种“宾至如归”的自在，“尼采说有些人不畏远方，是因为无论身处何方都宾至如归。我读尼采，大抵也是如此。”（《宾至如归》这里的关键是彻悟了“读”与“得”的关系：“上千年的知识与记忆是不会自己开出花来的，他们都需经过现代人的咀嚼消化，融进带有生命力的血液，重新绽放。”（《枷锁》）如是，化“枷锁”为“绽放”，高璨在“宾至如归”——

3

你看她如何阐释“君子坦荡荡，小人长戚戚”。

名言总出现在最吻合的场合，有时为了一类人，有时为了一些事，其实这世间的形容词，大多人都没有缺席。

因为人类不是平面，我们都如是——一脚长一脚短地行进，时而坦荡，时而戚戚。

试图用不完善的圆规构造完美的圆，尽量将不平和的人性打磨成平坦大道。

没有人离开，君子和小人都还在，一个不多，一个不少。在每件事中，在每个人里。（《君子坦荡荡，小人长戚戚》）

再看她怎样解说“知及之，仁能守之”。

聪明才智足以得到它，仁德不能保持它；就是得到，一定会丧失。因而我们一边得到，一边丧失，还浑然不知。

总是在想开始维持哪个更重要，就像在争执天赋与努力哪个更重要；种子与水分哪个更重要；质料和条件哪个更重要……可是这些，无论是在亚里士多德的“四因说”，或是佛陀于祇园精舍讲法的“因缘论”，都未将二者分开过。

起点和路途兼不可辜负。缺少前者，成就一“美妙”的原点，不增不减；缺乏后者，杜撰一空欢喜，过眼云烟。（《知及之，仁能守之》）

读孔子，她发现“孔子没有说过什么大道，他只是有时站在川上，大多时候，他都站在书桌旁，站在交谈者的茶杯里，站在

父母的眉眼里……他站在生活里——细致入微地教导，教导人儿温润如玉。”（《侍于君子》）

这段话说得既不着学理，又横生逸出，还不明不白——什么叫“站在交谈者的茶杯里，站在父母的眉眼里”，但非得这么写，二十岁的诗人学者非得这么写，就这样把孔子写活了，千古文章没这样写过，千古后的后学这样一写，想象中的孔子就这样生动活泛地站在了我们面前，站在“茶杯”和“眉眼”里，使如此“读”着这样的文字、这样的孔子的我们也如此“温润如玉”。

她甚至早早由读而悟而得地充分理解和高度概括做人间父母的至爱与至责：“我尚不知为人父母的感想，但这定会是一种甜蜜的负担，并且负担丝毫不会轻于幸福感，因你提供的不仅是种子，还是一座大楼的地基，和最初的几层。崩坏往往从内部开始，而崩坏理由越靠近早年，越会得到一个更加满盘皆输的结局。”（《溺爱》）

她甚至不无调侃地说到“国学热”：“这国学家中的一壶水啊，总有开的时候，但是国学不在家里，甚至不在厨房里，甚至不在屋子里，它在外面的森林里，在森林之下的土壤里，在森林之上的不可目测的长空里”。末了还调皮一句：“水即使开了，谁能与我吃茶去？”（《国学热》）

结尾一句，多牛，多酷，多“贵族”，又多么“温润如玉”！

六经注我，我注六经。到了高璨这里，既非“朴学”之注，亦非“空执义理”之注，只是后学与先贤隔千古而穿越的对话或聊天而已——詹詹之智，盈盈之情，切切之感，恳恳之语，而在在“温润如玉”而“贵族的开端”。

4

回头再看她怎样一时开悟，“注”说她理解的世界之《开始》——

给你讲个故事吧。刚开始的时候，山没有这么高，水没有这么深；色彩没有这么纷杂，乐声没有那么响亮；善的人没有这么可亲，恶的人没有那么猖獗。

世界从它的底层，开始向上生长。人类也如是，只是人类攀到高处后，却将他的开端，命名为低级或原始。

你从你看不起的人群那里来，你的道德也从你诋毁的天性中来。

世界从对立的世界来，你也从你的背面来。

这里有多大的一个旋转门啊，像月亮的阴面和阳面，大象、狮子从其中走出；草原、山河从其中走出；星象、节气从其中走出；真理、谬误从其中走出——世界从其中走出。

读这样的文字，你已分不清也无所谓是什么“章”什么“体”什么“主题”什么“风格”，只是觉着有意思有味道有嚼头，且滋润化渣余味清幽；由此，既读了至理，又读了妙语，还读了寓言故事，且不乏“贵族语”，却一片亲和，不紧张。

也有不留神间稍稍溜出来的一点点“自负”：“我也是同样的孤独啊，每个说着会与我同行的人，只不过是和我一些照片般

的侧面同行。”（《想起》）

由是，她称艺术为“一种温和的过渡”（《艺术》），她指认“语言产生后，第二个、第三个世界开始在概念中产生。世界的样子，变成了我们定义的样子。”

如此说着说着，她便顺口说出了她自己的格言：

半瓶醋是一个可爱的小角色。（《关于半瓶醋的比喻》）

万物生长靠太阳，并不是万物生长为太阳。（《想起》）

名画总有一部分在阴影里，并且感觉阴影里隐藏了更多的玄机。（《留白的重要性》）

孤独的时候，被自己吃掉；在人群中，被众人吃掉。（《吃》）

你的前脚现在还踩在你的后脚的影子上，就不要说你在前行。（《自爱》）

那些说自己没有选择开始权利的人都没有真正开始；那些把道路当作归宿的人都背弃了自己。（《初衷》）

你从不应该开口向生命索求什么，因为它唯一能给予的在你可以开口之前就已经向你慷慨馈赠，接下来的一生，你都应倾尽全力报答。（《生命的许诺》）

我们以为的舞台其实在各自脚下，我们以为的观众席其实并没有，我们以为的偶像其实在崇拜自己，我们以为的受宠只是短暂地划过别人的发际。（《引起光明》）

人的思想是谎言产生的先决条件，世界观和价值观的产生与养成，更是根深蒂固地隔绝了人与真实的世界。事情“本来的样子”变成了事情“我们以为的样子”。所以历史“本来的样子”，一直都是记录者“眼中的样子”——狭义的历史可以理解为广义的人类思想史，真正的历史只有幽灵和幽灵知道。（《幽灵》）

沉重的事物都会再次起舞，因为他们最终负担了自己的沉重（《起舞》）

5

由不得当了一回“文抄公”，最后还得总结点自己的感想。

读高璨的《语言，众人的密谋》，既惊喜她的“思”的升华和深入，又欣然她的“诗”的生长与精进。说老实话，初见《读得》，私心里生怕由诗人转而为学子的高璨，一时为学问“枷锁”，萎顿了诗的“绽放”。待得读完全书，方放下心来，叹赏即或深入到如此学问境地，那一种诗人的气质、诗人的语感，依然跃跃如故。是以通篇《语言，众人的密谋》，文字干净而又富质感，语感精确而又不失委婉，语境笃诚而又通透静澈。如木，素直亲和，如玉，坚实莹润。既是思之诗，又是诗之思。

原来担心是多余的，而高璨对此早已了然：“诗人和哲学家总在血液中有着秘密的联系。真正的诗人必有哲思，真正的哲学家必有诗意”。（《他的思想不会步行》）

只是，作为十几年看着高璨成长起来的长辈诗友，由不得要想：至此境地，未来的高璨，到底是要成为诗人学者，还是作学者诗人呢？

还得引高璨自己的话做结：“我离自己时远时近，我是一座活火山，岩浆尚没有冷却成新的地形”。（《火山》）

说得多好——既是作者的自诩，也是对青春年华绝妙的说辞和命名！

由此可以想见，未来的高璨，无论生成怎样“新的地形”，都自会是“贵族的开始”，而“宾至如归”，而“温润如玉”。

2015年10月18日于西安大雁塔印若居

高 璨/著
纪旻旻/绘
杨于军/译
90后作家
高璨诗绘本
第二辑
附英译
这个冬天懒懒的事
跑过花季
跳进冬天
写首诗暖暖
自由自在
陕西出版集团
陕西人民出版社

再译高璨

——《这个冬天懒懒的事》译后记

杨于军

初译高璨，是2007年的岁末；再译高璨，是四年后的今天。我刚从教堂回来，心里还是人们默祷的样子，在这样一个对于南方来说足够凛冽的星期天的早晨，是什么力量让那么多人聚集在一起。

我也给一个朋友发了短信：愿神圣的光照耀在你身上，并且得到回应。

我的办公室在山坡上一座四层高的楼里，窗外树丛中不知名的鸟儿在鸣叫，它们没有噤若寒蝉。还有两星期就是寒假了。仿佛一年已尽，另一年却还没有开始。这个时候我总是很不安，不知自己这一年做了些什么。

读到高璨，感觉踏实了很多。我的日子没有一去不返，它们已经在我的文字里了，会无数次地回望我、注视我，并和我倾谈。

我决定给自己“提前”放假， 去她的童话世界，去看星空、云朵、花园、原野、丛林、溪水…… 还有它们的四季更迭——此刻，我希望自己只是一片叶子或花瓣，沿着她文字的旋律静静漂流，偶尔给它反映的景物添加些许点缀。

读到她新近的小诗，依然清新、安静、冥想、梦幻，同时也有了更多对自然和生命的困惑和思考。她看到了现实与梦境的差别，并相信文字可以弥合，不论那距离有多大。

观察是最好的老师（Observation is the best teacher）。这句谚语在高璨身上得到的最好的体现。她的世界一步一景，一草一木都带有预兆和暗合。

翻译高璨，仿佛自己就是那个流连在一个人的冥想世界里的小孩，怡然自得，从不感到孤单，因为自己就是那自然的一部分。自然的一切在不同的时刻给我们不同的启示；这时的她多像一个端坐在自己书桌前的小智者；仿佛通晓猫语，能参透它们的心思；有时她又是手持魔棒的小精灵，催眠、幻化你的周围；或者一只冬眠的不知什么缘故而醒来的小熊，走到洞口看见地上还覆盖着雪，便回去继续睡了；有时她像一只专注地吃着坚果的毛茸茸的小松鼠；一面睁大眼睛看世界的镜子；一颗哪怕只能温暖一小片时空的烛火；或者一叶恬淡而懒散的小小的花、小小的草；有时，她又因为超然的悟性和使命感而成为一个麦田守望者……

有时我感觉自己就像杨花柳絮般没有根基和居所，随处飘落，所以并不在意吹拂我的是哪一阵风。那就让我们搭乘高璨用文字的力量舞起的这阵风畅游吧：

我的心突然长满小鸟儿的翅膀/头顶飞过一只灰鸽子/将它带走了——《鸟儿的心》

其实蜗牛可以爬得更快一些——《其实蜗牛可以爬得更快一些》

我们用眼神交流/经历同样的事同样的心情/我们越来越像彼此/但是他比我幸福/它可以生活在我的世界里洞察一切/我却不能走进它的世界/哪怕一分一秒——《玩具熊》

喜欢它睁一只闭一只眼的神态/比任何一只飞翔的/或不会飞的鸟儿更像一位智者——《猫头鹰》

秋天的沉默/就是一群青苔/无言地爬上青砖——《秋天的格调》

猫/白天，在阳光下慵懒/每一只都那样柔软，温和/都仿佛不曾在黑夜里走过——《夜猫》

镜子是它的一只眼睛/镜子内心惆怅/却依然情不自禁地爱上/每一个路过的人——《镜子》

却没有一首歌/能将小半页纸的诗句/变成经文——《夜里，我没有写诗》

月亮，从天空这边升到天空那边/依然不让我看见全部/只是几个片段——《片段》

细细的雨本不想唱歌/它们只是好多毛茸茸的心思/为着柔软飘下来——《细细的雨》

乡村/好多好多会飞的幸福/是那些我爱的鸟雀 ——《乡村，好多好多鸟雀》

天空中所有的云/都望向我的窗/载着如此宁静的/初春的下午//那个唱歌的音乐盒/定然有一个鸟儿的灵魂无法飞翔/但一样挚爱春天/就像我一样——《所有挚爱春天的云，都望向我的窗》

谁也没有为深夜储存记忆/多少个夜晚/只在那只小草虫的日记里/真实地发生过——《小草虫的日记》

清晨，乳白色的沙滩上/遍布浅棕色的小沙堆/像清晨起来，掀开/却忘记叠好的被子——《小蟹》

原来野花也会散步的——《风的路在花之上》

浅秋/在一片片积雨的镜子前/用笔将自己渐渐描深——《秋浅》

谁家紧靠墙壁的蜡烛/燃烧久了，墙上显现烛火的形状/一双黑色的祈祷的手——《烛火》

完成翻译，心中充盈着柔软的感觉，朦胧的思想，还有淡淡的忧伤。一切又都那么闲适，仿佛高璨并不急于长大，迷恋自然，寄情山水，她就在这样的观照和回应中渐渐成长。

有时我们就这样带着某种情绪行走，很多天；有时写出的文字可能并不是我们的初衷，就像我二十年后去北方再见飘雪，撑着一伞薄雪回家，抖落的都是水。

世界，我在这里

——高璨《语言，众人的密谋》译后记

高虹

在这些横跨古今的文章字句中，我看到的是一个成长着呼唤着宣泄着勃发着力量的生命。这是一个自出生就被祝福被呵护被回应被爱惜的生命，在可能拥有的最好的条件下，她长成了一个生命可以拥有的非常好的形态，一个生命可以活出的一个非常好的状态：那是一个人在用生命回应世界，她要发出声音，她一定

是要发出声音，她有勇气，她甚至不需要知道勇气这个概念，那是生命自发的能力，不会怯懦不会顾虑。她用这个声音跟世界打招呼，她用这个声音表达自己，她用这个声音印证自己的存在。那是一个拥有力量未被折磨从不怀疑自己的生命，她向世界喊道："嗨，世界，我在这里！"那是一个生命因为自己的存在而高兴，她雀跃着回应外界。

本书初稿翻译于冬季，绵延的几场大雪长久没有化去，白雪覆盖之下外界隐去了种种时空的迹象。一字一句的翻译中，我看到高璨召唤了成长过程中几位重要的朋友，和他们侃侃而谈。以往的智者围坐一团，一个个都是执拗的怪老头，你一言我一语谈论着古今的人与事，那是时空错乱的感觉，那是没有过往也没有未来的静止的时刻，哪里又有什么时间，哪里又有什么流逝，一切都还在，一切都在流转，这片静默很好。

那是生命之间的对话，那是没有边际的话题，可以是一朵刚刚开放的木桥之上的小花，可以是鱼塘之中密集的金鱼，可以是正午前的太阳，也可以是混沌之道。这样的对话、这个生命发出的声音需要有多少人听懂吗？这不是一个问题，更不需要答案。写作发声就是存在的表现，最为珍贵的是这个声音本身。

每个人都曾回应过这个世界，当然不全都是用诗歌做表达，有可能是唱歌，是微笑，是一个清澈的眼神，或者是欢快的蹦跳。那是一个生命自发的声音，跟外界互动的状态，想告诉世间我在这里。在遭遇到种种冷淡奚落折磨虐待之后，这个自发的声音突然就停止了，或者被掩藏，或者被自己歼灭，或者彻底退化消失，永远被遗忘了。之后再说出来的声音，那是求生必须的话，是外界教给的话，是不说它就无法存活的话，大多数人终其一生没有说过自己的语言，他们终日重复的是别人的话，别人的话讲得久了，自己的心就没有了，没有了心该如何感知世界？没有了语言该如何描绘世界？那个行走匆忙的人又是谁呢？

停止了回应，停止了表达，心就被上了锁，想出去的出不去，想进来的进不来，但是锁上了就安全了，可以活下去了。那个原本蹦跳歌唱的生灵，那个只是因为自己存在就兴奋自豪的生灵走了，接下来的就是傀儡的人生。

如果，有足够的禀赋、足够的造化……

初始的时候，用美好的词汇作诗。生命的进程中，某一日就抛掉了词汇，诗就在一呼一吸之中。活成生命原有的状态，活出生命原有的力量，已然就是最好的诗。

然而，哪个生命在初始之际不曾有过成为诗歌的所有可能呢？

最后再说说翻译，德文长于逻辑阐述，支系结构复杂，严格的语法规则决定了语义的清晰和确定，文字篇章呈现出凝固的建筑之美。相比之下，中文疏于结构，诗性文字非叙事非推理非论述，更是没有结构和逻辑，那是跳动的色彩，是变幻的气息，是不可言说的感觉和字里行间跳动着的空灵，诗意恰恰存在于文字的模糊与不确定性之中。两者之间的转换带有极大的难度，尤其是翻译成非母语，自是一件十分辛苦之事，然而专注其中却也感到很是微妙。

是为译后记，纪念那些咬文嚼字的日子。

诗经未说完的秘密
高璨 著
陕西新华出版传媒集团
陕西人民出版社

天才之路是诗人自己开掘的

简明

中国诗歌，是世界上唯一先法度再自由的文体。中国第一部诗歌总集《诗经》，收录了自西周初至春秋中叶五百多年间共305首诗歌作品；《诗经》分为风、雅、颂三大类，均为乐名。“风”为民乐，“雅”为官乐，“颂”为舞乐，所以说，“乐”即中国诗歌最早的法与道。西汉李延年的《佳人曲》，被认为是最早的五言格律诗的雏形。而始于民国，有着近百年历史的中国现代诗歌，则像一夜之间被解放的“小脚”女人一样，从此不再为形所羁，逐渐走上取意求神、风骨合韵的崭新道路。

高璨的新诗集取名《诗经未说完的秘密》，源自她最早的阅读启蒙，还是第N次阅读《诗经》的新体会？我非常好奇。

女子在河边挽好长发
裤脚
蹚河约会那中央的苇草
诗经说完了秘密
荇菜水中游
心上人就只在心上走
——《魔术》

高璨在9岁时就写出了自己的第一首诗，在中学时代就摆脱了“应试”阅读，逐步形成了以兴趣与写作相结合的宽阔视野和求知好奇的阅读习惯。这在她的早期写作中可以清晰地感受到，也使高璨较为轻松地可以同时进入几个文学园地去尝试耕耘。一个人的阅历和学养，从她的作品中很容易辨识，它们就像天才之光，无法遮挡：

一本书页页翻阅是人生
随意闯入几页是梦境
叔本华生活在一层纸的世界

撕下皮肤

一定还能看见什么

我的书掷在生长的时空中

翻书人也不是我

秒进秒退的光线

它吃下它的父亲随后委命于它的儿子

我的书里会不会飞出三只脚的鸟

我的梦会不会告诉我剧终的内容

我的眼睛拍打世界

我的心织了件外衣

两个人的交流

实质上是两个世界的切磋

——《表象外衣》

唐朝，是中国古代史上有着特殊意义的一段时期。唐朝是诗的王国，群英荟萃，诗篇繁富。高璨生长在西安，西安古称长安，它与雅典、罗马、开罗并称为“世界四大文明古都”，是中国历史上建都朝代最多、历时最久的城市，先后有13个王朝在此建都，曾长期是中国古代政治、经济与文化中心。

古城总得有些不同
比如可以在庄严厚重的城门洞里卖菜
只怕回首误入大唐明清
比如可以在世纪前瞭望军情的空隙望见灯红酒绿
只怕当风声为霍霍乱箭

凡遇见必有感悟
重叠时空
我们借用了你的光荣
花灯之处旧年燃着火把
你保护的城早已易主
——《城墙》

评判一段历史，正如评价一个诗人，它需要时间的过滤器。一个人的成长，是身体长高、视野渐宽渐远；一个诗人的成长，是心灵修真修善修美、情怀博爱万物。紧盯着眼前的人，不可能走得太远。一个人的内在品格最终决定这个人能够走多远。

山外有雨
风中带着云和水的喘息
睡莲开了又开　仍是同一朵

两翼的袅袅红金鱼　水中炊烟

——《山外有雨》

“袅袅红金鱼/水中炊烟”，绝妙的比喻。比喻的意义，不在于用一个事物拟指另一个事物，而在于唤醒或激活了两种毫不相干的事物之间的神奇联系。学者钱钟书以长篇小说《围城》而名扬中西，极尽“闲笔”之功，书中精妙的比喻，比比皆是，“婚姻像围城，城外的人想冲进去，城里的人想逃出来”等等，不胜枚举。

比喻在高考作文中深得判卷老师的喜爱，但是，在诗歌创作中，它却不是诗歌审美的核心要素。“相看两不厌，只有敬亭山”，诗歌美学中的物我相契，天人合一，装饰了高璨的诗歌并帮助她出色完成了现实角色与理想角色的转换，客观角度到主观角度的建立，成全了高璨诗歌中的悠远思绪或历史意味的道法：“花开在两步之外/我该怎么去？//天在蓝它的眸子/水在淌它的心事/有昼　有夜　又一日”（《山外有雨》）；“水的流动　不是一种状态/而是一种习惯//也许　水走着走着/就停不下来了/而山　休息着休息着/就不再想动了”（《流动》）。

诗歌只传达内心的经验，所以里尔克说：“经验即诗歌”。高璨诗歌纯美而富有内在情感的张力，诗意中既有心灵的风景，又有小径通幽的阅读经验和生命想象。篇章雅致，眉目隽秀，抒情样式轻巧空灵，叙述语言跳跃有度、收放自由，所传达的诗歌精神和人文情怀都较为纯正。高璨作为一个年龄小、诗龄长的女诗人，没有沾染放任、浮夸的习气，潜心阅读，并匠心独具地用“读万卷书”之长，补“行万里路”之缺，这是一个让人侧目的高起点。

伍尔夫说：天堂就是缓慢的阅读时光。所以高璨说：

天空中只剩下一颗星星
琴谱上出现三个轻音符号
泉就要逆流回石缝了
向日葵头扎入土里为背面的太阳

轻轻的轻轻的
总有些慢慢的光阴像倒流
树弯腰捡起的叶子
花儿重描的花瓣妆容
布谷鸟吞下的回声

慢慢的慢慢的
总有些轻轻的事情好像没有发生
在过去　或是未来　反正不是现在

——《味道》

诗性是人性的闪电，而不是道德的硕果——诗性，是更高更纯粹意义上的道德，诗性照亮人性，超越人性。诗性是人性稍纵即逝的灿烂，在人性的天空中，诗性绝不会选择朗日和风时出现，暴风骤雨来临前，诗性才会横空出世。

高璨诗歌，正如我所描述的“人性的闪电”：

先祖说
泄露天机者
应遭天谴

——《博物馆》

我热爱大地不是背后世界的最后的人
尼采你不要与我为敌
我没见过你的鹰和蛇　只见过它们的同伴
却在梵·高的星空中见过你
和你的背影

——《偶感》

如果有人对高璨的诗歌产生误读，我能断言，他们误读的是人，而不是诗。高璨是一个随时随地都有可能出状态的诗人，因为她年轻；高璨是一个强行给你深刻印象的人，包括诗，因为她年轻。为人率真，但不是心智上浅薄，而是心灵上的透明；为诗奇诡，但不是手段上的善变，而是情理上的多重与汹涌。

一首让人过目难忘的诗歌作品，往往成于诗歌中的核心喻义；大量的分行文字，为什么像树叶一样随风而过，难以进入阅读者的记忆系统呢？这是因为，这些文字还没有发现或找到事物之间的神奇关系，还没有发现或找到事物的诗性价值，还没有发现或找到事物的诗性动力。这些分行文字如同行尸走肉，缺失灵魂。

高璨的《岁月是一条透明的狗》中，“岁月是一条透明的狗/疯言疯语　横冲直撞/从不透露给行路者正确的预言/为赶上最后一口稠酒/跑得飞快/将路边摆设撞得粉碎/那摆设在人间还有别称/叫梦想/它没有醉　酒从不醉人/梦是酒精的鼻祖/至今配料不明”，一个诗性的意象，一瞬间就照亮了人性。

还有《洞穴论》，笔锋凌厉，一种深入骨髓的震撼，可谓难得佳作：“就像从蛇开始的宗教/将撒旦讲作蛇//先知只需要一个/最先背叛祖先的人//而大多数的凡人要留下/来构成这个理论”。

高璨年轻勤奋，我看好她的前程。

（作者系诗人，评论家，诗选刊杂志社社长）

她在大地上行走，带着成长所赐予她的孤独

——读高璨诗集《白驹过隙——人生的缝合者》

安 琪

若非三色堇发来高璨的诗集《白驹过隙——人生的缝合者》，我就将遗憾地错过这样让人想歌想哭的文字，小小女孩，心思如此苍凉，她说："我是雨/我不知道/天让我说什么"（《我是雨》），其实是她想代替雨说出什么，但竟至于无言，

这从天上下到人间的雨，禀受谁的旨意，它究竟想干什么，它能干什么。雨是寻常物事，亘古至今，谁都视之为自然而然，现在，一个叫高璨的女孩，以“雨”自居，她说：“流泪之处请留下住址/伤心的人儿要认得回家”（《我是雨》），如果她是“雨”，这“家”是在天上，还是地上，茫然中我们明白她只是“流浪的歌手”，参与了人世“不识其味”的梦，众人都在无知无觉地活着，睡着，死着，只有“雨”这个“记录者”记下了“自己”和所有的“故事”。这就是高璨，我一点也不陌生的名字。十年前她才十多岁，就出版了诗集，加入了陕西省作家协会。1995年出生的她是“90后”诗人中最早出道的那批人之一，作为一代人的显著符号，高璨很早就进入我的视野，但真正对她的阅读却需要一个契机，广袤中国人才济济，每个人大抵只能看到自己的身边。此刻我在北京通州某间居室某台电脑前屏息翻阅高璨诗集，一个早慧少女以她成熟的文字悄悄站立在我面前，提醒我她不容忽视的存在，这存在如此强大却不是以喧嚣的、张扬的、绚烂的方式冲击你，而是丝丝渗透、缓慢却又顽强得像藤蔓一样缠绕你、捆绑你，使你的心阵阵发紧。

于是你有了长喘息的必要，诉说的必要。

诗集的副标题是“人生的缝合者”。高璨正当年华，青春旺盛之时，一朵花将开未开之际，尚有长长长长的人生路等待悠然前行，突然间生“白驹过隙”之慨，未免太早，也太悲凉。也许天才都是这样，既然比别人更早感知到人世的繁华，自然也比别人更早看到人世的衰败——这必然的衰败。张爱玲在24岁《传奇》再版的自序中所写的，“出名要趁早呀！来得太晚的话，快乐也不那么痛快”，被人们牢牢地记住并用来形容张爱玲的成名欲，人们却不继续追踪张爱玲后面的这句话，“如果我最常用的字是‘荒凉’，那是因为思想背景里有这惘惘的威胁”。什么威胁？张爱玲已经说得很清楚，“个人即使等得及，时代是仓促的，已经在破坏中，还有更大的破坏要来。有一天我们的文明，不论是升华还是浮华，都要成为过去”，芸芸众生只在现世的欢乐里欢乐，无所谓必然的“过去”，而看得见“过去”的天才能做什么，也只能用文字来缝合这短暂如白驹过隙的人生，赢得一瞬间的慰藉罢了。

且看全书第一首《黑鸟》，一个俗常的题目，写者已是众多，高璨不可能不知道，但她依然要写，因为她有自己的话要说。她视黑鸟为人类，以“他”名之。她坐在车内，冷静地观察着黑鸟，而黑鸟，却在冷静地观察着车辆。这是物与物之间的关系，多重视角间转换。最后三句勾起了我曾听过的故事。那是来自北京至漳州的动车乘务员，她告诉我，每到目的地，动车头都有很多死鸟的血迹，它们是一路上被急驰的动车撞死的。高璨在诗中如是说，“人类根本不懂什么人机关系/最真实的汽车史/在动物的墓志铭里”（《黑鸟》），我不相信高璨这么凑巧也有一个动车服务员跟她说鸟与动车的悲剧故事，我只相信，敏感的少女看见了人类发明的机械对动物的摧残乃至生命的掠夺，她写出了残酷的事实，她诗中的“动物”，其实也包括“人物”。

这几日正读尼采，读到这么一段，“有些人知道如何将自己的经历（他们微不足道的日常经历）变成一年收获三茬的富饶之地；而另一些人（他们的队伍如此壮大），即便经历过最跌宕起伏的命运洗礼，见证过最变化莫测的时代或民族风云，却仍然轻飘飘的像木塞一样浮于表面”，读到高璨诗作《八喜》，我明确高璨就是这不多的“有些人”之一。全诗35行，叙述了诗人与一只狗交往的经历，这只狗应该就是题目所叙的“八喜”，是诗人10岁时从狗市带回家的。狗对我并不亲近甚至咬过我，但我依然认定，“当初我要选择的/就是它/千真万确”（《八喜》），事实上我读此诗并未读到循序渐进的狗与人之间慢慢培养起来的感情，诗人在诗中也写到，反而是从前养过的狗、别人家的狗，才带给我乐趣。在对此诗的反复阅读中我读出的是宿命，难以说清的必须如此、非如此不可，宿命就是不讲道理、看不见说不清的那种，就像贾樟柯电影名“天注定”——“我”和一条名为“八喜”的狗被宿命拴在了一起，纵使“八喜”对我不友好，我依然对它百般牵挂。我丝毫不怀疑高璨会在某一天继续为“八喜”写诗甚至撰文，她沉静的叙述表情，她对自身经历不悲不喜的呈现，犹如激流暗涌，必将掀起另一层巨浪。

高璨诗作涉猎题材极为广泛，只需看一下本书目录便可知晓我此言不差。无论自然，无论人文，无论哲思，无论历史，均能在她的笔下找到回应。她在她的诗中建立起一座内蕴丰富的博物馆，这个陕西女孩得天地之钟爱。陕西，中国文化的富矿，人的一生应该有至少4年在陕西待过，这样才能稍稍走走教科书上的地名，高璨生于斯，长于斯，怎不令人羡慕！她的诗中看得出深厚的文化积累，因为深厚，她开始要“破”因深厚而造成的俗见。同样写山水，她说：“进入不了石头/因为它们没有门”（《山水禅》），仅一句，就消解了传说中神仙喊开石头门来去自如的形象。在这首题为《山水禅》的诗中，她继续写道，“唤不回雪人/因为它们没耳朵”（《山水禅》），此句是对诺奖得主辛波斯卡“呼唤雪人”的反动，山水在诗中被一一化解，于是我们得到了题目中的“禅”。

作为一个青春少女，高璨的诗也会有爱情的吟唱，但这样的欢乐在她的诗中并不是主旋律，高璨总体是悲凉的，因早慧而带来的悲凉。如前所述，她比同龄人先期看到了他们尚未看到的东西，她的绝望也因此比同龄人先期到达。我喜欢早慧的高璨告诉我们她看到的世界，也喜欢停下脚步和同龄人一起沉陷爱情的高璨。当我读到高璨的《去远方》，我松了一口气，一个眼里有远方心里有爱情的女孩，她终将被远方和爱情激荡，她的欢乐将像火焰一样照亮她多思多虑的面庞——“远处的我和近处的我/山上的我和水里的我/伞下的我和云上的我/在远方 在远方”（《去远方》）。

高璨擅用否定句式，“没有”一词是她诗歌的关键词之一。这是一个诗人内心对世相的不信任造成的，还是过于强大的虚无感导致她的幻灭意识？此问题留待今后有机会见到她时面谈。且读她的《没有人》一诗，全诗出现7个“没有”，再加上其他否定词诸如“无”“不”，使全诗呈现出一种神秘性。抒情主人公：她；地点：园子；环境：暴风雨中。暴风雨中“她”在园中哭泣，因为“他”没有来。情节就是这样，但情节就是这样吗？诗人独特的叙述反反复复中让一些情绪变得扑朔迷离，我想到了《聊斋志异》中雨夜少女出没的画面，它不恐怖，它凄美，令人挂怀。一连串的否定词让我们预知了“她”的等待必将遥遥无期，“她”的哭泣只能引来雨声。

是的，高璨有一部分诗就像少女的心事，变化莫名，你约略把触得到，但要逐句剖析却又仿佛走入迷宫般不明所以。中国传统诗学有“无理而妙”（贺裳）一说，依我个人的写作经验，当诗情汹涌时诗句倾泻而出，诗句与诗句如潮水冲撞、挤压，貌似不合逻辑却能共处一条河道，多少诗人一生都想要这样的状态而不得。在《味道 风餐露宿的旅人》一诗中我们可以领略到高璨“无理而妙”的写作。此诗每一节都有一个主题，有现实，有想象，有象征，有哲思，当全诗在最后导向这样两句时，“白驹过隙/我这一生的缝合者”，此前种种纷乱、种种意象、种种情景，此刻都在这一句类似谶语的结论中聚拢而来，构成个体生命的了悟与感叹。

阅读高璨，自会阅读到洛夫、谢冕、陈忠实、于坚、周国平等名家大腕对高璨的评述。每一个人的评述都只针对高璨成长历程中的某一段，当她10岁时，当她12岁时，当她15岁时，她的诗风在不断转变。现在我遇到的是21岁的高璨，我当然知道收入本书的高璨诗作当写于21岁之前，我想说的是，我遇到的书写《白驹过隙——人生的缝合者》诗集的高璨已经不是“纯真与灵气”仿佛“飞翔的小精灵”（洛夫）的高璨。她在大地上行走，带着成长所赐予她的孤独，徘徊于何去何从间的痕迹，这痕迹甚至已带出了前生今世。

2016年10月30日于北京不厌居

（作者系新世纪十佳青年女诗人）

未卜先知的精灵

——简评高璨的诗

徐小斌

毫无疑问高璨是个天才少女。当她还是个小学生的时候，便写下了《镜子与狗》《老钟表》等令人称奇的诗歌。而摆在我眼前的诗，显然不是出自那个天真的小女孩，她已然成了一个充满诗意的思想者。

白衣长缨
你赤脚履沙
江水清清却与你无比
江水浊浊也与世无争
——《渔》

几笔勾勒出一个青春期的女孩，清爽，洁静，看似柔弱，实则坚忍——宛如一支湘竹，染着娥皇女英的高贵泪滴，却被凡俗的杂草野花所遮蔽。

凡遇见必有感悟
重叠时空
我们借用了你的光荣
花灯之处旧年燃着火把
你保护的城早已易主

城墙上有些落雪
扑簌簌化入帝王陵梦
几个世纪了　雪依然落于雕栏玉砌
相映朱颜
久久未更　久久未变
——《城墙》

他们朝圣的方向不同
他们的上帝相向而居
对饮的都是世界的酒
我热爱大地不是背后世界的最后的人
尼采你不要与我为敌
我没见过你的鹰和蛇　只见过它们的同伴

却在梵·高的星空中见过你
和你的背影

——《偶感》

五爻的君王也常磨难呢
占卜者的手
解经者的舌
哲学家的眼
易经却从来都是它自己
任凭来者言语
天机不可泄露

愿你把诗变成一场魔术
最先消失的是自己

——《魔术》

不归　不归
金樽美人回首成灰

——《魂》

高璨的诗令我惊讶：她似乎是一个异数，她的诗如此清洁与精致，如此背离这个粗糙的欲望化的时代，令人不能不关注她的灵魂，追问她灵魂的来路。

多年以前，年轻女孩高璨以一种最不寻常的方式进入了诗坛。当时，正是文学所谓“巨型话语”被解构的年代，那是从一段宏大叙事历史中接踵而至的神话。

此前的文学人充满了创造历史的热望，每个人的倾诉似乎都必须与时代精神重叠。否则，我们就无法听到他的声音。在中国文坛，自我设想成了历史的主体，却因缺乏主体话语而使能指与所指、主体欲望与个人记忆无法弥合。直到20世纪90年代伊始，父权制所确认的中心化价值体系陷入危机之后，真正个人化的女性话语才悄然出现。而高璨，正是出生于父权话语萎缩与女性话语强盛的交接时刻，她的出生与成长，恰如一枝独秀的花朵，在21世纪的今天进入了我们的视野。 她以著名法国女性主义批评家埃莱娜西苏所描述的“飞翔”的姿态，为我们奉献了新的诗集，这是一本颇有价值与品位的诗集。历史的偶然、历史的巧合、历史的错位，在高璨的诞生与成长中表现得淋漓尽致。

人们永远是阳光下盲目而愚钝的行者。他们看不见大时代里普通人内心的惊心动魄，更看不见一个女孩貌似平静的生活中暗藏的玄机。那些惊险，全都隐藏于皮肉包裹的内心深处高璨的诗，结集了她内心深处的故事奇诡，时尚，成长，与年龄不符的历史感，致命的忧伤与极致之美。

我曾在一篇随笔中写道：“自己的世界有如一面魔镜，它似乎是自己的真实写照，然而又全然不是。它的每一个细节都是不真实的，人在面对自己的时候，在自以为至真至善至美的时候，其实是在制造一种骗局——一种把自己也骗了的骗局。走入那面魔镜是自欺欺人的开端，可怕的是，通往魔镜的通道有去无回。”

那面魔镜，实际上就是个人心灵的秘密通道。毫无疑问，不敢拷问自己的灵魂、不敢审视自己内心的作家不是真正的作家，但是，如果一个人只是写自己，那么即使他是一口富矿也必定会被穷尽——女性文学的呼喊与细语留给了我们一个两难困境，但同时也给了我们一种新的提示：找到一个把自己的心灵与外部世界对接的方法，这样可以使写作不断获得一种激情与张力，而不至于慢慢退缩和委顿。高璨的诗便是如此，她挣脱了世俗的甲胄，游离于清澈的湖水与广袤的天空之间，令人欣慰的是，她并不像很多女诗人那般自恋，她在城墙中追问历史，也在《易经》中占卜命运，她甚至像一个未卜先知的小精灵，写出“不归　不归/金樽美人回首成灰”（《魂》）这样的金句。

尽管世界进入了一个大众传播的时代，但文学依然是有希望的，正如埃莱娜·西苏所说，“希望”正是对写作的另一个命名，这一命名将把我们载向我们自身无法达到的境界，它的纯粹，它那象征性然而又相当具体的力量，它的宿命感，使它成为世上最最美丽的语词，然而它并非语词，它只是一声叹息，或许还是一声遗憾的道白。

全部的文学史诗歌史无疑是一个大浪淘沙的历史。我们可以试想，被海洋或者河床雪藏着的石，在水的不断击打下，偶尔发出昂贵的声音。那正是它本身那种痛苦的高贵、残酷的美丽，它需要坚忍，需要沉默，需要把一切浮华置之度外。

我想，高璨是可以做到的。

年轻、早慧的女诗人，我祝你越写越好。

（作者系著名作家，国家一级编剧，获全国首届“鲁迅文学奖”）

高璨诗心断想

梁小斌

十多年前，我最初读到高璨的诗就满心喜悦，知道她得到了太阳的馈赠。她已经脚穿一双金色的靴子，行走在大地和诗坊，能够亲切地体察到阳光的馈赠，是那时尚在读小学五年级的高璨的心灵最强音。一般而言，几乎所有孩子都能感觉到阳光照在肩膀上的温暖，但很少会有一双眼去回望肩膀，去看看阳光到底长什么样儿。将金箭插在头顶成为一位太阳神，那位太阳神就是看清了光芒长什么样子。谁都清楚，神性与童心几乎是同源。高璨的身上遍洒阳光。她难能可贵，偏偏要看一看自己的脚上，她的脚上自然也洒遍阳光，于是，她得到了一双金靴子。我们千万不要以为这是神话。

小诗人高璨脚穿“金靴子”究竟如何行走，她又走过哪些地方，我一直在心中挂念。不久前，我终于又读到了她的新诗。

我读高璨，一个深刻的印象是，她在中国的《诗经》和《楚辞》里搏击风浪，中国诗歌长河浩瀚无垠，高璨奋不顾身，在浩荡中又探出了自己的神采。

首先，高璨看到了祭坛。

她说：“十个神，十一礼赞，数十座祭坛”（《歌》）。

我在想：这表面上有一个祭坛数目的罗列，仔细一看，原来，礼赞的歌唱，比祭坛的数目要多。这不经意的点明，关于祭坛的歌唱，令高璨目不暇接，其内心思辨已隐隐显露。

还有，

斑竹的斑到底和湘夫人的泪有何干
无非是出生时没忘了前世的人
可又记不清
那人到底长得什么样

——《魔术》

现在，小诗人高璨遇到了一个固定化的千百年来一直在那里的关于湘夫人的故事，她不得不困顿再三。

关于《诗经》高璨也有评说。我认为，这反映了高璨的思辨能力。

你恐怕只是厌倦了
诗经里现世的工笔
你说，除了楚国
本有星月山河
本有鸟兽虫草。

——《问》

实事求是地说，这是诗人高璨对一部分古典诗词提出了诘问：君王与自然，君王就是消失了，但自然当傲然存在。

中国诗歌一个非常重要的源流，就是它的理性精神。如说到新诗：为什么要“我手写我口”呢？因为，从口里吐露出来的真心话，往往比表达诗性更为重要。真实的理性方向，在高璨的诗中也同样得到铿锵的展现：

我从神话中来，
却要到理性中去

——《问》

因为，高璨一不小心“打碎了自己的出生地”（《问》），但那个出生地，如同高璨所说：

要从日中取出火，
月亮因之由死入生。

——《问》

因此，也可以说，我们都是从诗经中来，是楚辞教会我们说话。有一条河，叫作“母语”。母语河流中的扬子鳄，绝对不会拖走它岸边的孩子。

有一个发人深省的自然景物的映带关系，是小诗人高璨诗性天然流露的玄机所在：

在天空的背后我看见了河
桥的背后是弯弯的诗
鱼的背后服帖光滑
水的背后放了一双冰的鞋

——《偶感》

我无比赞许高璨的上述表述，大自然生态互为因素的因缘，令这个纷乱的世界连为一体。

为什么要说水的背后放了一双冰的鞋呢？这意思是说水会结

冰，冰面上将有飞旋舞动的冰鞋，一个即将出现的舞者形象，是从一块结冰的水开始联想到的。这就是说，即将凝结的不是一块冰，而是要诞生一双冰鞋。

这正是高璨童真诗心的无意表露。但一个重要的提醒是，千万不要在这率真表露中轻易划过，而是要睁大眼睛，久久地停留。

小诗人高璨，已经有了太阳馈赠的金色靴子，她自己又已经学会了守卫在那即将结冰的水面上，她肯定会得到一个完全崭新的诗眼馈赠。

记得高璨说过：一只皮球从胡同里滚出来，后面肯定跟着一个捡皮球的孩子。于是，我又想到：一个喝完牛奶，手持垃圾袋在东张西望的孩子后面，肯定也跟着一位拾垃圾袋的母亲。这大概就是指信仰，也就是理性的萌发阶段。信仰和理性到底长得是什么样子。

还有，我想说一下那首诗，《春日残荷》，这幅春意的抽象画写是写得不错,但是，高璨目前最好不要过早进入春日残荷这种境界中。

从表面上看，荷花是残了，但生机勃勃的水面上肯定有一番火热夏天特色的景象，春日残荷里应有强大的生机。

高璨新诗集即将问世，这代表着中国诗歌新生代的响亮歌声能像魔幻般变幻。高璨诗歌的丰富性，将鲜明地表达着他们这一代人的心灵烙印。

你打碎自己的出生地，

你要到哪里去。

——《问》

距离初读高璨的诗已过了10年，祝愿高璨在中国诗坛上空闪烁。

接纳大海的歌声

——序高璨的诗

熊召政

我对当下的年轻人有一种陌生感，这种陌生感不但存在于生活情趣上，也存在于文学艺术中。所以，当朋友送来高璨的诗集请求写篇序言时，对这位还在大学就读的年轻女孩子的诗集，实在不抱奢望。我于立冬后第一场雨夹雪的天气里，打开了高璨的诗集，初始只是想闲翻几首，找点感觉，但是，一些诗句却像珍珠一样在我面前滚动：

伸出手来他问我，要不要冰

我低头在陶器上重重地

戳了洞

这容器成型时不装水

住风和它的歌吧

——《某一日》

立春时她告诉我草地上落满天鹅

夏至时她告诉我夜晚写满星空

立秋她告诉我爱比海棠花红

冬至她忘记了我……

——《无题》

我与历史不仅相隔土地

还相隔歌声

——《古音》

这样的诗句，读来如沐春风。记得30多年前，徐迟先生应邀到美国爱荷华大学当了3个月的驻校作家。他在该校图书馆发现了英裔法国乡村诗人弗朗西斯·亚姆的诗，他节约零花钱将诗集复印带给我，我借助汉英字典翻译这些诗。当我译出第一首诗的时候，我就被这位法国诗人漫不经心的诗句吸引了。记得一连好几年，每逢初雪，我都会温一壶花雕，一边品饮一边欣赏亚姆的诗，我用心体会那种甘之如饴的感觉。现在，读高璨的诗，与我当年初读亚姆的诗有相似的感觉。读亚姆的诗，你会感到他无意为诗，也不思考写诗的技巧，但是，他朴素无华的诗句中，却显露出真正的诗的才华。高璨的诗句中也表现出这种倾向，她没有故作高深，也没有秀自己的天真，而是在某一种境遇下，她脱口说出彼时应该说出的话。李白称这种状态下产生的诗为“清水出芙蓉，天然去雕饰”。女孩子总是怀春的，心中总流淌着浓浓的爱情，高璨这样写道：

旱季雨季我这里
总有溪流拥抱你
寒冬酷暑我这里
总有花丛为你

——《爱情》

这么多年
说出的是谎言
写成的却成了情书

一辈子也听不腻
喧嚣的花，静默的树
和你

——《离别》

一万封信

有一万种葬礼形式

陪葬者是一万种表情

——《写一封信》

这些诗句火辣辣的，但也隐含着调皮与温馨。诗句的最高境界是直白、朴素，一看就喜欢，细读却又感到别有深意。诗人能写出这样的诗句，一是用心，二是不用心。用心是对生活的热爱，不用心是表现随意的生活，这两者很难处理，处理好了，诗人的才华就显现出来了。

高璨的诗题材广泛，她写了不少的雪和雨，可以说，阴柔的、缠绵的情愫是她的特质，所以才选择雪与雨作为她诗歌的意象。读她的诗，你会觉得她似乎总在澎湃的诗情中，身边的琐事、触眼的器物皆可入诗。虽然写情是她诗的主流，但偶尔言理，亦可让读者看到她的另一面：

让水和水互相拥有

就有了河流

让火与火彼此分离

就撕裂出虚空

——《让水与水互相拥有，就有了河流》

一座博物馆

一座历史的牢

——《博物馆》

天使和魔鬼推同一块磨

人物粮食同时供应地狱和天堂

——《哑谜》

苦难是弱者的避难所

苦难的诗篇为水深火热者撒盐

因他们更以磨难为存在感

——《即兴》

让女孩子承担思想者的角色，这会让人产生错位的感觉。当下的时代变化得太快，随波逐流是大多数人采取的生活态度，但高璨好像有一点叛逆精神，她不肯向命运屈服，也不肯接受社会上固有的是非观念。所以，她的诗中还保留了中国诗歌中愤世嫉俗的传统，只不过她在承接这个传统时，过于天真地展现了少年的烦恼。在《即兴》一诗中，她说“斯德哥尔摩症候群/喂养不了健康的诗歌”，这么犀利的批判，出自一位涉世不深的少女诗人，足可见当下的年轻人若真愿意舞文弄墨，必不肯与世浮沉，与人俯仰。

当然，高璨的批判者的角色只是偶尔闪现，更多时候，她还是深情地、热烈地展现她对生活的追求，对世间的热爱：

接纳大海吧
否则无法去爱一条河流
——《活在珍贵的人间》

少女的梦
一池泪花
养活幸福的火树银花
——《诺》

希望高璨写出更多的好诗，但不可浪掷自己的才情，既要从凋谢的花朵中看到灿烂，更要在平淡的生活中看到生命的真谛。

2016年11月27日于北京唐拉雅秀酒店

白驹过隙
人生的缝合者
高璨 著

川环珠而水媚

——序《白驹过隙》

杨匡汉

刚日读经，柔日谈诗。

诗歌是柔性的事业。它是有爱、有滋润的写作，是相信寒冬过后有春雨、酷暑过后有秋风的咏叹。它以桂花飘忽的芬芳，让我们晓得生命在此岸与彼岸的守望。

站在我们面前的青年诗人高璨，正是这样的写作者和守望者。从西京长安到岳麓书院，一路求知于学又为文于诗，已出版了《一朵野菊花又开了》《出尘之美》等十余部诗集，以朴实、细腻、圆润的温柔之笔，把日常生活中易被忽略的物象、事象一一激活，铺陈出美妙的善意和诗意。

如今这部新作取名《白驹过隙——人生的缝合者》，有了新的雄心，即不仅咏叹，不仅守望，还要“缝合”生命的裂痕。“白驹过隙”作为成语典故，出自《庄子知北游》：“人生天地之间，若白驹过郤，忽然而已。”“郤”同“隙”，白驹比喻日影。在时光匆匆流逝中，古人今人似乎都有苟可适志、不必他求、何至自苦的人生感悟。然而，《白驹过隙》的作者希望提升自己生命的维度，在情感的回归和灵魂的自洽中，在“缝隙”或“一无所有”时渡过汹涌的水流，找到一个相对完美而自足的精神家园。

于是，我们在作者的诗中读到了心灵的渴念：“身上嗅得到陌生的远方/来去皆为行迹匆匆的遥遥”（《黑鸟》）；谈到了主体的内敛：“记忆里的羊纷纷变鱼/长出的鳞片拓印了谁的青春”（《窗外》）；读到了凝神的默想：“总是以为我们所挂念的事物/都靠近世界中心/蜻蜓点水　点水/她留下卵/我们留下谬误”（《挂念》）；读到了自然的生命化：“远处的河流和近处的麦田一样潇洒/把爱情晾晒/唱成风”（《去远方》）；也读到了生命的自然化：“我把家搬进荒漠/夜里　沙子一粒粒地叫/你的名字/仙人掌的怀抱里/都有你的背影”（《爱情》）……温柔并非软弱的代名词，一旦以意象的骨质、意蕴的纯美接通世代所累积的记忆，就如同清泉注入濒临龟裂的灵魂，解人干渴，令人心爽。

毫无疑义，青春期女性写作需要个体经验与想象性寄托的融合。想象的奇崛和隐喻的别裁成为《白驹过隙》中不少作品的追求。如“太阳的口袋里有一把嘴唇/扔在树里/蝉就醒了”（《我不希望你在树丛里叫我》），如“进入不了石头/因为它们没有门/唤不回雪人/因为它们没耳朵”（《山水禅》），如“有时你手指的温度/在雨中升起火来/有时你眼中的静默/夏日林间没有一只会唱歌的鸟儿”（《爱情》），如“风筝是一只脚的鱼/雨是忘记故乡的云”（《风筝是一只脚的鱼》），等等，莫不振葩扬藻，怀抱嵌奇，让物象与心象相连。

“情诗”通常为青春年少者追慕，这符合此一心理期的普遍特性。《白驹过隙》没有例外。其中的组诗《无题》（计十一节）《我不希望你在树丛里叫我》《爱情》《离别》等，都有“我”和“你”在风里雨里夜里海里舞蹈与歌唱。有时是“风筝啄破了风”，有时是“河流里漂满花朵”，有时是“星斗错过月圆”，有时是“四野散落花香的秘密”，也有时是“春天去过的地方都忘了名字”，都属没有明确对象的私语。这个“我”和“你”，身份和面孔模糊不清，既遥远又亲近，却成了似有似无的知音。不必去追问抒情对象是谁，没有季节背景，没有花前月下。这样，与其说是在寻找，不如说是在等待——在某棵树的浓荫下等待某种不期而至的惊喜、欣慰，抑或惆怅，乃至夺眶而出的泪水落入空杯的可能性。这样的女性个人经验，在其精神成长过程中无可避免，它可能带来温馨与浪漫，也可能带来花蕊的清苦。

川环珠而水媚。看来，《白驹过隙》的作者尽管有某种“内部的远方”，不少篇章中为神驰的白日梦所牵引，思绪缠绕、沉醉、唤醒、失落、疑惑、撕裂于“我”和“你”“心”和“物”之间。这就需要解除两者之间简单的关系。缘由不是别的，因为倘若过于陷入日常的、细琐的个人经验，很可能遮蔽人与自身、人与大千世界的其他关系，遮蔽“我思故我在”及其与普适的、更广阔的“在”的联系。个人的成长档案总有时代风云的投影。是故，诗人需要走出“青春”，摇醒“自我”，将心灵的天空更大幅度地敞开，进而去回答包括女性在内的人作为抒情主体的真实困惑和精神冥想，去印证与呼应动荡人生中的自我认知和灵魂发现。那是更有力度和温度的“缝合”。

《文心雕龙》有言：“事以明核为美，不以深隐为奇。”幽径隐秀，仍需有径可寻。既要有诗性的吉光片羽，更须见诗心的智性内核。好在作者高璨还年轻，还在一片芳草地上刻苦进行灵台的探险。从青春之诗迈向智慧之诗，是长亭更短亭的圣地之旅。重要的是，在他人之镜中找到自我，在自我之鉴中映照世界，意以象立，神由思至。

是为序。

2016年冬日于北京潘家园

（作者系中国社科院文学所研究员、博士生导师）

浅尝辄止最撩人

——《语言，众人的密谋》读后

舒敏

《语言，众人的密谋》这本书读完已经一段时间了，一直沉默着。也许，是不想和“众人的密谋”同流合污吧。

当我想要为这本书写点什么的时候，脑海中很自然地浮现出“理想很丰满，现实很骨感” 这句话。同时，对这句话却有些不以为然。之所以如此，是因为读了高璨的文字，换句话讲，是高璨的文字给我留下了既理想又骨感的印象。

高璨在《巧言令色》里说：“难道语言不该被谴责吗？它为造假提供了条件，比世上所有针线都要紧实，使天衣无缝。”伊索在他的寓言里说，舌头是这世上最好又最坏的东西。有些异曲同工。语言到底该不该被谴责呢？那些冰冷的、暴力的语言，那些散布是非和谎言的舌头，当然是坏而该被谴责的；而那些温暖的、柔和的语言，那些引领学问、传播真理的舌头，自然是好而该被赞赏的。

人活在世上，有太多相似，更有太多不同。就外表来说，相似的是都有五官；不同的是五官的外形和组合各自迥然。就本质来讲，有些人穷其一生在追求生命的本源，有些人碌碌一世却仅仅只为俗世的那份热火。在我看来，高璨应属于“本质”论中的前者。

回头说说高璨的文字。她很年轻，可以说还太年轻，但她的思维深度以及想象触角早已抛却年龄。翻阅《语言，众人的密谋》这本书，随处都有令人感慨、发人深省的语句。对于君子和小人，高璨如此诠释：“没有人离开，君子和小人都还在，一个不多，一个不少。在每件事中，在每个人里。”（《君子坦荡荡，小人长戚戚》）谈到“道”，高璨这样说：“历史上真正的大家，从未认为自己在自己的领域，有足够的建树；从未认为自己提出的大道，是自己企及了的。”（《君子道者三，我无能焉》）说到善恶，高璨在她的笔端自如挥洒，“一个恶的典型树立了，所有无名的恶都有主了。”（《纣之不善，不如是之甚也》）“农夫干掉田地里偷吃蔬菜的土拨鼠，而土拨鼠本身只为了获得维持生命的食物，它从不多拿。”“善恶只是对人而言，对于世界来说，那叫作天性。”（《善恶》）

高璨的语句绝不能用“烟火”二字来形容，因为事实是，她的文字并不烟火。她文字里有的，是禅味、哲味及思索，是温润、平和、精炼、婉约及优雅。高璨读《论语》，读《道德经》，读《易经》，读《圣经》；时而与尼采聊天，时而跟老子闲扯……这闲聊饱读的后果，是她更爱思索，这思索的结果，是她愈加平和。高璨是小有名气的诗人，但她绝非“愤怒的诗人”。在《生气》一文里，她这样写道：“被中伤时不恼，被诽谤时不怒，有时我感觉已与自己的愤怒走丢，甚至有时在我需要它的时候，我也想不起生气的感觉。”可以看出，高璨是温润平和的高璨，是几乎与愤怒绝缘的高璨。

高璨的文字是理想的，但她并没有大肆铺排她的理想，她的理想的文字，在我看来透着俏丽的骨感。高璨的文字是沉静的，几乎少见少女般的活泼，只在一篇文章中，我读出了孩童般的调皮。那篇文章名为《一句名言》。我在深深喜欢那句名言的同时，也深深喜欢上了文末的那句话，名言是高璨的爸爸告诉她的：“去认识一个事物，但不要完全了解时，给予你最多的遐想和创造力。”文末高璨将她父亲的那句话做了简化，谓之“浅尝辄止最撩人”。这句话读笑了我，也读出了我由心底深处生发出的息息相通的美妙之感。

陶渊明说：“好读书，不求甚解。”高璨说：“浅尝辄止最撩人。”舒敏曰：“然”。

2017年1月5日

（作者系编辑、作家）

经得住其他语种考验的诗

（旅日）田 原

三月回国度春假期间，在雾霾重重的北京读完高璨的三本书——两本诗集和一本读书札记。四月初，她的书又随我返回东京，在我凌乱的书桌上，与日语书和其他外语书为伍，赫然醒目。不觉间数日过去，突然觉得，是该为她写点什么的时候了，窗外蔚蓝的天空下，烂漫而又热烈的樱花已经在争艳绽放。

从高璨十多岁出版的两部诗集不难发现，她在小小的年纪里与缪斯结缘似乎是本能的发露，也可说她成为诗人的很大成分或许取决于与生俱来的宿命。虽然我不是宿命论的拥护者，但总觉得在人短短的一生中存在着某种宿命感。从少年出发的诗人自古至今皆有人在，李贺、歌德、谷川俊太郎、布罗茨基等都是在纯真青涩的年龄里开始诗歌写作的。当然，这些例子并不能保证高璨将来就一定成为一位杰出诗人，先天因素只是成为大诗人的条件之一，离开后天的勤奋和努力，任何良好的天分都会大打折扣，甚或半途退场和江郎才尽。但令人喜出望外的是，高璨这本《我很像我，你愈发不像你》即将出版的诗集，让我对她的未来产生信任：语言在她感性的成长中愈加深厚，发现在丰富的想象中更加新鲜和敏锐，视野在她阅读的积累和思考中愈加开阔。

高璨在自己的诗歌写作中完成了良好的过渡，从一个孩子看待世界的视角和凝视世界的姿态，到进入青春期后她在诗歌中展现出的阔达和深刻的变奏，使得她的诗歌如影随形，跟着她一起成长。青春的躁动、孤独、茫然，对爱情的憧憬和对未来甚至宇宙的想象都在她的诗篇里得以恰到好处地表达。诗歌在某种意义上是借着想象被感性化了的一种知识，在宽泛意义上也是在关怀他者的同时带有朝向世界指向性的一种载体。高璨的诗歌用中国的传统诗学观分类，可以说涵盖了“超物之境”和“同物之境”，既有超验性的尝试，又不乏贴近自身经验的叙述。有一些诗篇在“辞情”与“声情”的表现中接近于统一。

高璨的诗歌语言温润、亲切、流畅，女性意识明显，有深刻的思想力，但没有居高临下让人敬而远之的女权主义色彩。语言对于任何诗人而言，都永远是一堵默默长高的墙，它看不见摸不着，考验着诗人跨越的本领，高璨在这本诗集里完成了漂亮的跨越，她长高长大了，她的诗像她一样亭亭玉立。读完这本诗集的电子版，很多天我一直在想，高璨的写作也许可以套用美国诗人罗伯特布莱为优秀诗人界定的不可或缺的三个条件：过普通人的生活；热爱大自然；要保持皮肤一定的湿度。

如何在一首诗中处理好情感经验是摆在每一位诗人面前的课题。对此我曾写过这样一段话："诗歌与情感是一个古老的命题，一首诗中究竟注入多少诗人的情感才最能传情达意没谁能说清，但诗歌自古对此有一个苛刻的适度的要求，多则显得滥情和煽情，少则味同嚼蜡，不堪卒读。诗不是修辞的机械组合，亦非无病呻吟的感叹，也不是空洞的抽象，它必须体现出诗人的体温、脉动或体嗅等。一首诗读不出情感，我以为不会长久。"在阅读高璨的作品时，我发现她的诗句对情感的转化自然而然，水到渠成。

出于职业习惯，在阅读时我试着翻译了几首高璨的诗，发现她的诗经得住其他语种的考验。在置换成日语时，原作的良好品质不仅没有逊色，而且依然能呈现出作者所想表达的意图和诉求。翻译可以说是检验现代诗优劣的标准之一，对于那些无法被外语接纳的诗歌我曾总结出过五点：文本的封闭性；缺乏普遍性；对内在的小我和个人情绪表现得无懈可击，但缺乏对外部世界和宇宙的关联性；空洞的抽象性；仅仅停留在情感或感伤的层面上。长年的翻译使我发现好的诗歌不仅具有解释灵魂的力量，而且也是超越时间、语言、空间、宗教和种族的，也希望这句话能成为高璨以后的写作目标。

期待你，未曾相识的高璨。

2017年4月13日于东京

（作者系旅日作家）

写诗的小女孩开始谈论爱

绒绒

这个叫高璨的西安小姑娘，我第一次看她的诗集时，是我正在恋爱的年纪，而小小的她才十来岁。仍记得之后的第一次见面，她看起来仅仅比同龄的小女生，更沉默一点。而今日看她的最新诗集《我很像我，你愈发不像你》，倏地意识到，她已长到了恋爱的年纪，而我呢，连婚姻的果实都已在茁壮成长了——我的儿子正在奔向他的两岁八个月。十多年，在平行的时光里，我们各自生长着。十多年，一段足够长的时间，改变了很多人与事很多人曾经狂热地爱过诗，但十年后，断然不再提笔。当再说起诗，是前尘往事，是青春岁月的一段回忆。而高璨还能写，还在写，当然她的心境已经不同。我还记得她童年时的心境。大自然中的一草一木、一虫一鸟都和她一样，在生命中欢快。

天空的太阳一直望着我
他忘记了照顾云宝宝

我闭上眼睛
细心地聆听
生怕种子发芽的声音溜走
生怕云朵飘过的声音跑掉

——《聆听》（2005年）

曾经的云，在十多岁的她的眼中，是云宝宝，是飘过时发出声响的小淘气包。十多年过去了，云还在原地，而不同的是，它映入了二十岁姑娘的眼帘，她看到的又是什么呢？

每一条温暖的溪里
都释怀一位情人

山足够高了
云就小鸟依人了

——《山足够高了，云就小鸟依人了》

云海竹林

青苔石阶

落叶秋花

转角山路

回眸无光无你

等风来

便落雨

云是比雾坚定的爱人

孜孜不倦地游说视听

——《等风来，便落雨》

云还是那朵云，而她已不是曾经的她了。这个小女孩长大了。此刻的她，

矮豚草和蒿疯长的爱情

清明刚过的

一只蚊子

都在身上

留下印迹

——《接纳》

此刻的她，和这个年纪的所有小女孩一样，期待一个欣喜若狂的相遇：

没有上百亩良田
和一匹好马
做嫁妆
只想赌这后半生
每一次遇你
都欣喜若狂
——《恋人》

如果这是直白的渴望，那么下面这首《宠溺》则被她布置得更有意境，也更不易懂。你一旦懂了，也许和我一样，沉浸在她所规划的氛围之中。

你撑伞走着
却硬要说被远在晴空下的我
淋得透透的

两三件烤火的衣服
你说那是眼睛

湿了再干

——《宠溺》

同样是少女怀春，她用诗来诉说，因含蓄而别致，因意境而悠远。诗意，是如此令人沉醉。

如果诗歌不能给予意境上的享受，不能让人在氛围里迷醉，那它就失去了生存的理由。我发觉，这个童年时与自然对话、与生活对话的小女孩，现在更多的是在用诗与自己对话。从关注大自然，到关注人与人的关系，关注人的内心，思考人要为这个世界留下什么、时光与得失、平淡的生活，她的诗作呈现出内容和视野上的转变。

身后无一物者
青草上的羊
不从哪里来
也不去哪里

不过问的
都不是业报
没有良缘
也无业障
彼此无关地发生

马蹄哒哒地错
青石板小路上
可能并不需要一位归者
——《留宿者》

忘记童话的时候
也忘记童年

遂恍然大悟
孩子离家最近
我已经走得太远
——《童话和孩子》

认真叠着
突然有些伤感
像折着自己的日子
洗干净的衣服不着一物
旧年的疤痕还在新年接着变淡
——(《睡衣》)

有人说，高璨已经22岁了，可她的诗还是不够深刻，他们说她应当“残忍”地揭露社会问题，那才是真正的诗。

下雨时，诗句中的每个字的每个笔画，可以感到清爽，或感到伤感；阳光灿烂时，每一句诗的呼吸是明媚的，温暖的；阴霾的雾天，诗歌中的每个字也许会因寒气带上尖尖的小帽子；吹大风时，诗中的标点也许会被叶子卷挟着带走。诗是大自然赐予她的，大自然在山坡上种下一棵树，她就在山坡上种下一棵树，它们平稳安静地呼吸，睁着眼睛，看这个世界——如果我有一个女儿，我愿意她这样享受诗，享用诗。不要为了什么深刻，对自己残酷，将自己终日浸泡在毫无头绪与出路的纠结与难堪中。

你偶尔掸落的
烟灰
落在我正写的故事
标点
诗也需要

我笑了
我不是一个
可以同时微笑和写诗的
少女

——《雨林》

我希望你就是那个，可以同时微笑和写诗的少女。

就像她的诗，在只字片语之后，给人留下了对于一段长长故事的想象空间。她的人生，也给人留下了这样自由而宽阔的想象空间。

（作者系编辑、作家）

高瑮诗歌解读

——谭五昌在北师大课堂讲诗

谭五昌

时间：2013年6月21日

地点：北师大教二410教室

主讲教师：谭五昌

听众：北师大2012级中国当代文学专业硕士生

谭五昌　刚才，我们在北师大课堂上重点解读了“80后”代表性诗人郑小琼的作品，大家对郑小琼诗歌的思想艺术风貌有了一个基本的了解。其实除了郑小琼以外，阿斐、熊焱、罗铖、丁成、盛华厚、曹谁、雪马、李浩、苏明、戴潍娜等“80后”诗人均很有实力与潜力，也值得一讲，只可惜时间不允许。这批青年诗人在不久的将来肯定要成长为诗坛的生力军了。现在，我还要选择一位“90后”诗人的作品在课堂上解读一番。“90后”诗人虽然现在还处于少年阶段，但其中的优秀者，他们的诗歌写作具有潜在的文学史的意义与价值。

基于这种考虑，我今天特意选择“90后”诗人高璨的诗歌在课堂上进行解读。高璨，1995年出生，陕西西安人，刚结束高考，已在国内各大报刊发表过很多诗歌作品。她这么年轻，就能写出很有才情的作品，包括谢冕、陈忠实、贾平凹、周国平、李震、于坚等在内的中国许多著名的诗评家、诗人与大作家都给她写过评论文章，充分肯定高璨在诗歌写作上的天赋与才情。我现在把著名诗人于坚对高璨诗歌的一段评语给大家读出来：

“高璨的诗是想象力而不完全是经验的结果，这是她想象中的自然花园。她的诗很朴素，也很生动，但与世界之间却产生了一种变形的卡通效果。她的花园更像一个梦，一种幻觉，一种超现实主义。高璨其实不是自然的歌咏者，而是梦的保管者。她保存的是一种天真的想象力，一种遥远的经验。而正是这种天真的保管，令我们的文明还幸存最后的救赎之机。”（《空中的花园——读高璨的诗》）

于坚作为一个眼光很高、评诗标准有些挑剔甚至苛刻的当代著名诗人，他对高璨诗歌的评价是很高的，也值得我们重视。现在，我们回过头来认真看看她的诗歌文本吧。我个人觉得，高璨的诗歌确实写得很有灵气与才气，她的有些诗歌作品的成熟度，其艺术功力远远超越了她的年龄，她写这些作品的时候才十一二岁，她现在才18岁呢。也就是说，我们今天课堂讨论的诗作，都是高璨18岁以前写的东西。现在，先请刘君君同学来念一下高璨的一首诗，名叫《飘过童年的云》。

我是一棵长满枝桠的小树
其中的一枝上
坐着我的童年

就是那么一瞬间
就是那样不小心
童年，就在捕捉一朵
飘过树桠的云时
无声跌落
离开，就再也没有回来

那么多云飘过
那么多枝桠重新长出

可我永远找不到

飘过我童年树桠的那朵云

——《飘过童年的云》

谭五昌　请你简单地用一两句话概括一下你读这首诗的感受。

刘君君　非常的梦幻、纯真，而且她的诗歌有很多美好的让人向往的东西。

谭五昌　《飘过童年的云》这首诗，我觉得很有意思，它有童真的想象力，只有少年儿童才有这种想象力：童年飘过去了，像一朵云一样，跌落了，就再找不回来了，“那么多云飘过/那么多枝桠重新长出/可我永远找不到/飘过我童年树桠的那朵云”，诗中的想象是非常天真、非常动人的，当然也充满了童趣。只有怀有赤子之心的人才能写出这样具有童真想象力的诗篇，作品意象鲜明，构思完整，语言流畅，可谓一气呵成。另外，我觉得作者在这首诗里传达了一种怀旧情绪，才十多岁就开始怀旧，对童年的怀旧，这跟我们人到中年时对少年的怀旧，和人到晚年时对青年时代的怀旧，有一种内在相似的情绪，都表达出了一种淡淡的心灵忧伤。我觉得怀旧对任何年龄段的诗人来说，都会呈现一种相似性的忧伤情调。但一个写作者在少年时代就开始怀旧，只能表明其心智的早熟，很多天才诗人都有早熟与早慧的心理特质。

下面，我们再来欣赏一下高璨的另一首诗《老钟表》，郭婷同学，你来读一下。

钟表店里
一只坏了的钟表
被拆掉银色的齿轮
桌上凌乱地躺着
好像那些操劳一生的人
终于有了一个喘息的机会
却已经触摸到了自己的终点

表壳依旧完好无损
但它不忍看见洒落一旁的内心
是怎样饱经风霜
究竟承受过多少磨难
就像伤了翅膀的鸟儿
更渴望飞上蓝天
已经没有了气力

一堆钟表的零件
洒落桌上
似乎一地时光破碎的骨头
让窗外的我
看见了时光竟然也有憔悴
老去的时刻

——《老钟表》

谭五昌 你读完后有何感受?

郭婷 这首诗就是对过往时光的祭奠和缅怀。

谭五昌 我觉得《老钟表》这首诗的题材，能够显示高璨的少年老成。这首诗，一个二三十岁的青年诗人也未必写得出来，可以写到她的水准。她写这首诗的时候只有11岁，也就是在2006年写成的。这首诗表现的是时间主题，一个少年诗人，敢于触及时间主题，非常难得，而且艺术表现上比较成熟。这首诗的艺术想象非常丰富，这种想象力，你可以说它有童真味道，但更显成熟气息，很多有才情的二三十岁的诗人，甚至是三四十岁的诗人大概也就能够写到这个样子。“好像那些操劳一生的人/终于有了一个喘息的机会/却已经触摸到了自己的终点”，这些诗句，表明作者已经有一种鲜明的时间意识，而且她对时间的想象具有一种沧桑之感。“它不忍看见洒落一旁的内心/是怎样饱经风霜”，我觉得年轻的诗人高璨对人性有一种直觉的领悟能力，一份少年老成式的深刻理解。整首诗中，有些诗句的想象力还是有一点少儿的色彩，比如，“究竟承受过多少磨难/就像伤了翅膀的鸟儿/更渴望飞上蓝天/已经没有了气力”，这种表达与想象，就带有童真色彩，但是到了诗的结尾部分，作者的想象就显得很成熟了，有一种饱经沧桑的味道，“一堆钟表的零件/洒落桌上/似乎一地时光破碎的骨头”，这种想象真有点惊心动魄的味道，给读者以震撼。请大家再品味一下这样的诗句，“似乎一地时光破碎的骨头”，什么是“时光破碎的骨头”？大家联系一下诗的标题，就能明白它的意思了，并不能不佩服作者出色的联想能力。而接下来的诗句，“让窗外的我/看见了时光竟然也有憔悴/老去的时刻”，则更让人叫绝，因为在作者眼中，时光竟然也有憔悴、老去的时刻。拟人手法的运用，让这首诗的结尾堪称神来之笔。

我个人觉得高璨对时间主题的表现是非常老到、成功的，她对时间的体验与理解是早慧的，具有天赋的。当我看到《老钟表》这首诗时，我本能觉得，高璨这个“90后”诗人是值得我讲一讲的。我个人认为，高璨这位如此年少的诗人具有巨大的艺术潜力，虽然她的不少诗作可能写得还有些稚嫩，不那么成熟，但是她现在才18岁，她的发展空间是非常巨大的。我觉得高璨如果按照常态发展下去，她应该会成为一位前途无限的新一代的优秀诗人。

现在，我们来看看高璨的另外一首诗《镜子》，请张雅洁同学读一下。

镜子，是它的一只眼睛
人们喜欢在这只眼睛里审视自己
因为镜子没有将自己的情感
流露在眼睛里
人们镜中看见的依然是心中的自己

镜子睁开眼睛就不再合上
碎了，就散碎地望着世界

没有人爱镜子
所有人都爱自己
也没有人会像纳西索斯
因贪恋自己的美貌落入小河
陷入镜子的心里

镜子孤独的时候

在心中闭上眼睛
想着自己的那么多伙伴
都这样活着
想流泪还需要等到雨天

镜子是它的一只眼睛
镜子内心惆怅
却依然情不自禁地爱上
每一个路过的人

——《镜子》

张雅洁　我的感觉是，一般说人照镜子，关注点在人，作者是把关注点放在镜子上，从镜子的情感出发，观照镜子经历的世界。

谭五昌　李壮，你来说一下。

李壮　我个人觉得这首诗比她前两首诗完全高出了一个档次。她的诗角度非常奇妙，我读着都觉得很神奇，她发现了很多就是更成熟的诗人可能都发现不了的东西。一般说镜子都是镜子里面显现出来的东西，这是世俗逻辑，但是她偏偏是看到这样一个物象：被忽略的一个东西，就是它本身，显示一切东西，唯独显示不出它自己。这首诗有很多出色的想象，比如想流泪还要等雨天，我觉得这可能是超出她年龄的成熟，能把它用在诗里面，但是想想，又有她的合理之处，可能只有这么一个年轻的诗人，想象力才能无拘束，真正大了之后，有可能反而被世俗所禁锢住，又不一定有这么好的想象力了。

谭五昌　我很认同李壮的说法，高璨的这一组诗里，我最看好的就是这两首，即前面一首《老钟表》，还有这首《镜子》，这两首诗写得都很好。关于《镜子》，刚才李壮说得很好，我们现在经常用到“镜像”，把镜子作为题材的诗作很多，但是能够像高璨一样，给我们带来另外一种境界的，或另外一种感悟的诗歌文本，还不是很多。这里面体现了高璨某种天才式的、早慧的、敏锐的直觉，她对镜子是这么一种感悟，“人们镜中看见的依然是心中的自己”，是的，每个人本质上都很自恋，比如像我，虽然长得不怎么样，但照镜子的时候总喜欢把自己想象成美男子，女孩子们应该也是一样呢。其实人们照镜子，就是一种自恋的表现，一般人如果长得不好看，往往就不照镜子，照镜子的人，往往是长得好看或者自认为长得好看的人，无论是女人还是男人。我觉得高璨把镜子这个特点，通过诗中镜子这个意象工具，折射出了人们一种普遍自恋的心态，这里面看出高璨对人性的洞察力，一种少年天才般敏锐的洞察与直觉能力。

另外，她作品中的想象很出彩，她的感悟也与众不同，超越世俗。例如，“镜子睁开眼睛就不再合上/碎了，就散碎地望着世界”“没有人爱镜子/所有人都爱自己”，这些话语，这些意象，很多成年诗人未必能够说得出来、写得出来的。该诗最精彩的部分，要算高璨描写并刻画出了镜子的各种情感状态，比如这样生动的句子，“孤独的时候就在心中闭上眼睛”。我觉得更美妙的是作品的结尾，“镜子是它的一只眼睛/镜子内心惆怅/却依然情不自禁地爱上/每一个路过的人”，这让诗意又发生了一次转折，作者在高潮处又制造了另一个高潮，因为镜子“却依然情不自禁地爱上/每一个路过的人”，表面上，是说镜子也是自恋的，实际上，镜子的自恋和人类自身的自恋不可分解地纠缠在一起了，特别有意思，这里，作者用镜子的无限自恋，巧妙的凸显了人类深入骨髓的极端自恋心态。我觉得高璨她对人性的观照，真的有一种非常透彻的、少年天才式的敏锐洞察和呈现。这首诗确实写得很神妙，远远超越了她的年龄。真是早慧啊，一个诗人如果对事物、对人生、对人性没有透过现象直抵本质的非凡领悟力，她就写不出成熟的、智慧的、美妙的诗篇，高璨至少写出了几首这样的好诗，像《镜子》和《老钟表》等诗作。这一点，值得我们充分肯定呢。

接下来，我们再来看看她的一首诗《金色漫过草地》，请张迥同学读一下。

一株青草站在原地

看见微微眩目的金色，从远处
漫了过来，绕过自己
它站在原地

每一株青草都站在原地
看见疯狂的金色大步跨来
都，绕过自己

它们心中的自己，还是一株青草

走到青草的内心中
一个永远的春天
它们不曾想过它们也会老去
它们不曾老去

草地上应该没有秋天
绿油油的心思照耀着秋天的目光
一些秋天没有答案的回答
一些没有未来却一直活着的希望

——《金色漫过草地》

谭五昌　你觉得作者写这首诗的动机何在呢？

张迥　我觉得她是拿青草来比喻青春，青草可能体会不到自己终将老去，大概是这样。

谭五昌　与前面几首诗相比，这首《金色漫过草地》写得相对比较平实一些，在作品中，金色代表一种理想的境界，青草代表青春。“看见疯狂的金色大步跨来”，这是一个出彩的诗句，它暗指沙漠，也可以理解成阳光，你可以这样想象：漫天的黄沙，或漫天的阳光扑面过来，它代表一种庄严的生命境界，我觉得这首诗相对来说写得比较单纯一点，也符合她的年龄状态，属于她的正常水平。

下面再来欣赏她的一首诗《鸟儿的心》，李壮同学，你来读一下。

我喜欢一面长满爬山虎的墙
尤其喜欢看一只小麻雀
准确无误地找到
绿叶中自己的家
它拱动着小小的身体
钻进去，钻进了夏天

最柔软的地方

我喜欢一个宽敞的屋顶
喜欢房梁上落户的燕子
它们的窝像一只碗
——春天最美丽的艺术品
而小雏鸟们张大的嘴
是夏天最忙碌的地方

我喜欢一树繁茂的叶子
喜欢一树繁茂的鸟鸣

我只想远远站着
远远听着
美好站在身边一直对着我微笑
我的心突然长满小鸟儿的翅膀
头顶飞过一只灰鸽子
将它带走了

——《鸟儿的心》

谭五昌　李壮，你谈谈你对此诗的看法。

李壮　我觉得这首诗还是比较贴合她的年龄的，一种对内心感触的挖掘，她更多地还是用“鸟儿的心”这个意象，表现对生活，尤其是对季节以及相关的物象的一些感受，表现出作者心中比较天真、向往美好的那一面，同时我发现形式还是相对的有规律，不像是《镜子》那首诗，能够一下子突破这种形式，进行一种完全自由的表达，我觉得这首诗应该是写得比较早一些吧，相对的还是属于她当时年龄的水平。

谭五昌　刚才李壮也说了，这首诗比较符合作者的年龄水平。因为现在的少年儿童写诗的水平普遍比较高，高璨只是我本人发现的有天赋的“90后”诗人之一，其实“90后”诗人中写得好的也不少，恰好我手头有不少高璨的诗歌作品及相关资料，而我本人对她抱着很高的期望，所以我就以她为例，让大家来解读与欣赏她的诗歌文本了。《鸟儿的心》这首诗形式比较工整，“我喜欢……我喜欢……”这种句式很有形式感，从容不迫的节奏，有效地表达了作者美好的爱心。该诗也有非常好的艺术想象，比如说，“小雏鸟们张大的嘴/是夏天最忙碌的地方”，想象力非常童真，再比如，“我的心突然长满小鸟儿的翅膀/头顶飞过一只灰鸽子/将它带走了”，充满童真想象的色彩，也给这首诗带来了一种童趣。全诗的画面感非常鲜明，有一种画面美、建筑美、音乐美，是有它的审美价值的，可以理解成一首颇有水平的儿童诗。

接下来，我们再来欣赏高璨的一首唯美诗篇《纸月亮》。李仪婷同学，你读一下。

月亮像纸糊的月亮
背后只有一盏烛台映照的纸月亮

月亮，这样暗
是因为云爱着月亮
紧紧簇拥着她
还是月亮将满满一湾月光
寄给自己爱慕的小船

在这个夜晚
我头顶的月亮，眼中的月亮
是诗人纸折的月亮，那样暗
是背后只有一小截蜡烛映照的纸月亮

月亮，那样暗
人类的睡眠
依然如同油菜花美好

月亮如纸糊的月亮

背后只有一小撮火苗映照的纸月亮

不用烤火的人将它掷入火中

自己就燃烧了

那是最初的太阳

——《纸月亮》

谭五昌　你读完以后，有何感受呢？

李仪婷　这首诗还是很有想象力的，作者在月光不是那么明亮的时候进行观察，围绕月亮的意象，她自己引申出来一些想法，比如“云爱着月亮”，把月光“寄给自己爱慕的小船”，我们在比较传统的比喻里面，常常把月亮比成小船之类的，但是我觉得她写得特别好的地方在于，她把暗的月亮比喻成“纸糊的月亮”“背后只有一小撮火苗映照的纸月亮”，这个倒是一个非常有想象力的比喻。总体上看这是比较有想象力的一首诗。

谭五昌　《纸月亮》在题材选取上可以说是非常唯美的，不知大家有没有看过著名作家、北京大学中文系曹文轩老师的小说《草房子》？这部小说中有一个女孩子的名字叫作“纸月”，高璨将诗的标题取名为《纸月亮》，我觉得这个很有意思，我也不知道高璨本人有没有读过曹文轩老师的小说《草房子》。《纸月亮》这首诗的标题很棒，很唯美，只有诗人才会把月亮想象成“纸月亮”。我们可以进一步联想：纸月亮是可以把它写在纸上的月亮呢。所以，这首诗中的想象力还包含有词语的想象力，非常难能可贵！这首诗对月亮的想象和描写，生动、鲜活、优美，也充满童真味道，请看它的结尾，“不用烤火的人将它掷入火中/自己就燃烧了/那是最初的太阳”，月亮西沉，投入火中，它慢慢升起来就变成了太阳，这是多么富有童话色彩的一幕情景啊。所以这首诗有一个童话般的境界与情调。它借用儿童般陌生化的眼光，去看待自然的美景，自然的事物，给读者一种新奇的审美感受。

现在，我们来看高璨的最后一首诗《静止》，李冬雪同学，你来读读。

一些鱼静止在水里
像色彩静止在画里
落叶，静止在风的忽略中
想起鸟儿的小脚印，被雪的宁静记住了

我想起一些画笔静置桌面

还想起前年的野菊花
野菊花一朵、两朵
在暖洋洋的光线里没有舞蹈
今年的冬，吹过的风，一朵或两朵
冬天的脚步还在我身旁
只是发丝动了动

我看见的鱼，突然一摆尾
突然感觉屋外原本静止的梧桐树
也一两片地落叶了

突然想起这个静止的冬
在极度的宁静中，也快落尽了
像雪总是在宁静中溶尽

我听见
那些静止的日子，一只只开始动了

——《静止》

谭五昌　你对这首诗有什么想说的话语吗？

李冬雪　我觉得这是静中有动的一首诗，作者的联想很丰富，由鱼这种动物，联想到了画笔下的静物，又有花落，冬天、秋天这种四季的更迭，表现出了一种对于岁月静美的赞叹。

谭五昌　刚才李冬雪用到了“岁月静美”这样富有诗意的词语来概括对这首诗的感受，《静止》这首诗，我个人觉得体现了少年诗人高璨审美感受的敏锐性，好的诗歌就应该动静结合，她这首诗以静为主，诗作首先给我们展示了静的画面，静止的画面感非常优美，而且节奏舒缓从容，语言也是慢速度，显示了高璨对节奏的掌控能力，她能够写得从容不迫，与静的境界相对称。

但是静止里面，她又写了一种动感，显示了年轻的诗人出色的感受能力和表现能力，比如这个细节，“我看见的鱼，突然一摆尾”，这个细节捕捉得非常好，静开始被打破了，紧接着，“突然感觉屋外原本静止的梧桐树/也一两片地落叶了”，静进一步被打破了，生命力的感觉也进一步被呈现出来了。所以我觉得，作者不断地在静里面把我们引向动的一个世界，由冬天的死寂的世界引向春天的骚动而美好的世界。我觉得作者的艺术感觉非常细腻，表现得也很细腻、到位，比如这样的诗句，“突然想起这个静止的冬/在极度的宁静中，也快落尽了/像雪总是在宁静中溶尽”，遣词造句，颇为精准。诗的结尾尤为精妙，“我听见/那些静止的日子，一只只开始动了”，静的平衡被打破了，动态的世界开始出现，作者说日子“一只只开始动了”，说日子像一个动物一样开始动起来，这种感觉、意象与表达非常灵动、奇妙。一句话，这首诗写得很优美、很鲜活、很生动，非常有韵味，其感受力、表现力整体上是优异的。总之，我认为高璨是一位有天赋的“90后”诗人，她很有艺术功力，更有可观潜力。她如此年轻，还在成长之中，我本人对高璨等一批20世纪90年代出生的新一代诗人寄予了厚望。时间将证明一切。

因为时间关系，我们今天对高璨部分诗作的简要解读就到这里，谢谢同学们的参与。

金属碰撞之声

——读高璨随笔集《乱象》

王佳伟

读完这本并不厚的散文集，已是深夜，窗外还留着城市里不眠的灯火，星星点点。心中沉沉的，闭目而听，我仿佛听到柏拉图的声音，尼采和查拉图斯特拉的声音，弗洛伊德的声音，诗经的歌唱，还有牧神在午后长梦中的呢喃。最清晰的，却是清风拂过悬在尘外的风铃声、金属碰撞之声，或者，实在又都没有，只有夜空般深沉的静默。

高璨宛若那个躺在溪流的白沙里，追忆着似水年华的人，她的每一个感官都有如神助，化入世间万象的流动中，她在如此青葱的年纪，却以一种深沉的、宗教式的、善与美的直觉感知，触碰到一片叶的灵，一朵花的悲，一条狗的泪，一座老房子的寂……仿佛生命的每一个细胞都如此真切、如此诚实、如此赤裸地面对着天地自然而活，不惹尘埃。

《抵达》是一篇写西藏的散文，我尤喜欢这几句描写，“……最后我确乎忘记了自己，我走到小草旁边就站着当一会儿小草，走到牛羊身边就低头吃一会儿草，走到湖泊旁边就想要立地化为一支苇草，终日望着澄澈的宝石蓝的湖面，也不知何时能从眼睛望入心里。”该是多么纯真的心，才能想到如此？这些干净素朴的文字像是从那片高原上生出，长出，开出花，如高原上的精灵般舞动，仿佛她天生就与这天地自然融为一体，随物赋形。这是诗人的神性感知，更多了些宗教意味，高璨反观自己的眼耳鼻舌身意只带给了她尘世的西藏，而真正的西藏并不在人间，她在那荒原上留下了太多彷徨和真挚的崇敬，在结尾处她写道：“我在尘世间生长了十八年，第一次有种被遗漏在辽阔之中的彷徨，可遗漏我者又以最慈悲的心收留了我，即便这样它也没有将钥匙给我，我找不到宫殿的大门，我的心没有云彩识路，我很容易感到迷惑。我去过西藏，却无法抵达。”遗漏者同时又是收留者，没有人以这样的方式感受过西藏，也鲜有人以这样的文字慨叹人生。我曾在几年前踏上了那片雪域高原，独自坐在海拔四千七百多米的纳木错旁，眼望天地间一片空白，果真是“确乎忘记了自己”。只是那时我无法预知，会有这样一个生活在诗中的女孩也抵达了这里，写下这样清新灵动的文字，这些文字是有声音和色彩的，像一阵遥远的风铃，像一幅清浅的水粉画，那些无端端流动的天籁、光影，无不令人心醉。

一气呵成，率性天真的文字自然是吸引人的，而渐渐的，我更惊异于高璨对日常的思辨，对人性深层的痛苦与矛盾的探索。也许这些试探在深广天地间显得年轻、稚嫩，但却是有自己的深沉与孤傲，令我不由暗自击节。《语言是众人的密谋》一篇可谓标新立异，她从习以为常的语言现象开刀，写道：“一个真实的、直观的世界。不需要被描述、转述，它的样子，就是它长成的样子。语言产生后，第二个、第三个世界开始在概念中生成了。世界的样子，变成了我们定义的样子。”语言是一套约定俗成的符号编码，当人开始使用它表达情感和阐释世界的时候，是按照人类社会的需求的，就像高璨所写的：“语言是众人的一次商议，是全部人群的共同秘密。”于是语言在一边阐明、一边遮蔽着世界本身的样子，一边向我们诉说真实，一边却欺骗着我们，于是多数人义无反顾地上当，被自己编出的编码所欺骗，这个吊诡的现象自然成为高璨质疑的内容，但与众不同的是，她对语言的反思是从文学的直觉中生出的，而不是从那些理论概念的旧纸堆中（事实上，她对这些逻辑与概念更是质疑的）。语言如飞过秋千的乱红，高璨看清了它如此这般的存在，她质疑那些脆弱的“被时光抛在身后的”漏洞百出的理论和概念，将一颗赤子之心献给自然，她心目澄明，不受那乱花迷眼，只以意识最深层的直觉去面对、去感知、去认识自己、灌溉自己的花田，因而她的写作是本真的。

读到《艺术如是说》一篇，甚觉惊喜。多少年来，人们从未停止过探索艺术之本源，而晦涩的话语却使艺术不断地偏离自身，这时高璨来了，她只是轻描淡写地说："经济增长的虚空中，人类的精神要求倚仗。宗教总是充满圆滑的循循善诱，充满自圆其说的世界观。哲学总是容易形而上地飘到天上，不是风的思维难以倚仗。艺术轻松地哼着歌，它利用通感的手法把心情变成色彩和线条，把爱情变成音符和节奏，把生活变成诗篇和舞蹈。宗教太过绵软，哲学又太过尖锐。艺术如是说，我来了。"我初次听到以这样诗式的，直观而轻松的话语直击到艺术的源起。干净，灵动，轻而易举。艺术源于梦，还是源于宗教？事实上，宗教也不过是人的群体的想象与造梦，当人卸下"理性的枷锁、语言的桎梏、道德的锁链"，回到集体无意识的梦的状态，才回归到人的婴儿时期，更接近诗的本质。高璨就是卸下了这些枷锁，不以多余的理性介入文学，正如在《诗人》一篇中，她说："当我们去尝试读懂一首诗，我们就误解了一首诗；当我们尝试从诗中读懂诗人，我们就误解了一个诗人——若我们热爱读诗，不如说：去诗中了解你自己吧！""不求甚解"曾是陶渊明述说自己读诗的境界，高璨就这样抵达了，带着那份诗性的潇洒。她纯净的文学的花田里根本没有种植过那些负累给文学的规范与教条，也不必有那些负累给人生的所谓经验，而只有天才般的直觉之花开得灵秀动人。高璨所有的思辨不只是为了导向一个结论，她更有兴趣的是这个不断解蔽的过程，她说："事情'本来的样子'，变成了事情'我们以为的样子'。"她的文字是对沉沦庸常的抵抗，自然而然地触到了文学与艺术原本的模样。她的思辨是沉甸有分量的，一针见血，丝毫没有普通女子的软弱怯懦，但她的思绪之流动又如此轻盈，如羚羊挂角，无迹可求，需去她走过的雪域高原，她流连的深秋迷景，她弹奏的钢琴和她沉默的悲悯中，试着与她对话。

《刀中之刀》应当是这本集子中将生命的痛感表达得最有力量的一篇，她在这人间纷扰中彷徨，游走，怀疑，又坚定。窗外魑魅魍魉，萋萋荒草丛生，人间乱象令她感到疼痛，她决意用乱刀斩之，"……无论喜怒哀乐，无论高峰谷底，无论你笑着笑着流出了眼泪或是哭着哭着却笑出了声，也极少人怀疑，刀子割在皮肤上，这痛是刀子的属性，还是皮肤的属性，大概都有。"我们都曾陷入世间的泥淖中，感受过生命真切的创伤，即使程度不同，等待愈合却都是同样漫长而痛苦的，有人厌弃了这无望的愈合，像叔本华，有人却要在这兵荒马乱中满身是血地站起来，冲出去做超人，像尼采。高璨就是那个有力量挣扎着冲出来的人，她说："不卑不亢者需要心的强大，维护内心的庄园，任乱象觊觎，或是漂浮的鬼怪在花园里横行，却无法伤害所有的任意一朵花儿。太累了，架空于悠悠长风中人如风筝，骨架稀薄，而我需要一把利器作为床褥，作为牧羊人的权杖。我的心跳稳健有力，很多年前就是如此，很多年后也将依然如此。”

风铃之声，初听时只觉它清澈动人，杳然尘外。再听时，能觉出那金属碰撞的力量，那便是这本《乱象》的力量。我希望世间弥散的尘埃落不到这一方本真的灵动的花田，然而就算落了，又有什么关系？一个纯粹的诗人和写作者总会毫不费力地融于大道之中，只因他们能怀揣那颗未经岁月之刀雕刻的“童心”归来，不拘一格，独抒性灵，就像高璨在散文里写的：“并不是有缺陷的人更容易出艺术的天才，而是健全者被逻辑感没收了疆场与草原。”

2017年7月31日

（作者系西安交通大学在读研究生）

青春的华章
90后校园作家作品精选
高长梅/主编
北京大学教授、著名作家曹文轩，
著名文学评论家雷达作序鼎力推荐
有风，我们就可以飞翔
高璨著
荣华绽放
中国90后作家主力阵容
18位90后获奖作家 佳作精选
甘肃文化出版社

努力捉住那些飘忽不定的思绪

杨四平

20世纪30年代，现代派诗人徐迟出版诗集《二十岁人》，热情讴歌现代都市文明和青春生长的力量。时隔近一个世纪的当下，同样是一个二十来岁的青年诗人高璨，同样“敏感”于青春成长，同样喜欢用新诗的方式给这些“敏感”赋形；但是他们之间既有延续，也有差异。正是这种同与异，体现了高璨的创作既从新诗传统中来，又力求创新的价值和意义。

首先，高璨新诗创作呈现出高度的机敏性。这本诗集里的新诗文本几乎都是去年和今年两年内写就的。仅从数量上看，高璨这两年的诗歌创作是呈现某种“井喷”状态的。青年人对于世界、人生、艺术和自身都非常敏感或者说是机敏的。这种机敏又是一个青年女诗人的机敏，而且是属于一个21世纪中国青年女诗人的机敏。我以为，高璨的机敏首先体现在其思想层面的过人机智或智慧上，她不像许多的“90后”诗人一样只满足于一种个人情绪的抒发或宣泄，而是对于现实、人生、人性等重要问题进行冷静地打量、观察与思考，从中获得哲理性的感悟与发现，例如《滑稽》一诗，女诗人对人的全面考察从对人眼睛的观察开始，“眼睛是不会说谎的/人们这样说/就好像/它们会说真话一样”，眼睛的虚伪性在女诗人敏锐的洞察中立马露出原形，她接着用反讽的语调指出“大脑高高在上”，进而导致“南辕北辙的人/才会发现地球是圆的”，由此暴露出人类固化思维的偏见与可笑。紧接着，她又揭示出“嘴”的各种功能，“嘴用来吃饭/用来唱歌/用来说谎/(谎言中包含着甜言蜜语)/用来讲真诚的话/（真诚的话中包含着废话）”，可见，女诗人对人性的美好与虚伪及其复杂性，有着洞幽烛微般的思想辨识能力。诗作的最后，女诗人再以反讽的语调对人类自身无法认清自己本来面目的滑稽可笑予以了艺术化的叙述：

我们很滑稽
躺在坟墓里也不知

一辈子被谁骗了

一睁眼又是来世

婴儿的第一声啼哭

我向来觉得是

悔过

将要受欺瞒的一生

——《滑稽》

通过这首诗，高璨对人性本质透视的生命智慧令人赞赏。尤为难得的是，年轻的女诗人还能对理性、疯狂等这样的重大思想史命题作出自己的敏锐观察、思考与评判，简直令人有些不可思议。《疯狂至极》就是这一方面的典范性文本，兹引该诗后半部分：

疯狂这个词的来源

建起疯人院

所谓人类

个中疯狂

将同类关在牢里

因恶的调味

我们浅尝辄止

无人幸存于思考
文化
一种理直气壮的误导
植物很少喜形于色
很少悲从中来
有一种人叫植物人
描述得完全是
另一码事

疯狂至极
名曰理性

——《疯狂至极》

从中可见，青年女诗人对疯狂与理性之间的辩证关系，以及人性恶的本质与根源的思想把握与认知能力，远远超出二十岁出头年轻人的思维水平，这种思想的机敏无疑展示出高璨的早慧与天赋。

此外，高璨的机敏还表现在其修辞的敏锐、成熟与老到方面，高璨的大部分诗作已经摆脱了青春写作的语言方式与说话腔调，显示出颇为出色的修辞能力与词语想象力，她的《退回一瓶十三块五毛的酒》堪称此方面的经典性文本：

洛夫的独饮十五行
我数了一下
真的十五行
只是独饮并完成不了
那值十三块五毛的酒
还觉得自己
独饮了一个诗人
即使他背对着镜子
他的背影
也不超出一个诗人的范畴
胸中的旧事
如今大抵更旧了
而没有标注年月的诗篇
都获得了大自由
似乎才是昨夜
转眼也可以翻越数年
只是十三块五毛的酒
争先恐后地成为
时代烙印
盖个戳吧

把它退回当年的铺子
权当没有这个秋
这个冬
没写过这首诗
没喝过这场酒
海子在铁道上工作
尼采只是个车马夫

——《退回一瓶十三块五毛的酒》

她在对前辈诗人洛夫一首诗作的改写中，其从容不迫的、充满机智的修辞与表述，为她的诗歌文本带来了开阔的语义空间与思想空间。总之，这些外在的触发与内在的感受，随时都可能在高璨那里生成灵感的风暴，产生强大的威力，凝成一首首诗篇。它们不是柔弱的水，也不是坚硬的土，而是水与土的融合体。

其次，高璨新诗创作具有极强的个人化和心灵化色彩。它们仿佛是高璨一个人的心灵史。这种心灵史不以追寻人文精神为己任，而是记录下心灵与世界遭遇时留下的感悟和痕迹，落实于“低”“小”“碎”，与“高”“大”“全”无涉。纵使写龙门石窟和古代城墙，高璨也没有像当年朦胧诗人那样把它们写成“文化寻根诗”，而书写的是这些历史古迹在诗人心灵世界留下的片刻印记。所以，高璨才在《龙门石窟》的末尾这样写道：

"叶是自在地落/佛龛自在地风化"。我欣赏高璨对现实和历史那种开放的对话态度。现实和历史不会简单得像镜子那样直观地为我们服务，现实和历史恰恰是我们转过身去背对着的东西，质言之，现实和历史是经过了我们个人化和心灵化的东西。因此，高璨倾心于"致我的小灵魂"；在《寄我》里将一开始的"寄我"最终演变成了"祭我"；在她的眼里，"松树像在强颜欢笑"。对于一个青年女诗人来说，这种个人化和心灵化如果越来越强化，那么它就会越来越神秘化；而这种神秘化恰恰是诗的精神和面貌之所在。马拉美当年发誓要写出"所有花朵里没有的花"。海子曾经向世人宣告"我站在太阳/痛苦的芒上"。在高璨的这本诗集里，我们也不难看到充满诗性神秘的意象和诗篇。《写作的喜悦》就是这样的充满诗人个体心灵神秘体验的诗篇，高璨借助辛波斯卡对于写作的喜悦体验，展示了自己作为一个诗人、一个写作者的独特生命体验，请看诗的后半部分：

当我死了
一万年
诗里的马
还在吃草
还在那儿跑

我非创造者

承蒙荫庇
得以记录一二
比我鲜活之物
没有生日
所以无祭日

在那儿站着
明晃晃得迷人
不问开始
也不求完成

我的肉体
亦承蒙荫庇
得以发生写作
得以停止写作

把遗憾也唤作缘

——《写作的喜悦》

对于写作的喜悦这种心灵体验的呈现与表达，无疑具有陌生化与神奇感的效果，作为读者的我们除了被感染与陶醉外，只有赞叹创造的神奇力量。

当然，高璨在她的为数不少的情感类诗作中，努力追求情感的个人化与心灵化呈现，这二者有时在文本中分别呈现，有时又融合在一起。《日常迷信》就是这样具代表性的文本：

据说
梨不能分着吃
刀子停在半空
中止了一场杀戮
另一只梨子被牵扯进来
由腰斩变成凌迟

而我
因你突然表现出的
不愿分离
而突然感到幸福

——《日常迷信》

这种由恋人之间的分梨吃的场景描写，突然转换为女诗人对恋爱对象无意识的爱情流露而瞬间强烈感受到的幸福体验，这种抒情的个人化与心灵化特质可谓相当鲜明。我个人尤其喜欢她笔下的“鱼鳃上的月亮”“梦是胸脯雪白的鸽子”“雪像星子一般”等这样具有神秘美的诗句。用高璨自己的话来说，这种神秘，有某种梦幻性。她在《梦呓》里写道：“睡眠/是一种好闻的/味道/只有眼睛可以闻到”。在这里，神秘产生梦幻，梦幻产生通感，通感导致梦呓，梦呓导致神秘。这就是诗的梦幻逻辑。

最后，我想简单谈谈高璨新诗文本的形式化问题。高璨说她的诗是“忘了修辞的爱”。这当然是新诗写作的最高境界。看不到形式的形式，是最好的艺术形式。从诗集中可以看出，高璨的形式意识还是颇为自觉的。她的绝大多数诗歌文本都很注意形式、节奏、韵律等问题。现在以她的《以为自由》一诗为例，请看开头的诗节片段：

儿时望天
以飞鸟为自由
过目海后
以鱼为自由
识得光后
以尘为自由
行过山后
以声为自由
游弋四季
以水为自由

——《以为自由》

从中可见，该诗的形式意味是非常浓郁的，《西瓜》《远古歌谣》等一大批诗作的形式意味均是非常浓郁的。追求形式的愿望自然是好的，但要成功践行起来就比较难。高璨的某些诗写得有些用力过猛，形式化过强。比如《书院》一诗，文白相杂，稍显生硬，不大自然。新诗的形式并不是对内容和形式的有意偏离与枉顾，而是对内容和形式的最终完美达成。总之，高璨是一位早慧的、有天赋的年轻诗人，她已创作出了不少新诗佳作。当然，严格来讲，高璨新诗的格局还有待进一步拓宽，要多在诗的含混、语调、速度等方面下点功夫，毕竟诗是一种特殊的“有意味的形式”。好在高璨青春年少，创作力旺盛，艺术潜力巨大，她的创作前途当不可限量，我们在此由衷的祝福她！

2017年8月中旬于安徽

（作者系安徽师范大学教授、博导，诗歌评论家）

心事浩茫连广宇

——高璨《乱象》读后

杨乐生

高璨勤于写作，从小学开始就不断出书，现在刚大学毕业，出版的各类作品集约有二十种，在同龄人中几乎可以说是绝无仅有！十余年前我曾给她写过一个小文，主要是对一个少年写作者的鼓励和褒扬，现在看来当时我并未观察到高璨儿时起就有的有关写作的豪华志向。写作是有关个人精神的事儿，甚至可以从绝对的意义上讲无关事功，一个人没有迷茫、痛苦、焦虑和烦恼等，就不会主动拿起笔，就不会去想办法进行宣泄和排解心灵的不舒服。古来讲“少年不识愁滋味”恐怕未必准确，成长中的各类无法回避和难以解决的问题在今天已经是触目惊心的事实。塞林格的《麦田里的守望者》为什么风靡全世界？这就很能说明问题。尽管它是半个多世纪前的作品了，但我们今天仍然感觉到常读常新。高璨从小（8岁）至今出版过十几本诗集，另外就是童话、散文而后随笔集，从她简单的写作经历我们就可以看到，她是从单纯、唯美、清新一步一步地过渡（或者叫发展）到目前的尖锐、犀利和重思辨、显驳杂的新风貌，一方面我们可以看成是一个人从天真、青涩到成熟、丰富的必然过程，而另一方面这样写作策略和路径的调整和变化已经昭示出她写作方向和艺术选择的新趋向。对一个生机勃勃正在成长的写作者来说，后一点更重要。我有点困惑的是，就目前高璨的写作趋势判断，我真看不出她是要立志当作家还是要另起炉灶做学者（更高的追求是思想家）？此两者尽管有不言而喻的联系，但更有深刻的、内在的矛盾和很难处理的困难及问题。从本质上讲，一个是艺术，一个是哲学，互相替代的可能性趋于零。天才如尼采他首先是一个影响世界的哲学家和思想家，伟大如陀思妥耶夫斯基最重要的身份是影响世界文学进程的作家，前者的诗人角色、后者的思想价值，无一例外地都隐退到第一身份之后。结合高璨的写作，我以为走出困惑、做出果断的选择是非常必要的，尽管她肯定是困难重重，甚至很痛苦，但无法回避！也正是在这个意义上，我肯定高璨文字的新气象，我看到她文字追求的大出息，感觉到她焦躁的精神状态，体会到她在对一切都不满意（或者叫看法）的前提下思考、写作、追求的最新动态。这是难能可贵的大好事。突然有一天早晨起来，我们发现我们身处的世界面目可憎！这种感觉唯一能说明的是我们对这个世界有着无可比拟的、忘我的、深沉的爱。一个艺术家的这种状态下的创作就是他的情义的率真表现，一个思想家在这个前提下的思考便是他内心深处的爱意无私地传达。受众常常不关心意义的本身，而更多地关注表达者的姿态、知名度、历史和今天的影响。而一个思想家、艺术家的天职就是要冲破重重迷雾，一代又一代地大喝一声，直达人们的心灵深处。

在我看来，高璨的新作《乱象》还真有点“乱”，内容太过庞杂，当然也可以说很丰富。之所以有这种印象，主要是书中的内容几乎涉及世界、人生的方方面面，作者的写作“野心”太大了，大到了一般读者在很多地方极有可能平时都不太留心，或者可直接称之为是阅读和思考的盲区。作品的主体部分是作者与中外先贤、先哲的对话以及对他们经典著作的阐释、思考，直抒己见，使阅读者踏进无边际的宇宙，直接面对绝不是三言两语可以说得清、道得明的烦恼人生，衔接的是我们贴身的历史、社会、语言、艺术、人性、苦难、神性、生命、进化等绝对无法绕得过去的生死攸关的大事项，毫不夸张地讲是“思接千载，视通万里”。一个年轻人思虑如此之深广，关心、关注和研究的问题如此重要，无疑是一件叫人感到振奋无比的事情。当高璨接过老子、孔子以及尼采的话题、论题，从“照着讲”进而尝试“接着讲”的时候，我们看到的是一种充满朝气、生机勃勃的学术气象，是一种寻求真理、勇于探索、义无反顾的人生状态，是一种盗取天火、“我不入地狱，谁入地狱”的献身精神！尽管高璨令人吃惊的年轻，尽管她的文字因经历、阅历和体验的限制和局限时而流露出文艺腔等稚嫩的瑕疵，尽管她并没有经过系统的、正规的哲学史、思想史的学习和训练，但以她自儿童时代就坚持下来从未间断的顽强的写作毅力，辅之以广泛、深入的阅读、思考和研究，我完全有理由相信，在不久的未来，一个不断进步和成熟的、不断发展和丰富的、有着鲜明的不可替代的个性的青年才俊，会脚踏实地、一步一个脚印地向我们走来。

鲁迅先生在赠友人的诗句中有“心事浩茫连广宇”，从一个侧面道出了鲁迅之所以令我们敬重的主要原因之一。仅就一个作家而言，他思考的问题越多，视野越开阔，研究的问题越深入，忧患情怀越深广，并能有胆识表述出来，就会成为一个优秀作家。而回避现实、生存中的矛盾，犬儒式的自言自语，不关痛痒的絮絮叨叨，貌似新潮实则骨子里俗不可耐的新花样、新技巧，注定是极快被读者无情抛弃的命运。我对高璨最为欣赏的是她敢于硬碰硬地思考，敢于在困惑处下手，敢于在未知领域求索，这无疑是金不换的素质和品质。一个人从庸常走向高贵，决定性的因素是心灵质量，而思考是行之有效的提升精神层次、增加智慧无可替代的康庄大道。好多人常在引用“人类一思考，上帝就发笑”。似乎上帝一笑，人类就招架不住了。我现在要说的是：人类不思考，上帝就哭了！爱智是一种美德，而反智是愚昧和愚蠢。

高璨◎著
我很像我　你愈发不像你
人类情感
皆是
岁月牙祭
我点红烛为你助兴
爱或恨都好下酒
西安出版社

在哲思与生活里穿行的歌者

——读高璨诗集《我很像我，你愈发不像你》

侯泰而

如果像一些综艺节目那样，让诗人站在台前诵读自己的诗，躲在后头的导师无法知晓诗人的年龄、模样，只能凭诗歌本身来判断诗人的高低，我想，这样的情境下，很多名师大家都愿意把高璨收入自己的麾下。高璨成名早，也很勤奋，诸多含金量颇高的奖项和名家的点评，已然证明她的实力与潜力。近日，读了她的诗集《我很像我，你愈发不像你》，感觉经过大学生活的熏陶和洗礼，她的诗比往昔更多了些深沉的哲思，知性特征展露无遗，诗艺追求趋向多元。对这么一位处于上升期的青年女诗人，哪位导师不愿她加入自己的战队呢？

1

任何文字，都承载一定的思想。诗也不例外。而外在的世界和生活，世俗馈赠给我们一些永远无法穷尽的命题。比如，命运为什么充满苦难？时光为什么会流走？生命为什么终将消逝？凡人庸碌如我，很少会思考这类重大哲学命题。诗人比一般人敏感，也比一般人多情。他们常会把思维的触角伸向这些题域，细细地思索、辨析，寻找答案，提出见解。朱自清就描述过一些诗人，“关心人生，便阐发自我的价值；关心大自然，便阐发泛神论；关心被损害的人，便阐发人道主义”。

高璨自觉选择了对人生问题的诗性阐释，她的一些诗歌散发出深沉的哲学气息。从她的诗中，不时可看到对命运、时间等宏大叙述的深思。

人一生下来，就被抛掷在时代、社会的轨道上，跟随着潮流涌动起伏。这是我们每个人的命运。有一些不甘心者，做出了孤绝的反抗，通常也逃不出命运的掌控。高璨大约意识到了这一点，她写下，“苦难的日子/催痛一段生长骨骼/几乎要跪下/向着众神/手上摇曳众生命运的桨/几乎要跪下/感到众神指尖的风/

他们闭着眼/花就自开自落/我就跪着/就晕厥/就灭亡一般地/轸念大悲大喜”（《璀错之林》）。人生充满苦难，没有逃脱的办法，命运之神操纵着我们，除了“跪着”、忍耐，又能怎样呢？她写下《命》，慨叹“很多很多人与事/都像虫儿不知何时/不再鸣唱”“命是春去秋来/命是花谢花开”。一切自有安排，在强大的命运面前，唯有耐心等待。她还写下《留宿者》，“不过问的/都不是业报/没有良缘/也无业障/彼此无关地发生/马蹄哒哒地错/青石板小路上/可能并不需要一位归者”，这些化用了郑愁予《错误》诗意的句子，表达的是与原诗不同的意绪，你归来，这里却不需要一位归者，这是命运的冷漠，更是我们面对命运的无能为力。命运无常，谁能措手？

时光如水，生命如尘，都如同命运一样，是我们把握不住的事体。伴随着对命运的思考，高璨对岁月不居和生命之难留有着深刻的领悟。她的《食物》《无关》等诗，实际上是时间之书。《古城墙》一诗穿越时空，给人一种苍凉的颤栗，“不识一字之砖石/却亲历斗转星移/不懂诗书之防御工事/也不知终是卸不下使命/要这样站着/似睡非睡/似梦非梦”，城墙依旧伫立，“太阳照常地升起落下”，诉说着光阴的悠远和无情。《深冬》展示的是世事变幻，“该老的　就老了/该走的　不该走的　都走了”，曾经熟悉的，均已成陌生，沧桑若斯，痛何如之。翻开时间的另一面，我们看到生命。高璨有不少诗歌闪烁着生命意识的光芒。《超度》《焚化炉》《疯狂至极》等诗，多少表达了诗人的生命存在之思。《一次死亡后续》以死者的口吻，叙述死后的过程，最后一刻叹道，“这时我真的很想/很想/少喝一口/孟婆汤”。纵使命运无常，时间易逝，生命终究美好，不想喝“孟婆汤”，不愿忘记这一生中的喜怒悲欢。这种叙述背后，是诗人对生命、人生的深挚热爱。

思虑一旦迷茫，人们不期然地会向神寻求答案。高璨对此保持清楚和警惕。《三时系念》《直到神醒来》《等风来，便落雨》诸诗，在某种程度上展现了诗人对“神”的思考。《本无人》叙述人们把石头雕成神像，但石头仍是石头，成为神像后，反而失去了本性。“石头中本来是没有人的/雕刻琢磨多了/就成了人/如今人面的石头也有了人之唇齿/只是再不发一语/成日地坐在殿中/蜡烛香火　泪眼俯首/其实不及当年/那一寸日月光芒”。也就是说，这样的“神”不过是人们心造的幻影，还不及处于自然状态的石头，无法起到护佑的作用。在《龙门石窟》里，她以旁观者的身份，冷静地写道：“叶是自在地落/佛龛自在地风化”。佛像也得遵循天地运行的规律，任时光销蚀自己的身体。这样的“神”，如何能保佑人？诗人表示，“他尚且残缺/何能护你周全”。在诗人心中，有比这些“神”更高的敬畏在，那就是命运，那就是自然规律。

高璨对命运、时间等命题的诗性思索，展现了她深刻独到的哲学思维能力，也显露了她丰富的知识储备。诗歌不仅有“轻”，而且更应该有“重”。沈从文谈到诗的时候说过：“诗人不只是个‘工作员’，还必须是个‘思想家’。”高璨的这些诗歌，表征着她正在向这样的路数靠近。

2

人，不仅要仰望天空，而且须脚踏实地。高璨的诗中，既有“高大上”的哲学思辨，也有日常生活的诗意再现。

每个人都与一定的地理环境关联。高璨生长在西安，大学读于长沙，游历过中外不少地方。梳理一下她集子中关于各地的诗作，可以构筑起一部小型的“诗歌地理”。《原上有些吹唢呐的人》《渭城》《安康》等诗，写陕西的独有风情，那首《北方的冬干燥且冷》告诉人们，“立冬也冷　立春也冷/鱼的屋顶/河的武器/桥的贬值/船的假期”，河上的冰是鱼的屋顶、河的武器，因为结了冰，人可以从冰上过河，桥的价值降低，船没用了。多么巧妙的意象！《长长的湘江了无音信》《长沙的最后一个春》等诗，写的是湖南情绪，诗人感叹“我像四年生的草本/虽是旅人/仍守宿命”，隐约让人闻到她大学四年的生活气息。《白城沙滩》《鼓浪屿》等诗，书写在厦门旅行时的一些思绪，“鼓浪屿是只/沉默小鸟/沉默是因为爱情/沉默是因为海洋”。《向晚》《秋或Herbst》明显写于域外，在异国，对祖国的眷恋变得浓郁，“只觉得　汉字的秋天里/才有落叶/才会变冷/才会慢慢/变成冬天”。斯时斯地斯人，均为不可替代的独一无二，将这些片段连缀起来，是不是可以看出诗人在不同时空中的诗意追寻和心理状态？

生活不免蝇营狗苟、百无聊赖，偏偏诗人能在这些不经意的地方发现诗意。李少君说：“诗人要有某种独特的才华，不同于常人的思维方式”，“对外界的敏感与领悟”。高璨具有这些特质，她敏锐地捕捉琐屑中的诗意，纤毫毕现加以展示。《阴面的树》《接纳》《毕业》《睡衣》《相聚》《蚊子》等大量诗作，都是对日常某个事物、场景的记录，散发出浓浓的生活气息。比如《西瓜》这首诗，写诗人买了一只大西瓜，由此想象这只西瓜成长和被采摘、运输的过程，接下来写道：“我即将成为吃瓜的人　我感到愧疚/除了甜我很少能尝出/三个月的雨水/绿叶遮住的云遮住的光的舞/蟋蟀喋喋不休的歌子/瓜农踱来踱去的步子/人说植物都清冷地长成/作为一只将近二十五斤的西瓜/我多想尝出它的骄傲/可是我杀了它/作为夏日最初的盛宴最后的挽歌”。普通不过的生活情景，高璨让它变成了诗，给人以新奇的陌生感。由此，我们得以知晓，诗人是怎么化腐朽为神奇、怎么把平凡的日子过成诗的。套用朱自清的话：“头发一般细的心思和暗泉一般涩的节奏带着人穿透事物的外层到深处去，那儿所见所闻都是新鲜而不平常的。”在某种意义上，高璨这些日常生活之诗，也有这种意味。

劳伦斯说：“爱情，是一根魔杖，能把最无聊的生活也点化为黄金。”如许多诗人一样，爱情是高璨诗作中的一个重要主题。《回复》《恋人》《你》《细水长流》《忘了修辞的爱》

等诸多诗中，都有爱的情素闪现。短章《日常迷信》里，人们说“梨不能分着吃”，正在准备分梨的他停止了动作，“而我/因你突然表现出的/不愿分离/而突然感到幸福”。小小的幸福，平淡得没有任何波澜，却令心中涌起温暖。大多数时候，她对爱情的态度并非小鸟依人，而是充满深刻的追问。《赤裸》一诗开头就是一句，“早知道争执就是婚姻中一把利斧/我或许该赤裸着走进林木”。点明对婚姻的态度，不应该有太多的“装”，而是要把一个本真的自己交给对方。诗人接着分析，举案齐眉等都很累，表面上和美，只是没有看到遮盖在婚姻之下的病变，所以不如回到本原，以赤诚的心对待对方，“请务必/赤身裸体地进入”。这就不是简单的情诗了，而是对爱情、婚姻的理性思考，上升到一定哲学高度。诗人正褪去青涩的外衣，一步步走向成熟。

3

高璨在诗中提到洛夫、郑愁予、余光中、海子、尼采、辛波斯卡等许多诗人、哲学家，这为我们探讨她的诗艺渊源提供了一些线索。“转益多师是吾师”。至少可以判断，她受过众多人的影响，因而她的诗作呈现出多重风格特点。

注重象征暗示。她的一些诗，如《蛊惑鸟》《久久》《晚睡》等，带有浓重的象征意味，让人捉摸不透，很有些中国现代主义诗歌开山祖师李金发的味道。她在《无关》中写道：“所有夜的深沉/一层薄薄潮汐/泛浪花在脚边/而熹微之晨光/辽远之至了一具/自我分裂之客色”。这首诗不仅意思朦胧，连用词都有李金发的特点，喜用“之”字，使诗句略显古奥。这样一来，她的诗具有了多种解释的可能。正如马拉美所说：“诗写出来原就是叫人一点点地去猜想，这就是暗示，即梦幻。”

不拒明白晓畅。像前面提到的《西瓜》《日常迷信》等诗，口语化，贴近生活，让人想起韩东、于坚等“他们”一代人的诗作，句句能懂、诗意深深，使人反复咏味、悠然心会。如《致我的小灵魂》中的句子，“你好像在离家很远的地方/你好像在河边/挨着小树/夜开始凉的时候/夜开始黑的时候/我突然就开始哭了/但是想到/你不会再怕黑/也不会再怕冷了/内心安静了/泪水汹涌了”，明白如话，却有一种打动人的深沉力量。

善于营造意境。《远古歌谣》《铜铃铛》《惹尘埃》等诗，或高古、或苍茫、或淡远，有着很好的诗境。《书院》很短，“欲雨山中/在你眉眼间一次次感动/唇齿　相依//山下雨　叶无落/你站得近　或远/你站得如同秋季/你之体温着候鸟之裳//凭栏八千个日夜/日月互蚀/我很像我　你愈发不像你”。诗人与书院对望，一凭栏二十多年（八千个日夜），最后“我很像我　你愈发不像你”，简直就是打禅机，此种境界，如禅诗，如绝句，有“雪霁长空，迥野飞鸿。段云片片，向西向东”之致。

诗歌写作是高璨生命中不可或缺的重要部分。她把能够写作看成是一种喜悦，希望自己的诗可以不朽，“当我死了/一万年/诗里的马/还在吃草/还在那儿跑”（《写作的喜悦》）。她希望写出好诗，“像个乞丐/不能给我的诗/以锦衣华食/我就会哭”（《诗人》）。对于年轻的诗人来说，态度或许比诗艺更重要。摆在高璨前面的路依然漫长，对这样一位诗人，我们有理由充满期待。

（作者系文学博士，评论家）

《我很像我，你愈发不像你》拾撷

苏勇强

展开高璨《我很像我，你愈发不像你》诗卷：《杂乱之意》其实并不杂乱，只是心有些“乱”。诗句中，总会透出一些女生的细腻，选择的意象也令人有感，如“胸脯雪白的鸽子”（女性特有的意象）——绒毛——暖意，传达出诗人内心对于暖意的渴望。这暖意或许也是一封期待的信——一个梦中才有的重逢。《书院》一诗，一如既往地寻找着内心渴望的那种温暖——仿佛人已在秋，却想越过冬天，渴望春天开放的暖花。“欲雨山中”“站得近　或远”，字句似曾相识，诵读时徐志摩、卞志琳的影像掠过心头。客观地看，“你之体温着候鸟之裳”应是本诗的一个亮点，其多义的呈现，若云“你的体温是候鸟之裳”，又如“你体温着候鸟的衣裳”，亦如“依偎着温暖的候鸟”。而“我很像我，你愈发不像你”，则再次显现出女生特有的情意表达。反向的表达，则是小柯那首名为《我变了，我没变》的诗歌，即“我做了那么多改变，只是为了我心中不变”。从古至今，情感的我们总是这样认为——自己的初心从没有改变，而别人却变得不像自己心中原来的模样。所以，才有“凭栏八千个日夜”的诗句。“凭栏”是个古代女子望夫的意象，“八千个日夜”或许并不久远，也就22年左右。读到此处，不禁要问，这是诗人的年龄吗？

古诗到现代诗，诗歌的形式变了，环境也变了，仿佛古今诗歌总有一条无法跨越的鸿沟。其实，诗歌的变化也正是诗人的变化。古代诗人是什么模样，我们不知道，但是现代诗人的模样却是可以就近捕捉到的。德国学者本雅明认为，现代社会进入信息时代，信息的特点是“瞬间性”，这就造成“一切取决于时间的时代已一去不复返，现代人不再去致力于那些耗费时间的东西”。而现代艺术的瞬间性则导致其意义晦涩、不确定，甚至是令人费解。

事实上，相比于古诗，现代新诗更加寻求思维（象征）逻辑的出奇。它们通常需要在象征网络中经过多次转折联结，才能寻找到符合诗意“所指”的确切内涵。这样的能指意象，高璨的诗中也有出现，譬如《盲区》“墨是哑的”，诗句令人愕然。然下一句则给予了有效的联结，因为“发声部位在笔尖”。

象征联结造成的间接委婉及费解，既考验着我们的阅历与智慧，又可能寓有乐趣。当然，这样曲折多结、跳出常理的象征联结，其中“隐形的逻辑”往往需要诗人或读者付出更艰难的思维角力，才能获得较为完整清晰的诗意理解，而这些往往是古代诗歌较少出现的情况。现代诗人并“不满足于简单地表现‘他们的所见’，他们已经是那样清楚地认识到隐藏在这个要求后面的许多问题”，刻意追求“恍然大悟”的出奇效果。但是，读者因为种种原因，往往并不一定能凭借诗中词句进行有效的联结。诗卷的第三首，以《晚睡》为题的诗歌。夜晚，尤其是晚睡的深夜，确是我们最接近另一空间的时间。此时，“鬼神”自然也是令人好奇着迷的话题。诗人说“人和魔鬼做交易，拿空灵换烟草”，显然很符合诗题的逻辑，但是“典当了神性浸泡于温热”“人皮味的苦集”，以及“纤薄的虫鸣”却打破恒常，令人有重构诗语图像的企图。人若有神性，乃是上天的赐予，不料却是人自己在温热中耗尽。佛教“苦集”，乃预示人生本就是痛苦和欲望的集合，而“人皮味”只不过是在抽象的痛苦、欲望之外，多加了一重具象可感的味道。结果便是，唯有参透了这一切，才能坦然接受此生所遇。

现代诗对于惯常逻辑的突破，往往令读者在理解、记忆上产生困难。若诗人的思维总是如此神奇，偏离常人的逻辑，诗歌则有可能陷入无解的境地。如此一来，读者若要想象、构建诗歌境象，需要三方面能力：一是广博的学问，足以辨识诗中的“所指”；二是人生阅历，主要帮助读者感受诗中蕴含的情感与人生体验；三是将学问、阅历与诗歌“能指”结合并联想起来的能力。

通常，凡是大脑能深刻记忆的事情，都由大脑进行了逻辑上的有效联系和沟通，使我们能够举一反三，触类旁通。譬如“白日依山尽，黄河入海流”。读者的大脑里早就将“白天的太阳”与“黄昏的山”、“黄河”与“大海”、“登楼”与“千里目”等，做了有效的、符合现实逻辑的联结。而诗人所做的工作，就是就诗句的语词、韵仄对仗等，做出逻辑上有效的联结形式。古今诗歌比较，古诗更遵守日常生活的逻辑，现代诗则更寻求异想离奇的跳跃，故张卫东博士说：“一首现代诗，诗句的展开没有遇到任何阻碍，读起来十分顺滑，肯定有问题”。我们现今的人类，字越写越多，有用的“干货”却越来越少。古人则与我们不同，他们写的文章字句不多，佳作却流传甚广。原因即在于古人相比我们，更具有“诗性思维”，更习惯用简省的文言诗句说事。由此可见，“诗性思维”以及“诗性的文笔”却是今人最难得易失的天赋。

人到中年，站在法界边缘，一边是已知的过往，另一边是渴望探求的未知。活不到此界，必不能有此心意。换言之，年龄无论老少，探求感觉所未知乃是人生的积极态度。走在屋檐下，一滴水落入脖项。众人皆以此为“不吉”，唯诗者感其沁凉，心领神会，旋即化为生花妙笔。现实生活中亦是如此，有人孜孜于此界探求美好，有人则已厌倦此间色相。探求美好者，将美好之心感诉诸各种载体，传诸众生。而众生皆凭此身，感受最惬意的存在，无时无刻。无论唐宋古今，诗人只要写出了自己的感觉，用文字证明曾在世上优雅地活过，便足够了，即如诗人所云，“我很像我，你愈发不像你”，真实、优雅即是个体最美好的存在。周国平说：“在高璨的作品中，我看到的不是‘作文’，不是‘儿童文学’，更不是时尚，而正是本来意义的文学。高璨写诗，也写散文，而她在写散文时仍是一个诗人。她写得最多的是自然风物，对之常有独特的感应和描绘，佳句迭出”。当然，如果能将这种独特感应放大，成为众生共享的情感，那就有了普及传播的价值了。

一个时代不能没有诗人，这个世界也不能没有诗歌。文字无论繁简，只要能在时空流转中，将身处此界的感受说出来，表现出生活的参差多态，呈现出生命魅力的存在，这人生便是有意义了。

2017年8月18日草写于桂林

（作者系温州大学副教授，从事明清诗学研究）

自然所赐予我的

——诗

高　璨

每当阳光灿烂，每当会心微笑，总会有一支笔在心中跳跃，它似乎将所有的梦都告诉了我，依稀中，俯下身去，我想要聆听得更详细一些，然而一切只剩下诗。

我读现代诗大概是在小学四年级下学期，爸爸认为我的作文里有了诗，为了使作文更诗意一些，让我开始读起儿童诗来，每一首都是爸爸精选出来的，充满着情趣和丰富的想象，然而当时的我，体会到的只是诗歌是不同于其他文体的一种写作形式。

我在朦胧中读着，只是觉得诗并不像平时读到的故事一般，它拥有童话一般的意境，我当时并不理解意境这个词，仅仅是觉得诗歌竟是如此美妙地叙述了一个个平时需要用很长文字去叙述的故事，或是一个细节。

后来，不知怎就从阅读儿童诗过渡到了阅读成人诗，每一首依旧是爸爸挑选后抄下来的，我读着，似乎是无心读着那一行行短小的文字，然而有一条路，已经在遐想中长出了，所有的阳光都在微笑，路在向远方蔓延。

五年级，我的笔开始学走路。在很久以前，我的笔就已经会写字、写童话、写文章了。但似乎这一次才是它真正会走路的时候了，是它第一次写出了笑，写出了阳光，我的笔第一次长出了羽毛。

我紧握着笔一步步很认真地走，每一步都是那样稚嫩而不假思索，每一首诗在现在看来都是如此不修边幅，如此稚嫩，每一句都那样歪歪斜斜站着，什么时候都是一样的姿势——歪着头聆听什么，或者观察什么，从来都是抿着嘴笑，从来没有张口说话的时候。

曾经，我的笔很喜欢跑，很喜欢追随时光，追随分分秒秒的流逝。诗总是短的，总是细节缀连在一起的意象，我快乐，我笑，是因为我看到了一首诗歌成功的结果。

可是渐渐的，就像是我在读现代诗时突然间明白了什么叫作意境一般，我从自己的文字中发现了美，发现了一种想象中的境界。

那里有比水彩还要清澈的蓝色的天空，每一朵云都是粉红色的，阳光从来不刺眼；那里有比墨汁还漆黑不留空白的夜空，没有月亮没有星星，所有的蔷薇和玫瑰都拥有血一般的刺，青石板的街只会反射黑猫的目光；那里有从未停止过的钢琴声，乐谱自己翻着，无人弹奏，琴键依然起伏，总有花朵在琴键中绽放，溪水永远因音乐而流动……

渐渐的，我写诗似乎已不是用笔，而是想到什么就不假思索地写出来，甚至有时会陶醉在自己的语言或者意境中。

我并没有去过的什么地方，甚至连想象都没有想象过，而我却这样将它们描写出来了。许多人说我的观察很细致，也许这也是一个原因，然而观察再细致但那些海角天涯的东西怎能观察出来呢？诗，总是在轻轻诉说给我什么，我，仅仅就是将这些所想，这些所梦，这些诗所告诉我的，又写出来了而已。

爸爸妈妈说，我还很小的时候就去过许多景点，那时我太小，根本记不住什么。不过我坚信，看到的那些美丽，那些大自然的纯天然的美已经深深在我的脑海中留下印迹，我却不记得这些美是自己曾经浏览过的，这些脑海中岁月留下的痕迹其实都跟我捉迷藏，后来我捉到了它，仅仅是稍微加了修饰，那许多的诗句就油然而生了。

对于诗，我真的没有什么规则可言，有时觉得诗需要最多的，就是好的意境，一首好的诗是被意境所支撑起来的，然而好的诗并非仅有意境，它最区别于其他文体、最独特于其他文体、雕琢起来更为精细而读起来却更为令人称赞的地方——是诗将这种意境用简单的几个意象、几句话就可以体现得淋漓尽致。

这不得不说是一种能力，对汉字而言，任意的文字摆在一起都令人意犹未尽。诗的语言拥有的更多的是原本不存在的词语与意象，写出来后却可以让无数人产生共鸣的绮丽。

诗还具备一种能力，它犹如梦或者想象一般，没有特殊而不变的定义。一首好诗往往是没有轮廓的，即使有轮廓它的内质所在也是众多色彩有条不紊地混杂在一起，使人想不到唯一的答案，没有唯一的解释，诗的语言总是向四面八方生长着的美丽，每一句诗都可以飞翔，可以歌唱，可以编织成一个长长的故事。

一首好诗是没有结果的，文字结束但思绪依旧飘飞，结束文字但绝不结束意境，而且留给人回味的空间往往要比一首诗长了许多。并不是说读不懂的诗就是好诗，有些诗也许读者要比作者的思想走得更远，这也并不是说作者没有写完整，此时正是诗意因意境的饱满而绽放。

诗意是众多意象中的一种，意象本就是一种飘缈的概念，而诗意更为涣散，是指它的形涣散，并不是缺乏或是别的什么。它不易描写，它可以被诗承载得溢出，但它需要用心体会。诗也可以被不去用心品味的人看得毫无意义，这就是对待诗的态度问题了。

曾经、现在以至于将来，我都对诗格外挚爱，它是有生命的，它会笑，会哭，会与你交谈。而随着笔尖的成熟，我相信诗会更为美丽的，只是那种来自儿时的稚嫩或是儿时的口吻肯定随着时间的推移都将变淡，但一切都是在发展中的，而且是朝着阳光发展！

我将诗赋予了生活，赋予了自己的心情，赋予了所有的喜怒哀乐，诗也给予我生活，给予我它的心情，给予我它的喜怒哀乐，鸟儿啁啾般的跳跃的诗都是心中永远的风景。

我的笔已经学会飞翔，学会在诗的海洋中遨游，而我依然朦朦胧胧记着它学步时的身影，诗是灵感告诉我的，灵感是它的梦告诉它的，而灵感的梦是这大自然的诗意、阳光的诗意、风的诗意、水的诗意告诉它的。

每当阳光灿烂，每当会意微笑，我都会忆起我那写诗的笔，忆起诗赐予我的快乐与微笑，都会不由自主地俯下身去倾听自然所告诉我的一切，包括诗。

2008年1月23日